24 – Stille Nacht

Ralph F. Wild

RALPH F. WILD

# Stille Nacht 24

ROMAN

einhorn

Gesamtherstellung
einhorn-Verlag+Druck GmbH

Lektorat
Michael Lohmann

Druck
Fischer Druck, Schwäbisch Gmünd

Titelgestaltung
Evelyn Hirthammer

Coverbild
Susi Karl



ISBN 978-3-95747-025-6

1. Auflage, November 2015
Printed in Germany

*Zum Geleit*

Für alle Kinder dieser Welt!
Ihr habt ein Recht auf Freiheit,
Geborgenheit und Frieden

Sonnen- oder Christkinder heißen sie.
Sie werden geboren am 24. Dezember,
in einer Stillen Nacht,
in der Nacht des
Wiederkehrenden Lichtes –
in Seiner Nacht.

# *Teil 1*

# DIE QUALEN
# UND DIE TOTEN

*10. August 2003*
Die Flammen schlugen aus dem Häuserdach. Tobend, lodernd und voller Kraft. Die Hitze brannte auf den Hautpartien, die der feuerfeste Feuerwehranzug offen ließ. Michael Siegsdorf wollte nur eines: Helfen. Das Kommando an ihn und seine Kollegen lautete: »Holt die achtköpfige Familie dort raus!«

Für den routinierten Feuerwehrmann waren die Bilder kaum zu verarbeiten. Eltern, Großeltern, Kinder, alle hatten sie gemeinsam den Heiligabend miteinander verbringen wollen. Und dann war das Inferno ausgebrochen. Zwischen Plätzchengeruch und bunt verpackten Geschenken hatten sich die Flammen unaufhaltsam ihren Weg gesucht. Die Familie im dritten Stock des Hauses war völlig überrascht worden. Jeder Fluchtweg nach unten war abgeschnitten. Und die Flammen hatten kein Erbarmen; sie hatten in Windeseile Raum für Raum erobert, Zimmer für Zimmer, und hatten durch das Treppenhaus gelodert, wie durch einen Kamin vorangetrieben, nun waren sie auch im obersten Teil des Gebäudes, dem Dachstuhl, angekommen.

Siegsdorf lauschte, ob es ihm möglich war, trotz des Knackens des Feuers, trotz der knarzenden Balken, Hilferufe zu vernehmen. Doch kein Laut drang an seine Ohren. Die Hitze war unerträglich. Immer wieder fasste er sich an seine Unterarme, hatte den Eindruck, das Feuer würde direkt in ihm ausbrechen. Noch hatte das Wasser kaum Wirkung gezeigt. Zu brutal schien die Hitze, zu mächtig die Flammen.

Unter den Augen vieler Schaulustiger dauerte es Stunden, ehe die Feuerwehrmänner Herr der Lage waren. Zurück blieb nur ein verkohlter Altbau, dessen alte Mauern minütlich nach innen sanken und so alles unter sich begruben.

Die Erlebnisse an diesem Abend verfolgten Siegsdorf noch lange. Die kriminologische Untersuchung hatte das Schlimmste erst wirklich zutage gebracht – Wochen später! Die gesamte Familie war in den Flammen umgekommen. Für Siegsdorf und seine Kollegen war dieser Brand die fürchterlichste Niederlage ihres Lebens. Noch Monate später sah Siegsdorf in seinen Träumen das Feuer lodern und empfand die Flammen wie ein höhnisches Gelächter: »Du hast keine Chance!«

Als die Albträume kein Ende mehr nehmen wollten, zog er die Reißleine. Obwohl viele seiner Kameraden ihn umstimmen wollten, hängte er seinen Feuerwehranzug an den Nagel. Sein Abschied war still und leise. So erdrückend still wie seine künftigen Weihnachtsfeste. Das Drama der Familie hatte ihn gezeichnet. Eines Morgens schlug er die Zeitung auf: »Brandursache scheint geklärt! Familien wurden Opfer eines Anschlags!«

Ein Anschlag? Waren nicht alle davon ausgegangen, es wäre eine Verquickung unglücklicher Umstände gewesen? Der Klassiker an Heiligabend: ein brennender Weihnachtsbaum. Kerzen als Initialzündung? Beim Herunterfallen das dürre Bäumlein in Brand gesetzt? Und noch bevor es jemand bemerkte, hatte das komplette Zimmer gebrannt wie Zunder? So jedenfalls hatten die Beamten der Polizei vermutet. Außerdem waren in der Garage mehrere Kanister mit einer Benzinmischung entdeckt worden. Alles sprach dafür, dass die Familie einfach Pech gehabt hatte.

Doch nun waren die Vorzeichen andere. Was Siegsdorf erst beim Lesen des Artikels wahrnahm: Der Vater der Familie hatte Geburtstag gehabt: An Heiligabend. An dem Tag, an dem seine ganze Familie und er selbst ums Leben gekommen waren. Dramatisch genug. Doch nun sollte sich auch noch zeigen, dass sie alle Opfer eines Mordanschlags wurden?

Siegsdorf spürte, wie in ihm die gleiche Übelkeit wieder nach oben kam, wie damals, als er hilflos auf der Drehleiter gestanden und nach Rufen gelauscht hatte. Doch nichts als Stille hatte er vernommen.

***Sommer 2003 – Bei Lola***

Lola musste lachen. Kaum einen Freier hatte sie bislang erlebt, den sie mehr schätzte. Immer wenn Lothar bei ihr war, konnte sie lachen. Dass sie als Edelhure im Vergleich zu anderen gut angesehen war, wusste sie. Unter ihrem Szenenamen ›Lola‹ bediente sie nur die besser gestellten Kunden. Spaß an ihrem Job hatte sie nicht. Wer auch immer etwas anderes behauptete, den schaute sie nur fragend an. Spaß am Verkaufen des eigenen Körpers? Welcher Frau konnte das schon gefallen? Und für viele ihrer Freier empfand sie nur eines: Verachtung.

Mit Lothar war alles anders. Lola wusste, dass er sich nur wegen ihr so nannte. Auch wenn das Klischee der Nutte, die sich in einen ihrer Käufer verliebte, längst nicht zutraf, so sah sie in ihm mehr einen Freund als einen Freier. Denn er gab ihr nach dem Akt vor allem eines: Zeit zum Lachen, ein liebes Wort und Zeit, um sich zu erholen. Denn er war bereit, für die doppelte Zeit zu bezahlen – ohne daran zu denken, mit ihr »noch eine zweite Nummer zu schieben«, wie sie ihm bei ihrem ersten Treffen noch vorgehalten hatte. »Du bezahlst mich doppelt – also willst und kriegst du auch die doppelte Leistung!« Er hatte den Arm um sie gelegt und nur entgegnet: »Jetzt komm mal runter, vielleicht will ich mich einfach nur mit dir unterhalten!«

»Mach das mit deiner Frau – dafür bin ich nicht zuständig«, hatte sie geblafft. Und ihn damit verstört und gekränkt. »Wenn Du mit jemandem reden willst, dann geh zu deinem Therapeuten!«

Lothar hatte nur den Kopf geschüttelt, sich angezogen, ihr die vereinbarte doppelte Summe in die Hand gedrückt und war gegangen.

Schulterzuckend war Lola in ihrem Appartement geblieben. Er hatte ihr die kalte Schulter gezeigt. Und monatelang hatte sie nichts mehr von ihm gehört. Doch ihre Gedanken kamen immer wieder auf ihn. Vor allem dann, wenn wieder einmal ein Kunde sie nicht so behandelt hatte wie vereinbart. Gewalt? Das war für sie als hübsche Frau Mitte zwanzig nie ein Thema gewesen. Auch gegenüber ihren Freiern hatte sie von Anfang gezeigt, dass sie bestimmte, wo es lang ging. Bis vor einigen Jahren. Ein Kunde hatte sie bedrängt, war immer brutaler geworden, hatte sie gefesselt und sie bestialisch gequält. Erst Stunden später war sie von einer ihrer Kolleginnen gefunden worden. Blutüberströmt und mit blauen Flecken am ganzen Körper.

Je mehr sie über dieses Kapitel ihrer Vergangenheit nachdachte, desto mehr gingen ihre Gedanken zurück zu Lothar. An seinen liebevollen Umgang. Und an ihre dumme Art, ihn wegzustoßen. Aber zu ihr zu kommen, war ganz alleine seine Entscheidung. Sie war es doch selbst, die ihn beleidigt hatte. So erlebte sie Kunde um Kunde, und weiter hatte sie das Gefühl, dass alle sie ankotzten.

Eines Abends stand er plötzlich vor ihr.

Er lachte sie an. Herzlich und irgendwie schelmisch bittend: »Darf ich doppelt bezahlen?« Und bekam dennoch prompt die Antwort: »Kommt gar nicht in die Tüte!«

Auch Lola lachte, schnappte ihn an seinem Unterarm und führte ihn in ihr Schlafzimmer.

»Was willst du?«, sagte sie in einem freundlichen Ton. Und er entgegnete: »Was soll ich bei dir schon wollen?«

Erstaunt schaute sie auf und vernahm dabei deutlich sein spitzbübisches Grinsen.

»Mein Gott. Du bist so blöd«, sagte sie. »Du willst mich? Dann nimm mich! Oder ist noch etwas anderes?«

Lothar setzte sich neben Lola auf das kleine Plüschsofa. »So«, dachte er in dieser Sekunde, »genau so habe ich mir immer das Mobiliar eines Puffs vorgestellt.«

»Was ist?«, fragte sie.

»Können wir uns woanders hinsetzen, als auf diese Puffcouch?«

»Was erwartest du? Du bist in einem Puff …«

»Das weiß ich, und trotzdem bin ich nicht nur aus diesem Grund hier bei dir! Vielleicht hast du dieses Mal Lust, dich zu unterhalten?«

Und so entwickelte sich über Monate hinweg eine Freundschaft, die in ihrem Milieu verschrien war: Freier liebt Nutte, Nutte liebt Freier! Der Ehrenkodex, nichts mit einem Kunden anzufangen, hatte auch für Lola über viele Jahre hinweg gegolten. Und dann war es plötzlich doch geschehen. Oder etwa doch nicht?

Es brauchte viele Wochen und viele Besuche Lothars, bis sie sich eingestand, dass sie ihn nicht wirklich liebte. Und er sie auch nicht.

Er hatte die Initiative übernommen: »Sei mir nicht böse. Aber Liebe ist es nicht, die ich für dich empfinde. Ich fühle mich zu dir hingezogen, bin gerne in deiner Nähe. Und ich liebe es, wenn du mir zuhörst. Aber lieben? Nein, das ist nicht das gleiche. Du bist für mich wie eine Schwester.«

Zunächst hatte Lothar erwartet, den Stuhl vor die Tür gestellt zu bekommen – wie bei seinem ersten Besuch. Doch etwas anderes geschah. »Ich bin froh, dass du den ersten Schritt gemacht hast. Denn mir geht es genauso. Können wir Freunde sein?«

Er lachte. Sie auch. Doch ganz wohl war es Lothar in der Situation nicht: »Also, Freunde ist recht und schön. Aber ab und zu mit dir schlafen möchte ich dann doch!«

Sie hätte sich wegschmeißen können vor Lachen: »Das hast du selbst in der Hand! Denn dafür musst du schließlich bezahlen. Also, solange du es dir leisten kannst …«

Er nickte: »Dann ist ja alles geritzt! Ich glaube, so viel Geld kann ich noch aufbringen.«

»Und wenn es mal etwas knapper wird, mach ich dir schon einen Sonderpreis. Oder aber wir müssen die Leistungen ein wenig zurückfahren.«

Sie lachte jetzt schallend.

Und er lachte mit.

Dabei war es ihm viel wichtiger, mit ihr zu reden.

Über viele Monate hinweg traf sich Lothar mit Lola zum Spaß, zum Sex, zum Small Talk. Doch so richtig glücklich machte sie ihn nicht.

Sie schaute ihm nach einem ihrer Orgasmen tief in die Augen: »Lothar! Was ist los? Du bist in letzter Zeit so anders. So abwesend. Und du erzählst nichts mehr von dir!«

Er blickte ihr in die Augen. So gut kannte sie ihn also schon, so gut, dass er ihr nichts mehr vorspielen konnte. So gut, dass sie ihn durchschauen konnte. Sie war ihm ans Herzen gewachsen. Und das war gefährlich.

Er atmete tief, sog dabei den Rauch aus seiner Zigarette in seine Lungen, bis diese zu platzen schienen.

»Du fragst zu viel und ich antworte zu wenig«, sagte er kurz.

Dann stand er auf und griff nach seiner zu großen Jacke. Schon vor einiger Zeit war ihr aufgefallen, dass diese ihm nicht gehören konnte.

»Warum trägt du immer diese Jacke? Das ist doch bestimmt nicht deine eigene. Die ist mindestens drei Nummern zu groß!«

»Du durchschaust mich immer mehr. Ich weiß nicht, was ich tun soll. Ob ich wieder komme oder ob ich für immer weg bleibe.«

Sie schaute ihn böse an: »Willst du mir drohen? Das kannst du nicht. Du wirst immer wieder kommen, wirst dich niemals mehr von mir lösen können.« Ihre Stimme bebte und wurde von Sekunde zu Sekunde lauter.

»Du verdammtes Arschloch! Was treibst du für ein Spiel mit mir? Willst du, dass ich mit dir kaputt gehe?«

Sie nahm ein Kissen, rotes Plüsch, und schleuderte es auf ihn. Lothar duckte sich. Hinter ihm fiel eine kleine Glasvase zu Boden und zerschellte.

»Na super, toll hingekriegt.« Er bückte sich und begann, die Scherben aufzulesen.

Dann begann er zu reden: »Ich will dir nichts mehr vormachen. Und ich brauche dich und dein Ohr!«

Lola ließ sich auf die Couch fallen. Ihre Augen verfolgten jeden seiner Handgriffe. »Dann fang an!«, sagte sie mit leiser Stimme.

Und er begann zu reden – wann immer sie sich sahen.

Lola unterbrach ihn öfters in seinen Erzählungen. In ihrer kleinen Puffsuite, die den lieblichen Duft von Vanille verströmte, wären in dieser Zeit drei, vier oder fünf Freier ein- und ausgegangen – je nachdem, wie schnell sie es ihnen besorgen konnte und sie wieder verschwanden.

War er da, war die Tür verschlossen. Das rote Licht brannte, sodass es keiner der potenziellen Kunden wagte einzutreten.

Sie war beschäftigt.

Mit ihm und mit seiner Vergangenheit.

Lothar schenkte einer Nutte sein ganzes Vertrauen. Einer Frau, die ihren Körper verkaufte. Warum glaubte Lothar, bei ihr richtig zu sein? Genau bei ihr?

**Sisi**

**Elisabeth Amalie Eugenie von Österreich-Ungarn war als Ehefrau von Franz Joseph I. ab 1854 Kaiserin von Österreich. Durch mehrere Filme im 20. Jahrhundert wurde sie posthum zu einem weltweiten Idol – zu Sisi. Geboren wurde sie am 24. Dezember 1837 in München und verstarb im Alter von 60 Jahren am 10. September 1898 in Genf, Schweiz. Im Jahr 2015 jährt sich ihr Geburtstag zum 178. Mal.**

**Rückblende *Bei Lola***

*Ich war zehn Jahre alt, als die Ehe meiner Eltern zerbrach. Die vergangenen Jahre waren zwar gekennzeichnet von vielen Streits, aber niemals hatte ich damit gerechnet, dass es bei meiner Mutter und meinem Vater tatsächlich einmal zur Trennung kommen würde. Nun saß ich da und wusste: Alles war vorbei!*

*Mein Vater hatte es mir gesagt, wie es seine Art gewesen war. »Micha, oder soll ich dich wie deine Freunde auch Lothar nennen? Du bist ein starker Junge! Liebe geht vorbei, kann vorbei gehen. Und so ist es zwischen deiner Mutter und mir. Wir lieben uns nicht mehr!«*

*Ich schaute meinen Vater an, als hätte mich ein Truck überfahren. Ich fühlte mich regelrecht zermalmt durch seine Worte.*

*»Und wo muss ich jetzt hin?«, fragte ich.*

*»Müssen? Du darfst es Dir aussuchen. Du kannst zu Mama gehen oder mit mir kommen. Aber ich möchte jetzt eine Entscheidung!«*

*Wie hätte ich innerhalb weniger Sekunden entscheiden können! Sie waren doch meine Eltern. Beide. Ich liebte sie. Und ich wollte mich nicht entscheiden.*

*Mein Vater stand vor mir mit den Händen in den Hüften und sagte: »Und? Wie hast du dich entschieden?«*

*»Papa, bitte! Überlegt es euch doch nochmal. Sollen wir nicht alle zusammen noch einmal in Urlaub fahren? Es war doch immer so schön. Egal, wo wir waren.«*

*Ich konnte meinen Vater lachen hören: »Schön? Mein Gott, Junge, bist du wirklich so naiv?«*

*Dieser Satz traf mich wie ein Schlag. Nein, ich konnte nicht mit meinem Vater gehen. Ganz gewiss nicht. Schon deshalb nicht, weil er sich in diesen Minuten so verhielt.*

*»Papa. Ich gehe zu Mama!«*

*Kaum hatte er meine Worte gehört, da zog er seine Schuhe an, schnappte sich seinen kleinen Koffer und ging mit den Worten: »Sag deiner Mutter, dass ich sie anrufe, wenn ich meine Kleider und die anderen Dinge hole.« Er zog die Tür hinter sich zu und war weg.*

*Mein Vater war weg.*

*Zehn Jahre lang war er immer, Abend für Abend, da gewesen. Und jetzt war er weg.*

*Ich spürte, wie meine Beine wegzusacken drohten. Es drehte sich alles in meinem Kopf. Jeder anderen Familie hatte ich so etwas zugetraut. Aber meiner eigenen? Alle waren neidisch auf uns. Mein Vater verdiente genug Geld, dass wir uns vieles leisten konnten, was für andere unerreichbar war. Wir fuhren häufig in Urlaub. Meine Eltern gingen abends weg. Gemeinsam, wie ich lange Zeit dachte. Alles schien perfekt. Vielleicht zu perfekt.*

*Doch rund sechs Wochen, bevor mein Vater mir die Neuigkeit eröffnete, kam ich von der Schule nach Hause und irgendwie war alles anders. In der Garderobe standen Schuhe, die ich noch nie gesehen hatte. Spitz und aus einem Leder, das irgendwie nach Krokodil aussah.*

*Ich lief ins Wohnzimmer und da war niemand. Ich rannte durch das Haus und rief immer wieder nach meiner Mutter. »Mama, wo bist du? Mama, bist du da?«*

*Dann hörte ich, als ich gerade in den Keller gelaufen war, die Haustüre ins Schloss fallen.*

*»Mama?«*

*»Ja«, kam es mir von oben entgegen.*

*»Wo warst du denn? Ich habe schon hundert Mal nach dir gerufen!«*

*»Ich war oben im Schlafzimmer und habe dich nicht gehört!«, sagte sie. Und ich sah, wie ihre Wangen erröteten.*

*»Ich habe die Haustüre gehört. War Papa da?«*

*»Nein, ich war gerade kurz draußen. Außer mir ist niemand da.«*

*Ich schaute in die Garderobe: Die auffälligen Schuhe waren weg.*

*»Mama, da war doch jemand. Ich habe doch diese Schuhe gesehen. Die aussahen wie ein Krokodil.«*

*»Welche Schuhe?« Sie traute sich nicht, mir in die Augen zu sehen.*

*»Na die, die hier gerade noch standen. Die standen noch nie da.«*

*Meine Mutter nahm mich am Arm und zog mich zu sich hin: »Du musst geträumt haben. Da waren keine anderen Schuhe als die, die immer hier stehen. Hast du Lust, mit mir eine Pizza essen zu gehen?«*

*Ich schaute sie staunend an: »Hast Du nicht gekocht?«*

*Solange ich denken konnte, war das Essen fertig, wenn ich von der Schule nach Hause kam. Es sei denn, meine Mutter war mal ein paar Tage krank. Dann aber hatte meine Oma gekocht.*

*Sie drehte sich weg: »Nein, heute nicht. Mir ist etwas dazwischen gekommen!«*

*Da erst fiel mir auf, wie verstrubbelt ihre Haare aussahen, sie war auch nicht wie sonst gekleidet.*

*»Ich ziehe mir kurz etwas anderes an. Und dann gehen wir deine Lieblingspizza essen, okay?«*

*Ich nickte.*

*Als wir vom Italiener nach Hause kamen, hatte ich vergessen, was passiert war. Ich war wieder Kind. Und glücklich bei meinen Eltern.*

***Heiligabend 2002***

Als seine Kinder ihm das Zeichen dafür gegeben hatten, öffnete Georg die Augen und traute ihnen kaum auf den ersten Blick: Ein fast drei Meter hoher Christbaum stand in seiner strahlenden Pracht vor ihm. So schön, so echt, so rührend. »Alles Gute zum Geburtstag, Georg«, sagte seine Frau. Und küsste ihn zart.

Die beiden Kinder, die siebenjährige Michelle und der zwei Jahre jüngere Jan, sprangen auf ihn, stießen ihn aufs Sofa und balgten sich mit ihm. Als wieder ein wenig Ruhe eingekehrt war, sagte Michelle: »Papa, es muss so schön sein, an Heiligabend Geburtstag zu haben! Du bekommst morgens Geschenke und abends gleich nochmals. Etwas Schöneres kann es nicht geben!«

Ihr Vater lachte. »Naja, dafür bekomme ich das restliche Jahr über keine Geschenke. So wie ihr. Das ist doch auch schön, wenn es halbiert ist, oder?«

»Stimmt auch wieder«, sagte Jan und herzte seinen Papa. »Aber trotzdem, alles, alles Gute zum Geburtstag. Und heute Abend feiern wir beides. Weihnachten und Geburtstag.«

Georg musste lachen und zog seine Frau ebenso auf die Couch wie die beiden Kinder. »Wenn ihr wollt, dann gehen wir jetzt alle raus und bauen einen Schneemann. Nachdem es endlich mal wieder geklappt hat, dass wir weiße Weihnachten haben!«

Seine Frau lehnte ab und schickte ihn mit den Kindern nach draußen: »Ich muss kochen! Aber geht ruhig raus, dann habe ich wenigstens meine Ruhe.«

Für diesen Kommentar kassierte sie einen kleinen Klaps auf den Hintern, den sie mit einem empörten »Hey!« quittierte.

»Mach, dass du in die Küche kommst, wir sind draußen, Schatz!«

Als sich die drei in voller Montur aufmachten, den verschneiten Garten zu erobern, schmunzelte sie und sagte: »So wie ihr eingepackt seid, könnt ihr mir eine Postkarte senden, wenn ihr am Südpol angekommen seid!«

»Sollen wir einen großen Schneemann bauen? Oder drei kleine? Jeder seinen eigenen?«

»Nein, einen ganz großen«, schrie der kleine Jan. Und somit war die Entscheidung gefallen.

»Ich muss noch kurz einkaufen gehen, habe zwei, drei Sachen vergessen. Und die Brötchen muss ich auch noch holen«, rief sie ihrem Mann und den Kindern zu. Dann zog sie die Terrassentür hinter sich zu und ging durch die Tür.

Es waren drei Schüsse gewesen – kaum zu hören, unterdrückt durch einen Schalldämpfer. Georg kippte nach vorne und fiel auf die Vorderseite des gerade begonnenen Schneemanns. Das Blut, das aus der Wunde sprudelte, färbte den Schnee tief rot. Neben ihm lagen seine Kinder. Die Kugeln hatten beide in den Kopf getroffen.

Alle drei waren auf der Stelle tot gewesen.

Rückblende **_Bei Lola_**

*Ich war in meinem Leben noch nie so einsam, obwohl ich weiter zur Schule gehen musste und auch meine Freunde traf. Meine Eltern trennen sich?! Ich konnte es immer noch nicht glauben, dass mein Vater mich zwischen Tür und Angel damit konfrontiert hatte. Aber war meine Entscheidung richtig gewesen, bei meiner Mutter zu bleiben? Die Schuhe kamen mir wieder in den Sinn. Und das merkwürdige Verhalten meiner Mutter. Meine Eltern wollen sich trennen?! Unfassbar!*

*Als ich eines Tages von der Schule nach Hause kam, nahm mein Vater mich in den Arm. Er schaute mich an und sagte: »Du kannst dich jederzeit bei mir melden. Ich bin immer für dich da.« Damit ging er – aus unserem Haus, aus meinem Leben. Ich sah ihn nie wieder.*

*Während die Monate ins Land zogen, kapitulierte ich vor den schulischen Belastungen. Selbst in den Fächern, in denen ich einst zu den Besten gehört hatte, schwankten meine Noten zwischen einer Fünf und einer Sechs. Meine Versetzung in die nächste Stufe war nicht nur gefährdet, sie war geradezu utopisch.*

*Als ich an einem Nachmittag nach Hause kam, war ich wie vor den Kopf gestoßen: Die Schuhe standen wieder da. Ich brüllte nach meiner Mutter. »Mein Gott, warum brüllst du so?«, sagte sie, als sie zu mir gerannt kam.*

*Ich sagte kein Wort, blickte nur auf den Boden, auf die Schuhe, die vor mir standen. Sie nahm mich in den Arm und sagte: »Komm, ich muss dir jemanden vorstellen.«*

*Er! Er war aus meiner Sicht zwei Meter groß, einhundert Kilogramm schwer, Sportler durch und durch. Ein Modellathlet. So ganz anders als mein Vater.*

*»Hey«, sagte er und streckte mir die geballte Faust zu. Ich schaute nur auf seinen ausgestreckten Arm und die Hand. Ich blickte meine Mutter kurz an, dann machte ich auf dem Absatz kehrt und rannte in mein Zimmer. Knallte die Tür hinter mir zu. Dann drehte ich meine Musikanlage auf die maximale Lautstärke. Ich war nicht mehr auf dieser Welt. Und das war gut so.*

*Meine Mutter schickte mich am nächsten Tag nicht in die Schule: »Du bleibst heute zu Hause und sprichst mit mir darüber, was eigentlich mit dir los ist! Du glaubst doch nicht, dass ich mir von dir mein Leben versauen lasse?«*

*Ich saß geistesabwesend vor ihr, wollte weinen. Doch die Tränen waren versiegt. Vielmehr staute sich Wut in mir an. Ich sagte nur: »Warum hast du mich je geboren?«*

*In den Sommerferien konfrontierte sie mich mit einer Entscheidung, die sie gemeinsam mit Mike – so der Name meines, oh Gott, sie nannte ihn wirklich so!, Stiefvaters – getroffen hatte. »Wir werden das Haus verkaufen und nach Südspanien ziehen!«*

*Am Abend legte sich meine Mutter neben mich in mein Bett: »Ich weiß, Du hast wenig Verständnis für das, was dein Papa und ich getan haben und gerade tun. Aber es gibt Momente im Leben, in denen die Liebe nicht mehr funktioniert. Ich habe mich in Mike verliebt – und dein Vater weiß das. Und ich möchte mit ihm ein neues Leben aufbauen.«*

*Ich öffnete die Augen – sie erschrak. Hatte sie gedacht, dass ich schlafen würde? »Mama, und wo bleibe ich bei deinen Plänen? Bin ich nicht mehr dein Kind?«*

*»Für dich wird sich nichts ändern. Du wirst immer mein Sohn bleiben. Aber du musst beginnen, Mike zu akzeptieren. Er wird ein Teil unseres Lebens werden. Auch deines.«*

*»Mama!«, sagte ich leise, »waren es seine Schuhe, die ich damals gesehen habe?«*

*Sie drehte sich weg und setzte sich langsam auf, sodass ich ihr nicht mehr ins Gesicht schauen konnte.*

*Ich sah, wie sie nickte.*

*»Es tut mir leid.«*

*Dann stand sie langsam auf und zog die Tür hinter sich zu. Es fühlte sich für mich an, als hätte sie den Schlussstrich unter unsere Beziehung gezogen.*

***Weihnachten 2003***

Es war ein harter Winter. Auf der Schwäbischen Alb fuhren die Schneepflüge im Minutentakt. Am Abend vor Weihnachten lagen Claudia und ihr Freund Antonio, ein kleiner, aus Rom stammender Italiener, auf dem Sofa in ihrer Wohnung und tranken eine Flasche Wein, während Eros Ramazotti aus den Lautsprechern schnulzte.

»Ich liebe seine Musik«, sagte sie leise in sein Ohr und fing an, ihn zu küssen.

»Hey, du sollst mich lieben, nicht den Eros!«

Sein italienischer Akzent war bis heute nicht zu überhören, dabei lebte Antonio schon so viele Jahre in Deutschland, dass er den Akzent längst hätte ablegen können. Er war gerne Italiener. Mit Leib und Seele und mit Mamma mia und allem, was dazu gehörte.

»Ich habe doch gesagt: Ich liebe seine Musik, nicht ihn«, sagte Claudia barsch und wich von ihm zurück.

Er grinste. »Eingeschappt?«

»Das heißt eingeschnappt, nicht eingeschappt!«

»Egal!«

»Noch zwei Stunden, dann hast du Geburtstag«, flüsterte er in ihr Ohr.

»Freust Du dich?«

Sie war wieder bester Laune: »Aber klar doch! Krieg ich auch ein Geschenk?«

»Bin ich nicht Geschenk genug?«, fragte Antonio und zwinkerte heftig mit dem linken Auge. Und schaute wie ein verstoßener Liebhaber, den keiner mehr haben wollte.

»Naja, ein bisschen mehr darf es schon sein«, sagte sie frech und stand vom Sofa auf.

»Du wirst schon sehen, lass dich doch einfach überraschen. Sollen wir nicht noch eine Flasche Wein aufmachen?«

»Du willst nur, dass ich Mitternacht nicht mehr erlebe und du dir mein Geschenk somit sparen kannst. Ich bin doch jetzt schon angedudelt.«

»Man wird nur einmal dreißig!«

Sie lallte ein wenig, aber wenn sie jemand gefragt hätte, dann hätte sie behauptet, sie sei fit und spüre nichts vom Alkohol. Antonio ging es nicht besser: Er kramte in den CDs und zog ein weiteres Mal Eros Ramazotti heraus. »Haben wir die schon gehört?«

»Meine Güte, du kriegst keinen Wein mehr. Natürlich haben wir die schon gehört!.«

Sie nahm ihm die CD aus der Hand und legte dafür einen Kuschelrock-Sampler ein.

Dann zog sie ihn vom Sofa hoch und begann, innig mit ihm zu tanzen. Er genoss es, ihren Körper zu spüren. Sie drehte sich rückseitig zu ihm und begann, sich mit ihrem Hintern an ihm zu reiben. Er griff mit den Armen um ihren Körper und schmiegte sich fest an sie.

»Ich liebe dich!«, sagte sie leise und küsste ihn über ihre Schulter hinweg auf den Mund.

Die Musik war so leise, dass sie durch das gekippte Fenster die Kirchturmglocke läuten hörten. Zwölf Mal. Heiligabend. Sie hatte Geburtstag. Ihr dreißigster!

Die linke Scheibe barst, danach die rechte. Es dauerte nur den Bruchteil einer Sekunde. Beide sackten in sich zusammen. Ihr Blut verteilte sich auf dem weißen Teppich. Rot, klebrig, süß.

Es dauerte Wochen, bis sie gefunden wurden. Die Polizei fand außer den beiden Kugeln nichts. Keine Spuren. Nichts außer zersplittertem Glas und zwei leblosen Körpern, an deren Stirn ein kleines Einschussloch zu finden war. Die Rückseiten der Schädel waren weggesprengt worden. Sie hatten nicht den Hauch einer Chance.

 **Bei Lola**

*Meine Mutter bog mit ihrem Audi A6 in die Hofeinfahrt des Internats – ganz so als würde sie auf den Parkplatz eines Supermarktes fahren. Doch dieses Mal wollte sie nichts kaufen. Nein, sie wollte etwas loswerden: mich!*

*Mit Händen und Füßen hatte ich mich gewehrt, als sie mir gesagt hatte, sie werde mich in ein Internat bringen lassen. Dann müsse ich nicht mit ihr nach Spanien, hatte sie argumentiert. Das sei doch das Beste für uns alle. Ich werde eine exzellente Schulausbildung genießen und zudem könne ich in Deutschland bleiben. Und in den Ferien könne ich sie ja in Spanien besuchen und mit ihr und Mike einen super Urlaub verbringen. Und wenn ich in einigen Jahren mit dem Internat fertig sei, wäre in Spanien alles vorbereitet, so dass ich zu ihnen ziehen könne. Meine Mutter malte die Welt rosarot. Besonders ihre eigene.*

*Als sie mich ins Auto stecken wollten, hatte ich bewiesen, wie viel Kraft in einem Zehnjährigen steckt. Ich hatte mich gedreht und gewendet, hatte getreten, gebissen, geschlagen. Es dauerte fast dreißig Minuten, bis es ihnen gelang, mich auf die Rückbank zu verfrachten. Doch auch dann hatte ich nicht aufgegeben. Ich kletterte sofort wieder auf die Vordersitze und versuchte, über die Beifahrerseite wieder aus dem Auto zu kommen. Das Ganze ging so lange, bis mich ein harter Schlag an der Schläfe traf. Mike schüttelte seine Hand, die ihn sichtlich schmerzte. Ich sackte zusammen. Meine Mutter und Mike packten mich und setzten mich wieder auf die Rückbank. Sobald der Gurt angelegt war, startete sie den Motor. Ich war auf dem Weg in meine neue Heimat: das katholische Internat, gelegen auf der tiefsten, finstersten Alb.*

*Als wir aus dem Audi stiegen, wanderte mein Blick an der massiven Hausfront entlang: Das Internat war ein Bau, wie man ihn in den 70er Jahren verbrochen hatte. Ein Koloss aus Stahl und Zement. Angsteinflößend, erdrückend. Ohne Charme und Wärme.*

*»Schön hier, nicht wahr?«, flötete meine Mutter.*

*Was war hier schön? Kalte, karge Beleuchtung – nicht nur auf dem Parkplatz. Daneben lag ein Sportplatz. Er verdiente den*

*Namen kaum; ihn überzog kein Rasen, sondern rote Asche. Die beiden Tore standen irgendwie schief, die Netze waren notdürftig geflickt und würden, da war ich mir sicher, mitsamt der Pfosten und Latte beim ersten etwas kräftigeren Schuss in sich zusammensacken. Ein verrosteter Gitterzaun umfasste den Platz wie einen Käfig.*

*Dahinter musste das Schlafgebäude liegen. Die Rollläden hingen zum Teil aus den Verankerungen und beim leichtesten Windstoß quietschten sie, als würde ein D-Zug die Bremsen ziehen. Der Trakt war jahrzehntelang nicht gestrichen worden. Unleserliche Graffiti zierten ihn in vergilbten Farben. Ein Bild tauchte vor meinem Gesichtsfeld auf: Eine blanke Faust mit nur drei Fingern, die aus der Wand zu kommen schien und nach jedem schlug, der sich dem Gemäuer näherte. Furchteinflößend heruntergekommen.*

*Ich sah mich nicht weiter um. Ich hatte genug gesehen, um zu wissen, dass ich hier nicht bleiben wollte.*

*Meine Mutter spürte meinen aufkommenden Widerstand und versetzte mir einen Stoß mit der Hand.*

*»Nun komm schon. Du wirst dich hier schnell wohlfühlen. Schließlich hast du lauter Kinder um dich herum und wirst ganz schnell Freunde finden. Da sind viele in deinem Alter. Zu Hause hältst du es doch auch kaum aus, wenn du nicht ständig mit den anderen herumhängst.«*

*Wie falsch ihre Einschätzung doch war!*

*Dass sie nicht gemerkt hatte, dass ich nur noch wenig Kontakt zu anderen hatte. Ich war längst ein Einzelgänger geworden.*

*Wir betraten das Internat. Was ich dort sah, stellte alles, was ich bisher gesehen hatte, in den Schatten. Noch nie zuvor hatte ich eine solch schäbige Schule gesehen. An den Wänden hatten sich Schüler verewigt. Ich konnte nur noch einzelne Passagen entziffern: ›Fuck you!‹ und ›Fuck the teacher!‹. Aber etwas damit anfangen, konnte ich nicht. Die Grafitti waren nur notdürftig überstrichen worden.*

*Sollte ich meine Strategie ändern? Meine Mutter bitten und sie anflehen, mich nicht hier zulassen? Doch das widerstrebte mir zutiefst. Warum sollte ich sie bitten, wenn ich wusste, dass ich von ihr keine Hilfe erwarten konnte? Sie wollte mich nur loshaben.*

*»Jetzt schau nicht so traurig und böse. Du bist und bleibst mein Junge, das weißt du doch, oder? Im Moment ist das aber die beste Lösung für uns.« Sie machte eine kurze Pause, die sich für mich anfühlte wie eine Ewigkeit. »Und für dich selbst!«*

*Wieder zog sie mich am Arm, hakte sich mit dem Ellbogen bei mir ein, nicht freundschaftlich, sondern so fest, dass ich nicht mehr entweichen konnte. »Wie Daumenschrauben«, dachte ich laut. Sie schaute mich an und schüttelte den Kopf.*

*Wir gingen zum Direktor der katholischen Schule. Er nahm uns mit in sein Büro und setzte sich an seinen Schreibtisch. Hinter ihm an der Wand prangte ein riesiges Kreuz. Er bekreuzigte sich, bevor er wieder Platz nahm.*

*»Mein Name ist Klaus Miezwiecz. Ich bin der Direktor dieser Schule. Schön, dass Sie sich für uns entschieden haben«, sagte er zu meiner Mutter, ohne mich auch nur eines Blickes zu würdigen. Wer hatte sich entschieden? Und für wen war diese Entscheidung gut? Am meisten für meine Mutter. Für sie bedeutete sie Freiheit.*

*Er stellte ihr die Schule vor, das Konzept der Züchtigung, das Gehorch-mir!-Prinzip, das Einfordern von Disziplin. Alles mit dem Ziel, den Kindern und Jugendlichen den Weg in das ach so böse Draußen zu erleichtern. »Nur so werden aus jungen Menschen Bürger unseres Landes, die man getrost auf ihre Mitmenschen loslassen kann.«*

*Meine Mutter nickte. Doch ich sah, dass ihre Ohren rot anliefen und sie nicht von dem überzeugt war, was der Direktor hier predigte.*

*Nach einer Weile wandte er sich zu mir: »So, du möchtest also zu uns kommen? Hast Du Dir deine Entscheidung reiflich überlegt?«*

*Ich hätte lachen und gleichzeitig heulen können, so grotesk war diese Frage. Ich brachte kein Wort über die Lippen.*

*»Na, du wirst schon noch reden, wenn du dich an alles hier gewöhnt hast.«*

*Ich schwor mir, für immer zu schweigen.*

*Meine Mutter schickte mich aus dem Raum, als es um, wie sie sagte, »die nackten Zahlen« ging. Ich lauschte an der Tür: Der Direktor zählte auf, was in den Leistungen enthalten war. Dann stieß mich seine Sekretärin von der Tür weg: »Na, mein Junge! Das geht aber nicht. Hier wird nicht gelauscht!« Sie zog mich an meinem linken Ohr weg von der Tür. Ich spürte, wie sich ihr Fingernagel unerbittlich in mein Ohrläppchen bohrte, traute mich aber nicht zu schreien. Sie setzte mich auf ein kleines Plüschsofa, das aussah, als hätten hier schon Hunderttausende vor mir Platz nehmen müssen. Es roch modrig. »So, hier bleibst du, bis der Herr Direktor und deine Mutter so weit sind.«*

*Ich schaute sie mir genau an, als sie sich auf ihre Schreibmaschine konzentrierte. Sie musste Mitte vierzig, dachte ich. Schlank, groß. Ihre Haare trug sie in einem Dutt. Auf ihrer Nase prangerte eine Lesebrille, die sie fast bis zur Nasenspitze nach vorne geschoben hatte. Sie trug eine graue Bluse, zugeknöpft bis zum Hals, und einen schwarzen Rock aus Kord, der über ihre Knie reichte.*

*»Was starrst du mich so an?«*

*Ich gab keine Antwort. Und dann nahm ich meinen ganzen Mut zusammen und sagte: »Darf ich Sie etwas fragen, bitte?«*

*»Wenn jemand so freundlich fragt, natürlich. Was hast du auf dem Herzen?« Sie setzte ein Lächeln auf, das ich ihr niemals zugetraut hätte.*

*»Was erwartet mich hier?«*

*Sie antwortete nicht, denn sie spürte wohl, dass ich noch nicht fertig war. Dann sagte ich noch leiser als zuvor: »Ich habe Angst.«*

*Sie stand auf und kam auf mich zu.*

*»Also: Mein Name ist Beatrice. Wenn wir alleine sind, darfst du mich, wenn du magst, bei meinem Vornamen nennen. Im Beisein des Direktors bin ich für dich aber Frau Zeichner. Hast du das verstanden?«, fragte sie eindringlich.*

*Ich nickte.*

*War sie eine nette Frau, die auf meiner Seite stand, oder musste ich auch vor ihr Angst haben? Ich wusste es noch nicht.*

*»Du wirst also hier bei uns bleiben?«*

*Wieder nickte ich.*

*»Hier in unserem Internat gelten strenge Regeln. Das hast du sicher schon bemerkt.«*

*Ich nickte.*

*»Wenn du dich an diese hältst, dann wird es für dich ein spannendes, interessantes und erfülltes Leben. Doch wehe dir, du wirst bockig und meinst, du könntest den Erwachsenen auf der Nase herumtanzen.«*

*Plötzlich wurde ihre Stimme weich und sie setzte sich neben mich.*

*»Aber Angst brauchst du keine zu haben. Du wirst dich, wie alle anderen hier, schnell einleben und dann ist alles nur noch halb so schlimm. Angst ist wie eine Krankheit. Sie lähmt dich und nimmt dir den Atem. Du solltest vor allem und jedem Respekt haben. Aber Angst wird dir die Möglichkeiten nehmen, dich zu entfalten und ein ganz besonderer Schüler zu werden. Und der kannst du werden. Wenn du das beherzigst, dann wird dich Direktor Miezwiecz unter seine Fittiche nehmen. Und dann hast du Privilegien wie nur wenige andere an dieser Schule. Ich traue dir das zu.«*

*Und wiederum fragte ich mich: Konnte ich ihr vertrauen? Oder gehörte sie ebenfalls – wie der Direktor – zu denen, vor denen ich Angst haben musste? Oder Respekt, wie sie es nannte. Grübelnd saß ich auf dem Sofa, schaute Beatrice oder Frau Zeichner beim Arbeiten zu und vergrub meine Hände, in dem schon lange nicht mehr zarten Plüsch.*

*Dann öffnete sich die Tür. Die Stimme des Direktors drang aus dem Raum heraus.*

*Ich hörte noch, wie er zu meiner Mutter sagte: »Machen Sie sich keine Gedanken. Ihrem Sohn wird es hier gut gehen – wie den anderen 150 Kindern auch. Sie können getrost in ihre neue Heimat fahren und sich ganz Ihrem neuen Partner widmen. Eine neue Liebe braucht ja auch viel Zeit und gemeinsame Stunden. Sind wir doch mal ehrlich: Da stören doch Kinder oftmals nur!« Meine Mutter und er lachten.*

*Mir war zum Kotzen zumute.*

*Meine Mutter kam auf mich zu und nahm mich in den Arm. Ich blieb reglos stehen und ließ die Liebkosung über mich ergehen:*

*»Da stören doch Kinder oftmals nur«, schoss es mir durch den Kopf.*

*Als meine Mutter vom Hof des Internats fuhr, blickte ich traurig unserem A6 hinterher. Vor einem Jahr noch in einer angeblich glücklichen Familie, stand ich nun alleingelassen im Schatten eines Betonklotzes. Ich spürte, gedankenverloren, wie ich dort stand, erst spät die Hand, die sich auf meine Schulter legte. Ich blickte sie an und erschrak. Die Hand war grob, furchige Rinnen liefen durch die trockene Haut und dunkle Flecken zeigten sich darauf. Als ich aufsah, sah ich in das Gesicht des Direktors.*

*»Mein Junge, warum bist du denn so schreckhaft? Komm mit mir«, sagte er. Dann zog er mich zurück in das Betongebäude. Und ich spürte den Druck auf meiner Schulter.*

*Ich war allein, ich war hier. Und doch nicht wirklich da. Meine Gedanken kreisten um mein vorheriges Leben, als ich im Bett des kleinen Zimmers lag, das ab sofort mein Reich sein sollte. Ein Raum mit einem schmalen Schreibtisch, einem Schrank, einem winzigen Waschbecken, dessen Griffe aussahen, als wären sie längst eingerostet. Mir fiel auf, dass noch ein zweites Bett im Raum stand. Ich war also doch nicht allein.*

*Eine Kammer. Ohne Fenster.*

*Mit einer Tür, die nach außen aufging, da ansonsten nicht alles Platz gefunden hätte. Ohne Farbe und mit schroffen Kanten an den Wänden. Ein Verputz, an dem man sich die Hände aufriss.*

*Ich lag immer noch auf dem Bett und starrte an die Decke. Das Bettzeug roch muffig. So als wäre es in den letzten zehn Jahren nicht gewechselt worden, als hätten sich die Milben so vermehrt, dass von den einstigen Federn nichts mehr übrig war. Ich starrte nach oben und sah die feinen Spinnweben, die sich von links nach rechts und zurück durch den gesamten Raum zogen. Die Fäden hoben sich ab von der dunklen Decke, die das Zimmer noch enger erscheinen ließ. Ich schreckte hoch, als ich ein Geräusch hörte.*

*Ich musste eingeschlafen sein.*

*Wie spät es wohl war?*

*Auf der kleinen Armbanduhr an meiner linken Hand konnte ich nichts erkennen. Meine Augen gewöhnten sich langsam an die Dunkelheit. Ich sah, dass sich unter der Decke des anderen Bettes etwas bewegte. Es sah aus wie ein kleines Knäuel, zusammengerollt wie ein Igel, der sich für den Winterschlaf bereit machte.*

*Ich flüsterte: »Wer bist du? Geht es dir gut?«*

*Das Knäuel bewegte sich nun hektisch. »Kannst du nicht sprechen?«*

*»Ich heiße Thomas!«*

*Unter dem Kissen lugte ein Gesicht hervor.*

*Ein Junge, vielleicht sieben, acht Jahre alt, noch kleiner als ich.*

*»Schön, dich kennenzulernen«, sagte ich und dachte mir: ›Mann, dem geht es ja noch schlechter als mir. Der ist ja noch jünger als ich.‹*

*»Geht es dir gut?«, wiederholte ich meine Frage.*

*Ich sah, wie er mit den Schultern zuckte.*

*»Ist es schon Nacht?«, fragte ich den Jungen.*

*»Ja, draußen ist es dunkel. Es ist kurz vor zehn!«*

*»Ich glaube, wir sind ab jetzt Zimmernachbarn. Ist das okay für dich?« Ich versuchte, ein Gespräch mit dem kleinen Jungen zu beginnen.*

*»Ich finde es schön, dass ich hier nicht mehr allein bin.«*

*»Wie lange bist du denn schon hier?«*

*»Zwei Jahre.«*

*»Warum denn das? Du bist doch noch so jung!«*

*Der Junge zögerte und ich hörte sein unterdrücktes Schniefen: »Meine Eltern sind bei einem Autounfall ums Leben gekommen und dann hat mich meine Oma hierher gebracht. Es wäre die beste Lösung, hat sie gesagt. Sie konnte mich nicht bei sich aufnehmen. Ich wäre so gerne bei ihr geblieben. Aber mit fast achtzig wäre sie zu alt, um auf ein kleines Kind aufzupassen, hat sie damals gesagt. Inzwischen ist sie auch gestorben.«*

*Ich hielt inne. Ich spürte, dass er erst mal verschnaufen musste.*

*Dann sagte ich: »Und? War es die beste Lösung?«*

*Der Junge schwieg.*

*»Thomas?«, fragte ich.*

*Was hatte dieser Junge nur erleben müssen?*

*»Ja, naja, ich weiß es nicht. Ich kenne die anderen Lösungen ja nicht. Aber du wirst ja schon bald selbst sehen, was es heißt, hier zu sein.«*

*Damit drehte er sich zur Seite und zog die Decke über sein Gesicht.*

*»Thomas?«*

*»Ja.«*

*»Wollen wir Freunde sein? Magst du, dass wir hier alles gemeinsam machen?«*

*Ich merkte, wie der kleine Junge sich wieder zu mir drehte und die Decke ein Stück von seinem Gesicht zog, sodass nur seine Augen herausschauten.*

*Dann sagte er: »Ja, ich glaube, das wäre schön.«*

*Ich sagte Thomas, dass ich Michael heiße. Oder eben auch Lothar.*

*»Warum Lothar? Lothar finde ich lustig!«*

*»Ich weiß nicht genau, warum mich alle Lothar nennen. Das hat sich irgendwann mal so ergeben. Ich glaube wegen Lothar Matthäus. Den Fußballer, du weißt schon?«*

*»Nein, kenn ich nicht«, sagte Thomas und konnte sich ein Lachen nicht verkneifen.*

*»Also, das ist ein richtig guter Kicker. Und ich war immer der beste Fußballer, und so kam ich zu dem Namen. Aber ist auch egal. Du kannst mich Michael nennen oder Lothar. Ganz egal.«*

*»Okay, ich sage Lothar, das ist lustig!«*

*Wir verbrachten in den nächsten Tagen jede freie Minute zusammen. Auch wenn wir verschiedene Klassen besuchten, versuchten wir zusammen zu sein: beim Essen, beim Sport nach der Schule und natürlich am Abend in unserem Zimmer, wenn das Einschließen anstand.*

*»Die nennen das wirklich Einschließen?«, fragte ich Thomas. »Einschließen? Wir sind doch nicht im Gefängnis.«*

*»Wo denn sonst? Hohe Gitter, Beton, ätzende Lehrer. Klar, du bist hier im Gefängnis!«*

*Thomas war für sein Alter reif. Viel weiter, als ich das von meinen Kumpels in meiner früheren Schule gewohnt war. Und doch fehlten sie mir.*

*Eines Nachts lag ich wach und weinte. Und das, obwohl ich mich in den letzten Monaten so weit von ihnen entfernt hatte. Thomas setzte sich an meine Bettkante und griff nach meiner Hand.*

*»Hey, was ist los?«*

*Er flüsterte.*

*Ich brachte kein Wort heraus. Ich weinte, wollte weinen.*

*»Kann ich dir helfen? Soll ich dir ein Glas Wasser holen?«*

*Ich brauchte ein paar Minuten, um mich zu beruhigen.*

*Ich schnaufte, wischte mir die Tränen mit dem Schlafanzugärmel aus dem Gesicht. »Mir fehlen meine Freunde – die aus meiner früheren Schule. Ich fühle mich so einsam.«*

*Thomas ließ meine Hand los: »Aber du hast doch jetzt mich!«*

*Ich setzte mich auf und sagte nur: »Weiß ich, danke! Ich bin froh, dass wir zusammen in diesem Zimmer sind. Und dass wir so gut miteinander auskommen. Aber sie waren die letzten Jahre meine Freunde. Wir haben so viel zusammen gemacht. Und jetzt wissen sie wahrscheinlich nicht einmal, dass ich hier bin. Wie soll ich mit Ihnen in Kontakt bleiben? Außerdem habe ich sie in den letzten Monaten wie den letzten Dreck behandelt.«*

*Thomas schaute mich mit seinen großen, blauen Augen an: »Dann schreib ihnen doch. Mach du den Anfang. Schreib einen Brief an jeden. Dann können sie dir auch zurückschreiben.«*

*Thomas hatte recht.*

*Warum war ich nicht selbst darauf gekommen?*

*»Bekommen wir unsere Post auch tatsächlich?«*

*»Ja, das schon …«, sagte Thomas. Er unterbrach sich selbst.*

*»Was?«*

*»Du bekommst die Briefe. Aber du liest sie nicht als Erster. Der Direktor liest jeden Brief als Erster. Wenn sie oder du Schlechtes über die Schule schreiben, dann wirst du bestraft. Je mehr drin steht, desto härter die Strafe.«*

*Er drehte mir den Rücken zu und schob sein T-Shirt nach oben. Ich sah schwarze, vernarbte Striemen auf seinem Rücken.*

*»War er das?«*

*Thomas nickte.*

*»Dieses Arschloch!«*

*Ich wunderte mich selbst über dieses Wort, hatte ich doch sonst selten mit Ausdrücken um mich geworfen.*

*»Warum?«*

*Thomas antwortete nicht.*

*»Komm, sag schon?«*

*Er schüttelte den Kopf.*

*»Okay, du musst nicht. Aber wenn dir mal danach ist, dann leg einfach los. Jederzeit. Ich bin dein Freund.«*

*Plötzlich sagte er: »Ich habe nur gesagt, dass er den anderen Jungen nicht schlagen soll. Er hatte an seine Mutter geschrieben, dass es ihm nicht gut ginge und er von allen gemobbt werde. Auch von den Lehrern und vom Direktor.«*

*»Und dann?«*

*»Dann hat er mich gefragt, ob ich tatsächlich will, dass der Junge nicht geschlagen wird, obwohl er solch ein Verbrechen begangen hat? Und dann nahm er die Peitsche beiseite und sagte: Okay, wenn du das sagst.«*

*Thomas Augen begannen zu glitzern.*

*Die erste Träne rann ihm über die Wange. Er weinte immer heftiger.*

*»Ich wollte aufstehen und gehen, als mich seine Hand packte und er mir den Arm auf den Rücken drehte. Er schleuderte mich herum, sodass ich auf dem kleinen Tisch in seinem Büro auf dem Bauch lag. Er riss meinen Pullover nach oben und haute mit der Peitsche fünf-, sechs-, siebenmal auf mich ein. Dann sagte er: Das soll dir eine Lehre sein, dich für andere einzusetzen, die schlecht von unserer Schule sprechen. Dann schickte er mich weg!«*

*Thomas erzählte weiter, dass sich die Wunden entzündeten und er hohes Fieber bekam. »Ich dachte, ich muss jetzt sterben. Der Direktor holte einen Arzt, der natürlich fragte, was passiert sei. Er sagte ihm, dass ich von den anderen Kindern geschlagen worden sei. Ich traute mich nicht, ihm zu widersprechen. Und ich wusste auch nicht, ob ich nur geträumt hatte, was er gesagt hatte.*

*Ich lag im Delirium und hatte mich entschieden: gegen das Leben, für den Tod.« Er senkte seinen Kopf auf meine Brust, sodass mich seine Locken in der Nase kitzelten.*

*Doch ich konnte nicht lachen. Ich war geschockt.*

*»Und du hast niemandem etwas davon erzählt?«*

*Er schüttelte den Kopf.*

*»Warum nicht?«*

*»Du bist der Erste. Er hat mir gedroht, dass es mir schlecht bekommen werde, wenn ich auch nur ein Sterbenswörtchen davon erzählen würde.«*

*Mein Gott, was hatte er nur schon alles erlebt. Und ich heulte wegen ein bisschen Heimweh.*

*Ich nahm ihn fest in den Arm: »Ab sofort werde ich da sein, wenn dir jemand etwas Böses tun will. Ich passe ab jetzt auf dich auf.«*

*Thomas sagte: »Danke, aber …«*

*Ich schwieg.*

*Als er nicht weitersprach, fragte ich nach: »Was? Aber?«*

*»Du wirst keine Chance gegen ihn haben!«*

*Vermutlich hatte er recht.*

*Was sollte ich, mit meinen gerade mal zehn Jahren, gegen einen erwachsenen Mann ausrichten? Und noch dazu gegen den Direktor unseres Internats.*

*»Trotzdem, lass uns zusammenhalten! Dann können wir vieles besser ertragen.«*

*Nach dieser Devise lebten wir fortan.*

*Doch die Schläge, die Thomas erfahren hatte, waren nur die Spitze des Eisbergs. Das wurde mir immer klarer. Dieser Junge musste die Hölle auf Erden erlebt haben. Doch er redete nicht oft davon. Schon bald sollte ich ihn verstehen …*

***Weihnachten 2004***

Sie waren beide an Heiligabend geboren. Zwar lagen vier Jahre dazwischen. Dennoch waren beide das, was man gemeinhin als Christkind oder auch als Sonnenkind bezeichnet.

Und auch in diesem Jahr dauerte es nicht lange, bis sie im Bett landeten. Ausgelassener Sex, das war die richtige Einstimmung auf den Weihnachtsabend. Stefanie genoss diese Stunden wie nur wenige im Jahr.

»Du bist ein toller Liebhaber!«

»Jetzt erst bemerkt?«, sagte Fred.

»Nein, nein! Aber jedes Jahr an Weihnachten ist unser Sex etwas ganz Besonderes. Nicht zu vergleichen mit den anderen Malen.«

Er zog ihren nackten Körper wieder auf sich und sagte: »Dann lass uns nicht aufhören. Wir haben ja den ganzen Tag Zeit – oder hältst du es nicht aus, auf die Bescherung zu warten?«

Sie lachte: »Du wirst mir schon die schönste Bescherung bereiten, die ich mir wünschen kann. So oder so.«

Und so begannen sie, sich ein zweites Mal zu lieben. Dieses Mal bei geöffnetem Fenster – hatte Stefanie doch darauf bestanden, dass er die obligatorische Zigarette danach am offenen Fenster rauchte. »Dass du rauchst«, sagte sie vorwurfsvoll. Schließlich besaß er ein Fitness-Studio und war topfit.

»Tja, was soll's?«, hatte er entgegnet.

Die Luft im Schlafzimmer nahm Restspuren des Rauches in sich auf und sorgte für eine nicht unangenehme, aber etwas verbrauchte Atmosphäre.

Stefanie setzte sich auf ihn und ließ sein Glied in sich gleiten. Sie stöhnte auf, als er sich langsam in ihr bewegte. Der Rhythmus wurde schneller und schneller, beide steigerten sich bis zur Ekstase.

Der dunkle Gewehrlauf schob den Vorhang leicht zur Seite. In der Nacht war der Schütze nicht zu erkennen. Er musste schwarz gekleidet sein.

Stefanie schrie ihre Lust hinaus, als sie ein weiteres Mal

kam. Sie schwitzte so, dass sich Perlen auf ihrem Rücken bildeten. Die Perlen, die er immer als sein Lustglück empfand. Salzig und heiß.

Er nannte sie sein ›Gewinner-Baby‹. »Ich werde dir überall hin folgen. Ich muss nie wieder suchen. Du bist meine Erfüllung!«

Sie bäumte sich auf.

Höher und höher. Sie spürte die elektrisierende Wärme in ihrem Schoß. Kribbelnd und heiß. Als wollte die Welt zwischen ihren Beinen explodieren. Sie flog. Dem Himmel so nah. Um sie herum drehte sich alles schnell, laut, trommelnd.

Dann sackte sie zusammen. Sie lachte, als sie sich langsam von ihm rollte und auf die andere Seite des Bettes kullerte.

»Danke für die tollen Stunden«, sagte Fred. Seine Stimme klang leise, zart und friedlich. Mit ohrenbetäubendem Lärm knallte der erste Schuss durch die Nacht. Stefanie sah die Wunde, ein kleines Einschussloch in seiner Wange, aus der Blut tropfte. So als habe er sich beim Rasieren geschnitten. Doch dann fiel ihr Blick auf die andere Seite. Sie sah, dass dort nichts mehr war. Die Kugel hatte die gesamte linke Schädelhälfte weggerissen. Sein Ohr war nicht mehr zu erkennen. Gehirnmasse drang heraus. Wie die Gedärme eines Fisches.

Stefanie begann zu schreien. Laut, hysterisch, wie von Sinnen. Dann hallte der nächste Schuss. Sie hatte nichts gespürt, war einfach zusammengebrochen. Über ihrem Freund. Auch sie war sofort tot.

Rückblende ***Bei Lola***

*Ich war seit drei Monaten im Internat und musste mir eingestehen: So schlimm, wie ich es erwartet hatte, war es gar nicht. Ich hatte als Zehnjähriger meinen eigenen Tagesablauf. Kaum einer, der sich außerhalb der Schule in mein Leben einmischte. Solange ich Disziplin zeigte und meine schulischen Leistungen stimmten, war alles gut. So gut es eben sein konnte.*

*Von meiner Mutter hatte ich die vergangenen sechs Wochen nicht ein Wort gehört. Von meinem Vater ganz zu schweigen. Er war nur noch ein Phantom. Hatte er existiert? War er zehn Jahre lang der, der mir jede Sorge nahm und mich durch mein Leben geleitete? Nein, ihn gab es nicht. Nicht mehr.*

*Als ich das letzte Mal mit meiner Mutter telefonierte, erzählte sie mir, wie schön es in Spanien sei. Und dass sie eine tolle Wohnung gefunden hätten. Leider nicht so groß, wie es ursprünglich geplant war »Mein Schatz, wir mussten uns für die entscheiden. Die ist so herrlich und wir blicken direkt aufs Meer. Aber das siehst du ja, wenn du uns besuchst!«*

*Und wann wird das jemals der Fall sein?, dachte ich mir, ohne es auszusprechen. Meine Mutter schwallte nur so drauf los. Ich hörte die Worte an mir vorbeiziehen: ›Strand – neues Auto – tolle Menschen – fremde Sprache.‹*

*Es interessierte mich nicht im Geringsten. Ich hörte gar nicht richtig zu. Mehr als »Ja, Mama! Ok, Mama!« gab ich nicht von mir. Und dann sagte sie einen Satz, der mich in die Realität zurückriss: »Du wirst ja verstehen, dass es schwierig ist, dass du in den Ferien zu uns kommst. Wir haben einfach zu wenig Platz. Aber wenn wir mal mehr Geld verdienen, dann mieten wir für dich ein eigenes Zimmer. Aber in diesem Jahr wird das noch nichts. Das können wir uns nicht leisten. Zumal dein Vater ja nur einen Teil deines Internats bezahlt. Das ist übrigens ganz schön teuer. Das verstehst du doch, oder? Du bist ja schon ein großer Junge.«*

*Ich spürte, wie mir die Tränen in die Augen stiegen. Ich konnte es kaum ertragen, meiner Mutter zuzuhören. Sie hatte mit mir abgeschlossen, dachte ich verbittert. Sie hat einfach einen Strich unter unsere Beziehung gezogen.*

*Ich wollte nicht mehr zuhören. Nie mehr.*

*Ich nahm mir ein Herz und sagte: »Mama, ich muss jetzt Schluss machen, ich muss in die Schule!«*

*Tagsüber fühlte ich mich im Internat sehr wohl. Ich hatte sogar so etwas wie eine Heimat gefunden. Und selbst mit unserem Direktor fand ich eine Basis, die schon fast freundschaftlich war. Nur in den Abendstunden kamen die Erinnerungen an alles, was gewesen war. An meine Jahre in einer intakten Familie. »Und jetzt? Papa? Wo bist du? Warum bist du nicht bei mir? Bei mir geblieben? Warum hast du mich abgeschoben – in dieses Scheißinternat? Wo ich nicht sein will, aber vielleicht hingehöre? Ich lag wach. Drehte mich in meinem Bett von der einen Seite zur anderen. Wenn sich meine Gedanken so im Kreis drehten, war an Schlaf nicht zu denken. Auch Thomas wachte dann regelmäßig auf. Kein Wunder, denn das Bett unter mir knarzte stark. Der Klang der kaputten Federn war die Melodie des Internats.*

*Thomas fragte: »Kannst du wieder nicht schlafen?«*

*Seine Augen waren nur halb geöffnet*

*»Ja, ich weiß auch nicht, was los ist!«*

*»Das ist dieser Müll hier. Dieses Internat, da kann keiner schlafen.«*

*Seine Worte beruhigten mich irgendwie. Plötzlich schlief ich ein und fiel in einen langen, unruhigen Schlaf.*

*Ich träumte davon, dass mein Direktor wie aus dem Nichts an meinem Bett stand.*

*Als ich am nächsten Morgen durch die Sirene aus dem Schlaf gerissen wurde, sah ich auf den Boden: Ich sah Abdrücke von Schuhen. Eines Erwachsenen. Noch frisch. Schmutzig.*

*Ich konnte mir keinen Reim darauf machen.*

***Weihnachten 2005***

Der junge Pfarrer war stolz auf sein kleines, aber feines Gemäuer. Und er war dankbar, dass die Kirchenmitglieder seine moderne Art zu predigen angenommen hatten. Lag es nun an der kleinen, hübschen Kirche oder an ihm oder an beidem zusammen: Die Gottesdienste waren Sonntag für Sonntag bestens besucht. Leere Kirchenbänke? Ihm war diese Litanei fremd, die die katholische Kirche seit vielen Jahren anstimmte.

Dafür ging er in den Augen vieler unorthodoxe Wege. Vermied den Streit mit den Oberen nicht. Sollten sie doch schimpfen und meckern oder ihm drohen, wenn er wieder einmal nicht den Erwartungen entsprechen wollte.

Und so war es ihm ein Genuss, wenn er an einigen Sonntagen die gesamte Gemeinde in seine Kirche locken konnte – mit Gospelgesang oder auch mit Auftritten von Gefangenen des Gefängnisses ›Gotteszell‹ aus Schwäbisch Gmünd. Die berichteten, wie ihr Tagesablauf und ihre Beziehung zu Gott aussahen, wenn sie hinter den Gitterstäben hinausblickten in die freie Welt.

Pfarrer Eduard Meyer war es gewohnt, seinen eigenen Kopf zu haben. Nein, er wollte nicht so sein wie alle anderen. Und doch stand er Gott sehr nahe. Und er betete auch dafür, dass ihn die Vertreter der Kirche weiter schalten und walten lassen würden, wie er es sich wünschte.

Genossen hatte es Meyer, dass der Bischof sich an seine Seite gestellt hatte: »Sie sind eine Besonderheit. Zwar ist nicht alles nach meinem Geschmack, was Sie tun. Aber Sie füllen Ihre Kirche mit unkonventionellen Methoden. Vielleicht sollte sich so manch einer noch eine Scheibe von Ihnen abschneiden.«

Bischof Hansen sagte seinen Besuch für den zweiten Weihnachtsfeiertag zu. Meyer war angetan. Obwohl er am Heiligen Abend Geburtstag hatte, verbrachte er den ganzen Tag in der Kirche. Der Besuch des Bischofs erfüllte ihn schon vorab mit Stolz und Freude.

Meyer stieg den Kirchturm hinauf zu der Glocke, die aus dem 14. Jahrhundert stammte und die sein ganzer Stolz war. Als er an diesem Tag, den 24. Dezember 2005, oben, direkt neben der Glocke, stand, spürte er plötzlich wie aus dem Nichts die Hand an seinem Genick. Der Griff war kalt und hart. Und so fest, dass er spüren konnte, wie sich seine Halswirbel verschoben. Das Knacken drang in seine Gehörgänge: ein schier unerträglicher Schmerz.

Ihm wurde schwarz vor Augen. Panik machte sich in dem jungen Pfarrer breit. Was war das, was ihn da gepackt hatte? Er fühlte sich wie ein Kaninchen, das in den Fängen eines Habichts zappelte ... Die Hand ließ nicht los.

Dann spürte er den zweiten entschlossenen Griff an seinem linken Oberschenkel. Was, um Gottes willen, sollte das? Er hatte beten wollen. Der Welt danken. Für dieses Geschenk. Dass er diese Kirche leiten durfte. Dass Gott ihm den Weg freimachte für seine Ideen. Dass er ihn gewähren ließ – ohne Zorn auf seine neuen Methoden. Und er hatte im Geiste dem Bischof ein Dankesgebet schicken wollen. Dafür, dass er ihm den Besuch an Weihnachten zugesagt hatte.

Doch nun stand er im Schatten der Glocke. Und er spürte, wie ihn die beiden Hände nach oben hoben. Er konnte sich nicht wehren, er war von eher zierlicher Gestalt. Und so war es seinem Peiniger ein Leichtes, ihn anzuheben.

Jetzt aber erwachte der Kampfgeist des Pfarrers. Nein, so einfach wollte er es seinem Gegner nicht machen. Er stemmte sich gegen die Brüstung. Zappelte mit dem freien Bein. Hakte es an einem kleinen Vorsprung ein.

Doch es half nichts. Denn da war er, der Moment, den er mit aller Macht vermeiden wollte. Er verlor den Halt. Ein letzter kräftiger Schlag – dann lösten sich die Hände von ihm.

Und er fiel. Ein dumpfer Schlag. Dann war Stille.

Sein Mörder blickte von oben herab. Sah, wie das Blut den Asphalt rot färbte. Der Bischof würde ihn nicht mehr besuchen können. Meyer war tot. An seinem Geburtstag. Am Heiligen Abend.

Rückblende ***Bei Lola***

*Die Zeit ging ins Land. Die Fußspuren, die ich einmal am frühen Morgen in meinem Zimmer gefunden hatte, gerieten in Vergessenheit. Ich hatte geträumt. Und wahrscheinlich hatte irgendwer am Tag zuvor mein Zimmer aufgesucht und vergessen, sich die Schuhe abzuputzen. Oder es waren doch meine eigenen Abdrücke. Mir war es auch egal. Scheißegal.*

*Der Dezember verflog. Wir hatten unseren Spaß bei Schneeballschlachten, Thomas und ich. Und daran, mächtige Schneemänner zu bauen.*

*»Der sieht aus wie mein Papa!«, flachste ich. Und wir bogen uns vor Lachen, als Thomas meinte, seiner habe große Ähnlichkeit mit unserem Direktor. Doch jedes Mal, wenn er von ihm sprach, spürte ich, dass etwas nicht stimmte. Ein ums andere Mal fing er dann zu zittern an. Und ich sah, wie die Freude aus seinem Gesicht wich.*

*An diesem Tage war es noch schlimmer als sonst. Thomas lehnte am dicken Bauch des Schneemanns und dessen linker Arm, ein kleiner Ast mit mindestens 25 Fingern, legte sich auf seinen Kopf. Die Mütze rutschte Thomas ins Gesicht. Ich konnte es nicht sehen, dann aber hörte ich das Schluchzen immer deutlicher. Ich setzte mich zu ihm, sodass auch über mir der Schneemann thronte, unser Direktor.*

*»Thomas, sag mir endlich, was ist mit dir?«*

*Er schüttelte nur den Kopf.*

*»Thomas, bitte! Wir sind Freunde. Du kannst mir alles erzählen.«*

*Wieder schüttelte er nur den Kopf.*

*So saßen wir minutenlang da, ohne ein Wort zu sprechen. Uns beiden wurde kalt und wir schmiegten uns immer dichter zusammen, wärmten uns, gaben uns Nähe und Geborgenheit.*

*Dann brach Thomas sein Schweigen: »Ich habe ihm mein Versprechen gegeben. Er bringt mich um.«*

*Schweigen.*

*»Wer? Der Direktor?«, fragte ich nach einer langen Pause.*

*Thomas hob langsam den Kopf und drehte sich zu mir herüber, sodass ich in seine Augen sehen konnte. Ich sah mein Spiegelbild.*

*»Was tut er dir an?«*

*Thomas weinte: »Alles, was du dir vorstellen kannst!«*

*Ich wusste, was er meinte. Und der Direktor drohte ihm, falls er anderen davon erzählen würde.*

*Wir saßen weiter unter unserem Schneemann. Ich brachte kein Wort mehr heraus. Ich musste weg. Weg von diesem Schneemann, der aussah wie unser Direktor. Weg von dieser Schule. Aber wo sollte ich hin? Außerdem konnte ich Thomas nicht allein lassen. Er war noch wehrloser als ich.*

*Ich musste bei ihm bleiben.*

*Ich ließ mich neben Thomas fallen und schlug mit dem Rücken so stark gegen den Schneemann, dass dessen Kopf nach hinten plumpste.*

*»Hey, schau mal. Ich habe den Direktor geköpft.«*

*Thomas schaute nach hinten – und prustete. Lachen und Weinen zur gleichen Zeit. Es steigerte sich in ein jammerndes Lachen.*

*Ich legte meinen Arm um ihn. Er fühlte sich völlig durchnässt und eiskalt an. »Hey, Großer, auf geht's. Du brauchst ein warmes Bad. Oder zumindest eine Dusche.«*

*Ich half Thomas hoch.*

*Gemeinsam wankten wir zu den Baderäumen, in denen wir uns wuschen, duschten und unsere Zähne putzten. Wir nannten die Duschen Militär-Reiniger. Die harten Strahlen kneteten den Körper, gaben ihm Kraft zurück und machten munter. Aber sie verursachten auch Schmerzen. Als wir uns den Räumen näherten, bemerkten wir, dass das Licht innen brannte.*

*»Wer duscht denn da so spät noch? Oder hat einer vergessen das Licht auszumachen?«, fragte ich leise.*

*Er zuckte mit den Schultern, so gut es eben ging, durchgefroren wie er war.*

*»Komm, wir schauen«, sagte ich und schritt die Treppe nach oben. Doch Thomas hielt mich von hinten fest.*

*»Bleib da weg!« Immer lauter werdend wiederholte er denselben Satz.»Bleib da weg!« Wieder und wieder. Mich schauderte.*

*Doch das hielt mich nicht auf. Diese Duschen zogen mich magisch an.*

*Ich schlich hinein, raunte Thomas ein »Schscht« zu, und öffnete langsam die angelehnte, mit Milchglas versehene Tür zu den Waschräumen. Ich verhielt mich so leise, wie ich nur irgendwie konnte. Der Duschraum der Mädchen war dunkel. Das Licht und das Wasserrauschen kamen aus den Duschen der Jungs. Hörte ich richtig? War da die Stimme unseres Direktors? Oder bildete ich mir alles nur ein?*

*Ich schlich weiter. Meine Hand wanderte an der nassen Wand entlang.*

*Ich kam dem Lichtstrahl aus den Duschen immer näher. Und auch das Rauschen des Wassers wurde immer lauter.*

*Ich erreichte die Tür und blieb stehen. Mein Herz schlug so laut, dass es jedes Schlagzeugsolo hätte übertönen können.*

*Was sollte ich tun? Was würde ich sehen, wenn ich einen Blick hinter diese Türe wagte?*

*Mein Atmen konnte ich schier nicht mehr kontrollieren.*

*Ich atmete nicht mehr – ich schnaufte wie ein Walross.*

*Speichel lief mir aus dem Mund. Dann riss ich die Tür auf.*

### *Weihnachten 2006*

Als Maria gegen zehn Uhr die Haustür hinter sich zuwarf und auf das Auto ihres Freundes zulief, hatte sie ein schlechtes Gewissen. Ihre Eltern hatten sich wieder so viel Mühe gegeben! Die ganze Familie war versammelt. Das Essen war wieder delikat – war es nun Ente oder Gans an Heiligabend? Egal! Lecker war es allemal.

Ihre Eltern hatten ihr einen riesigen Gutschein gebastelt. Der repräsentierte ihr erstes eigenes Auto. Dabei war sie noch Schülerin. Maria wurde genau an diesem Heiligabend 18 Jahre alt.

»Ein eigenes Auto? Ihr spinnt!«, hatte sie gerufen.

Ein eigenes Auto?

Das bedeutete Unabhängigkeit. Und das bedeutete auch, dass sie ihren Freund, mit dem sie ein halbes Jahr zusammen war, häufiger sehen konnte. Und es stand auch nicht irgendeine schrottreife alte Karre auf dem Gutschein. Nein. Der Gutschein galt für einen neuen Fiat 500. Das Kultauto, das sie so liebte. Mit offenem Dach. ›Open Sky‹ nannte man das wohl. 101 PS. Auf dem Gutschein war ein Foto ihres Traumwagens aufgeklebt, denn der kleine Flitzer hätte nicht unter den Christbaum gepasst, witzelte ihr Vater.

Und so zog er sie nach draußen. Da stand er, tatsächlich. So wie sie sich ihr erstes Auto immer vorgestellt hatte. Klein, weiß, sportlich – und das Wichtigste – ihrer. Als sie ihrem Freund Frido das Auto zeigte, gab er neidlos zu: »Du hast die besten Eltern der Welt.«

Sie stolzierte auf ihren High Heels davon, in denen sie längst perfekt laufen konnte. Er schaute ihr nach. Was hatte er nur für einen Glücksgriff mit ihr getan!

»Komm. Wir müssen fahren. Die anderen warten längst. Und die Kneipen werden wie jedes Jahr an Weihnachten wieder aus allen Nähten platzen. Mal sehen, ob wir noch irgendwo reinkommen.«

Maria nickte und stieg auf den Beifahrersitz von Fridos Mercedes Coupé. Als sie sich schwungvoll niederlassen wollte, schrie er auf. »Halt! Langsam!«

Sie drehte sich um – und sah das Geschenk auf dem Sitz liegen.

»Ist das für mich?«, fragte Maria.

»Nein, für meine Freundin«, antwortete Frido.

Sie schlug ihm mit der Faust auf den Oberarm.

»Natürlich ist das für dich, alles Gute zum Geburtstag, mein Schatz. Und frohe Weihnachten.«

Sie ließ keine Sekunde verrinnen und riss das Geschenkpapier unsanft auf.

Sie traute ihren Augen nicht: »Du bist verrückt!«

Er nahm den goldenen Ring aus der Schatulle und steckte ihn ihr an den Finger der linken Hand. Zwei Brillanten blitzten. Dann hielt er seine eigene rechte Hand daneben. Er trug denselben Ring. Nur ohne Diamanten. »Darauf, dass wir für immer zusammen bleiben. Ich liebe dich!«

Was ist das für ein tolles Weihnachten!, dachte Maria.

Als sie wenige Minuten später die Kneipe ›Spielort‹ am Heilig-Kreuz-Münster erreicht hatten, schaute sie ehrfürchtig nach oben. Ihr stach die Größe und die schöne Beleuchtung ins Auge, die ein Künstler aus der Stauferstadt – so viel wusste sie darüber – realisiert hatte. Irgendwie bedrohlich. Schaurig schön. Eine Kirche, die sie in Gedanken ins Mittelalter entführte.

»Was ist?«, rief Frido. Er hatte keine Lust zu warten.

»Was ist, fragst du? Weihnachten. Und ich finde unser Münster schön.«

Dann rannte sie zu ihm und sie betraten gut gelaunt und beschwingt die Kneipe. Zigarettenqualm schlug ihnen entgegen, als sie die Tür öffneten. Man konnte kaum seine eigene Hand vor Augen sehen. Die Luft war verbraucht und die Menge, die sich in den kleinen Raum presste, hätte gereicht, um ein Fußballstadion zu füllen.

Doch das war eben Heiligabend.

All ihre Freunde rannten ihr förmlich nach. Sie war ein sehr beliebtes Mädchen. Nein, sie war heiß begehrt, auch wenn sie ihrem Freund immer treu war.

Doch Flirten musste erlaubt sein. Und das tat sie auch ausgiebig. Auch an diesem Abend. Frido sah ihr aus ein paar Metern Entfernung zu. Von einem Barhocker aus hatte er den besten Blick auf seine Freundin, die ausgelassen zu den Klängen von Bon Jovis ›You Gave Love A Bad Name!‹ tanzte.

Sie genoss es, im Mittelpunkt zu stehen. Frido lutschte an seinem Strohhalm und driftete in seinen Gedanken ab. Zu Momenten, in denen er mit ihr allein war. Wie sie sich auf ihm bewegte, als hätte sie mit ihren achtzehn Jahren niemals etwas anderes getan.

Maria spürte, dass die Männer die Augen nicht von ihrem makellosen Körper lassen konnten. Je mehr sie die Blicke spürte, desto aufreizender begann sie zu tanzen.

Frido grinste. Er kannte Maria bestens. Und er wusste: Er konnte sie lassen. Kein Grund zur Eifersucht. Und wie recht er hatte!

Es dauerte ein paar Lieder, dann schwang sie sich auf seinen Schoss und rieb sich an ihm. Umschwärmt von der Meute um sie herum. Sie küsste ihn innig, ehe sie sich wieder mit dem Hintern wackelnd, in die Mitte des Raums zurücktanzte.

Sie schaute über die Schulter, drehte sich um und ihre Augen trafen Fridos. Was war er doch für ein Glückspilz!

Sie war sein.

Plötzlich sah er, wie Blut über ihre Unterlippe lief. Sie verdrehte die Augen. Ihr schöner Körper schien nach vorne, dann nach hinten zu kippen. Sie spuckte Blut aus, hellrot. Dann kippte sie nach vorne. Frido konnte das Messer sehen, das bis zum Anschlag in ihrem Rücken steckte.

Wie durch dichten Nebel hörte er ihren Schrei, als sie zusammenbrach. War das alles ein böser Traum? Er sprang von seinem Barhocker auf und rannte zu ihr. Er nahm sie an der Seite und drehte sie behutsam herum.

Doch ihr Kopf kippte zur Seite wie ein Klappmesser. Er schaute in ihre Augen. Weit aufgerissen blickten sie ihn an. Beängstigend groß und leer. Wie die eines toten Fisches.

Frido rannte hinaus aus der Kneipe. Er musste ihn finden. Den Täter. Den Mörder seiner Freundin. Das Gmünder Heilig-Kreuz-Münster flackerte im blauen Licht des Polizei-Einsatzwagens.

Schaurig schön, dachte Frido. Um dann sofort wieder in die Realität zurückzukehren. Zwei Polizisten stürmten an ihm vorbei, hinein in den Qualm.

Frido drehte sich nochmals um, dann meinte er, einen Schatten zu sehen, der in der Kirche verschwand. Hatte er sich getäuscht?

Er stürmte auf den Haupteingang zu, er war verschlossen. Die Fantasie war wohl mit ihm durchgegangen.

Er brach vor dem Hauptportal zusammen und begann zu schreien. Hatte er es wirklich erreicht? War die Tür tatsächlich versperrt? Nein, er hatte sie nie berührt. So, wie er Maria niemals mehr berühren würde.

Aus seinen Schreien wurde ein ohrenbetäubendes Heulen. Unbändig, schrill, schließlich von Tränen erstickt. Er fiel in Ohnmacht. Sein Geist war überfordert. Er war nicht mehr Herr seiner Sinne. Er wollte nur noch Maria in den Tod folgen. Er wollte sterben. Am Fuße dieses wunderbaren Gebäudes, das die Parler vor Jahrhunderten geschaffen hatten.

Er erwachte im Krankenhaus: »Ist sie tot?«, fragte er den Pfleger. Der Pfleger schwieg. Vielmehr schien er sich auf all die Apparaturen zu konzentrieren, an die sie Frido angeschlossen hatten. Nichts hatte er mitbekommen. Nicht, wie ihn die Polizistin im Schatten des Münsters hatte liegen sehen. Nicht, wie er sich gewunden hatte, als steche ihm jemand einen Dolch in den Magen. Und ebenso wenig, wie sie ihn im Krankenwagen nach Mutlangen in die ›Stauferklinik‹ gebracht hatten.

Und jetzt war er hier. Er lauschte dem Piepsen und verfolgte auf dem gegenüberliegenden Bildschirm den Herzschlag. Seinen Herzschlag. Laut und rhythmisch. Beruhigend.

Der Pfleger sprach ihn wie aus dem Nichts an: »Wie geht es Ihnen?« Frido ließ sich Zeit mit seiner Antwort, fixierte weiterhin den schwarz-grünen Monitor und verfolgte, wie die Linie sich hob und senkte und von links nach rechts wanderte, ehe sie in die nächste Zeile sprang.

»Ist sie tot?«, fragte er erneut.

»Das kann ich Ihnen nicht beantworten.«

Der Pfleger vermied es, ihn direkt anzuschauen. So als wüsste er mehr, als er zugab.

»Ich hole den Stationsarzt!«

Frido bemerkte, dass er nicht allein auf dieser Station war. Im Bett neben ihm lag ein weiterer Patient. Schläuche ragten aus seiner Nase und aus seinem Mund. Neben ihm pumpte ein kleiner Apparat Sauerstoff in die Lungen, sodass sich sein Oberkörper hob und wieder senkte.

Auf und ab. Auf und ab.

Frido schätzte den Mann auf ungefähr Mitte vierzig. Sein Gesicht war fahl; seinem Körper schien jedes Leben abhanden gekommen zu sein. Ausgemergelt lag er in der eierschalenfarbenen Bettwäsche, wie es sie nur in Krankenhäusern gab. Die Organe schienen sofort zu versagen, würde man ihn von diesen Schläuchen und Sonden befreien. Mehr Toter als Lebender.

Dann öffnete sich die Tür und drei Ärzte und einige Pfleger kamen herein. »Schscht!«, gab der erste von sich. Der zweite, wohl der Stationsarzt, trat an die Infusion und spritzte eine gelbliche Flüssigkeit hinein, öffnete den kleinen Dosierer, sodass die Tropfen in seine Venen drangen.

Frido wurde schwummrig. Dann spürte er, wie sich seine Augen nach hinten wegdrehten und seine Stimme versagte. Es wurde wieder Nacht.

# *Teil 2*

# DIE ERMITTLER
# UND DIE DAME

*Erster Weihnachtsfeiertag 2006*

Sigurd Weller kam an diesem Morgen zu spät ins Büro. Die Nacht war lang gewesen für den alten Kommissar. Er hatte seinen Ohren nicht getraut, als er von dem Mord in der Gmünder Kneipe ›Spielort‹ erfahren hatte. Von rund 200 Zeugen hatten er und seine Kollegen die Personalien aufgenommen und den Tatort abgesperrt. Als er dort ankam, war die Stimmung unter den Kollegen zuversichtlich – obwohl sie noch nichts gefunden hatten.

»Sigurd, altes Haus! Haben sie dich auch noch raus geklingelt. Mein Gott! Und das an Weihnachten«, hatte Stefan Passlack gesagt, der stellvertretende Leiter der Kripo in Schwäbisch Gmünd, als er den 65-Jährigen in die Kneipe kommen sah.

»Ja, Stefan, mir bleibt auch nichts erspart, und das kurz vor meiner Pensionierung!« Seit Monaten sprach Weller nur noch von dem Tag, an dem es endlich soweit war: Er wollte Rentner sein. Die vielen Jahre im Dienst hatten ihn gezeichnet. Mehr und mehr war er gestresst, je älter er wurde. »Was mich am meisten ankotzt, ist, dass sich meine Kinder kaum noch bei mir melden. Irgendwie bin ich einsam geworden, Stefan.«

Wellers Ehe war in die Brüche gegangen. Zu oft hatte er den Job über das Familienleben gestellt. Die Zeit war immer knapper geworden. Seine Kinder – ein Sohn, weit über dreißig, und eine Tochter, die das zweite Baby erwartete – hatte er meist nur schlafend gesehen. Morgens verließ er als Erster das Haus und war der Erste, der das Kommissariat betrat. Und abends sperrte er als Letzter ab und machte sich, meist mit einem Abstecher in sein Lieblings-Clubheim in der Gmünder Buchstraße, auf den zum Glück kurzen Nachhauseweg.

Seine Frau war mit einem jüngeren Mann durchgebrannt. Sie hatte ihm erklärt, dass er selbst schuld sei und dass sie einen Partner an ihrer Seite wolle, der auch ein wenig Zeit für sie aufwendete. Damals hatte er gelacht und von seinen Aufgaben und Pflichten als Kommissar gesprochen und auf das sichere Einkommen eines Beamten verwiesen.

»Martha, wenn du meinst, du musst deinen eigenen Weg gehen, dann geh! Ich werde dich nicht aufhalten!«

Mit diesen Worten hatte Weller, hart, wie er sein konnte, den Streit für beendet geklärt. Die Tränen und den Frust hatte er ihr nicht angesehen. Vielleicht wollte er es auch gar nicht, dachte er sich heute.

Längst hatte er sich dafür entschieden, das gemeinsame Haus zu verkaufen. Er hatte seine Frau ausgezahlt, wie es ihr von Rechtswegen zustand. Er selbst hatte sich von seiner Hälfte eine schöne Maisonette-Wohnung in der Innenstadt gekauft. So hatte er einen kürzeren Arbeitsweg und er musste sich nicht um lästige Arbeiten im Garten kümmern. Er hatte Sofia, einer jungen Frau aus Polen, den Haushalt übertragen.

Für ihn war es die optimale Lösung.

Wenn er morgens zur Arbeit ging, war sie noch nicht da. Und kehrte er abends zurück, waren Küche und Wohnung geputzt, ein warmes Essen wartete auf dem Herd, seine Wäsche war gewaschen und gebügelt.

Von seiner Frau hatte er seit Wochen nichts gehört – und das beruhigte ihn. Dieses Kapitel hatte er abgeschlossen. Ja, er gönnte es ihr, ihr neues Leben – ohne ihn. Er war manchmal sogar neidisch, wünschte sich selbst auch eine neue Partnerschaft. Aber das konnte nicht das Problem seiner Exfrau sein. Die Scheidung war fair über die Bühne gegangen. »Martha, wir hatten auch eine schöne Zeit zusammen. Vergiss das bitte nicht. Ich werde es nie vergessen.«

Und nun stand er seinem Kollegen Stefan gegenüber und musste tatsächlich nochmal in einer Mordserie ermitteln. »Stefan, ich habe keine Lust mehr darauf. Aber dieses junge Mädchen darf nicht umsonst gestorben sein. Wir müssen endlich einen Schlussstrich ziehen können unter diese Weihnachtsmorde!«

Stefan Passlack war erst seit einem halben Jahr in Schwäbisch Gmünd. Er arbeitete gerne mit Weller zusammen und dachte mit Schwermut an den baldigen Abschied des Chefs. Doch der junge Polizist wusste, dass die Pensionierung nur noch wenige Wochen entfernt war.

»Sigurd, siehst du da einen Zusammenhang? Das ist doch dieses Mal eine ganz andere Situation. Ich glaube nicht, dass da eine Verbindung besteht. Wenn man die zurückliegenden Fälle betrachtet, dann gab es bei den Morden in den vergangenen Jahren niemals Spuren. Es waren Morde aus heiterem Himmel sozusagen. Ohne dass auch nur eine einzige brauchbare Spur zu finden gewesen wäre. Hier aber ist die Konstellation eine andere: Der Mörder hatte sich unter die Leute gemischt. Er muss gar mit dem Opfer getanzt oder sich von hinten an sie herangeschlichen haben. Und ihr dann, im Beisein von Hunderten von Menschen, den Dolch so gezielt durch die Rippen gestoßen haben, dass sie sofort tot war. Den Dolch hatte er dabei zurück gelassen.«

»Wir hatten bislang noch nie eine Tatwaffe – zumindest bei den Fällen, in denen wir selbst ermittelt haben. Aber der Mord ist eben wieder an Heiligabend passiert. Ich glaube nicht an einen Trittbrettfahrer, der so leichtsinnig agiert«, sagte Weller.

Stefan Passlack hörte seinem Chef aufmerksam zu. Er sah in ihm das Musterbild eines Kriminalisten, dem er selbst nacheiferte.

Auch Weller hatte großen Respekt vor seinem jungen Mitarbeiter. So hatte er sich vor einem halben Jahr dafür starkgemacht, dass er als sein Partner nach Schwäbisch Gmünd versetzt wird. Im Vorfeld hatten sie lange Gespräche geführt.

Weller hatte ihm klar gemacht, dass sein Familienleben zunächst einmal ganz weit nach hinten rutschen würde. »Wenn Sie sich dafür entscheiden, mein Partner zu werden – und meine Unterstützung haben Sie – dann werden Sie merken, wie dieser Job Sie auffressen kann und wird.«

Doch das hatte Passlack nicht abgeschreckt. Er suchte eine Lebensaufgabe. Seine letzte Beziehung war wenige Monate zuvor auseinandergebrochen, weil er nicht treu sein konnte. Und das würde sich wohl auch in Zukunft nicht ändern.

Die Zusammenarbeit mit dem fordernden Weller bedeutete für ihn die Chance, vielleicht noch weniger Bindungen eingehen zu müssen. Das hatte er freimütig dem Kommissar erzählt – der hatte ihm nicht widersprochen.

»Passlack! Ich glaube inzwischen, dass es in unserem Job ein Fehler ist, eine Familie zu gründen und eine Ehe zu führen. Wir verlieren jegliche Fairness gegenüber unserem Partner. Da halte ich es für besser, es so zu halten, wie Sie es tun. Turnen Sie durch die Betten, so viel Sie wollen. Ich bin dafür zu alt – aber ich würde vermutlich, mit meinem heutigen Wissen, dasselbe tun. Aber wundern Sie sich nicht, wenn Sie später alleine und einsam dastehen!«

So waren sie ein Team geworden.

In wenigen Wochen hatten sie gemerkt, wie ähnlich sie tickten. Kaum ein Moment, kaum ein Fall, in dem sie nicht annähernd gleich dachten.

*Die Duschräume waren leer. Kein Mensch stand unter dem Wasserstrahl. Das Wasser sah kupfern aus. So wie jeden Morgen, wenn ich mich unter diese Brause stellte und einzelne Spritzer mit dem Geschmack von Eisen verschluckte. Kalt und bitter. Doch ich hatte immer noch den Geruch von Pisse in der Nase. Und mein Angstschweiß lief mir in die Augen, sodass ich blinzeln musste.*

*Das Fenster der Duschräume war geöffnet. War hier jemand hinausgestiegen? Ich konnte mir keinen Reim darauf machen. Ich hatte doch die Stimmen deutlich gehört.*

*Ich blickte durch das Fenster hinaus in die schwarze Nacht. Nein, da war niemand. Aber war da nicht doch ein Schatten? Huschte da nicht jemand davon? Ich rief: »Halt, stehen bleiben! Wer immer du bist.« Die Gestalt drehte sich kurz um und ich sah, dass sie mit einem Bademantel bekleidet war. Und sie trug etwas weg. Etwas Zappelndes. Ich sah die kleinen Beine, wie sie unter dem großen, weißen Bademantel herausschauten.*

*Jemand schrie: »Hilf mir doch, jetzt! Nicht irgendwann!« Ich stand wie gelähmt da. Was hatte ich gesehen? Oder bildete ich mir alles nur ein? Nein. Ordnete meine Gedanken. Und hechtete durch die Tür hinaus in den kargen Flur.*

*»Hey!«, schrie Thomas, als ich mit ihm zusammenprallte, ihn aber kaum beachtete.*

*»Lothar, was ist denn? Was hast du gesehen? Wer ist da drin?«*

*Er schrie jetzt, Panik stieg in ihm auf.*

*Doch ich hatte nicht die Zeit, mich um ihn zu kümmern. Ich musste wissen, wer diese Gestalt war.*

*Ich sprang durch die Eingangstür des Sanitärgebäudes und rannte um die Ecke. Als ich hinter dem Haus angekommen, war dort – niemand.*

*Ich blieb stehen.*

*Dann spürte ich Thomas' Hand auf meinem Rücken. »Was war, Lothar? Was hast du gesehen?«*

*»Ich kann es dir nicht genau sagen. Aber ich glaube, es war der Direktor. Und er hatte ein Kind, das er festhielt und das sich wehrte.«*

*Er schaute mir resigniert in die Augen.*

*Dann sagte er leise: »Komm, wir gehen in unser Zimmer. Ich muss dir etwas erzählen!«*

***Erster Weihnachtsfeiertag 2006***

Sigurd Weller saß an seinem Schreibtisch. Wie er diesen Platz früher geliebt hatte! Mittlerweile hasste er ihn. Nein, seine Lebensenergie reichte nicht mehr aus, sich nochmals so einem widerwärtigen Fall zu stellen. ›Die Weihnachtsmorde‹, so wurden sie in der Umgebung seit Langem genannt, waren fast schon ein alljährliches Ritual – same procedure as every year.

Kein Heiligabend seit dem Jahr 2000 verging, an dem nicht mindestens ein Mensch sein Leben lassen musste. Hatten sie bei den ersten zwei Fällen noch an Zufall geglaubt, so liefen die Ermittlungen seit Jahren in Richtung Serienmorde. Ein Wahnsinniger – so die allgemeine Vermutung, der in seiner Vereinsamung die Weihnachtszeit nicht ertragen konnte.

Doch wer war er wirklich? In den vergangenen Jahren waren Experten hinzugezogen worden. Die Profile, die sie erstellt hatten, waren nahezu identisch. Der Einzelgänger. Der Sozialhilfeempfänger. Keine Frau, keine Kinder. Kein Familienleben. Eine tragische Figur, ausgeschieden aus der Gesellschaft. Arbeitslosigkeit, Frustration, keinerlei Bindungen – so wurde er charakterisiert.

Sigurd Weller hasste diese standardisierten Ansätze mehr als alles andere. Polizeiarbeit war nichts, das sich in ein Raster pressen ließ. Nein. Zumindest nicht, solange es um Morde in der Provinz ging.

Rasterfahndung? Nun gut. Man konnte sie heranziehen, um weltweit agierende Terroristen zu katalogisieren. Aber nicht, um hier eines Einzeltäters habhaft zu werden. Und welche Phrasen er sich nicht anhören musste: »Dieser Mensch kennt keine Grenzen. Er ist ein Monster …«

»Wir haben nichts, rein gar nichts!«. Passlack stand neben ihm. Er traute sich nicht, ihm zu widersprechen. Er zündete sich seine erste Zigarette des Tages an, schnippte an der Schachtel und streckte Weller die drei Zigaretten hin, die herauszufallen drohten. Der alte Polizist griff zu – sein Gesicht wies die typischen Spuren eines starken Rauchers auf. Wenn ihn jemand fragte, wie lange er schon rauchte, entgegnete er oft »seit 66 Jahren«, dabei war er gerade einmal 65.

»Zum Kaffee eine Zigarette, da muss uns doch die Erleuchtung kommen! Kommen Sie, Passlack, sagen Sie es mir: Was übersehen wir? Was ist der erste Hinweis? Unser Ansatz? Es muss ihn geben. Es gibt ihn immer.«

Was folgte, war minutenlanges Schweigen. Weller sah sich die Akten der einzelnen Fälle nochmals von Anfang an durch, die er sich auf den Schreibtisch hatte legen lassen. Voller Frust pfefferte er jede einzelne auf den Boden.

»Nichts. Ich finde … nichts! Rein gar nichts. Es ist zum Verrücktwerden.«

Passlack hob die Unterlagen vom Boden auf. Und nahm sich selbst die erste Akte vor. Irgendwann sagte er: »Chef, da gibt es keinen Zusammenhang. Jeder Fall ist anders. Stets eine andere Waffe. Mal von nah. Mal von fern, mal ein Gewehr, mal eine Pistole, dann wieder nur ein Schubser über das Geländer. Und auch die Opfer. Sie sind so verschieden. Jeder Einzelne hat einen ganz anderen Hintergrund.«

Wieder schwiegen sich die beiden an. Jeder schnappte sich wieder eine Akte. Irgendwann mussten sie auf den Hinweis stoßen, den sie seit Jahren suchten. Heute mehr denn je. Denn dem jungen Ding, das in der Kneipe am Münsterplatz sein Leben gelassen hatte, waren sie es schuldig, mit Hochdruck zu ermitteln.

»Mein Gott, haben Sie gesehen, Passlack, wie bildhübsch sie war. Und nun musste sie sterben, weil wir zu blöd waren in den vergangenen Jahren.«

Passlack musterte den alten Mann. »Nein, wir können uns nicht die Schuld geben. Wir sind nicht diejenigen, die morden. Und nicht jeder Mordfall kann so schnell aufgeklärt werden.«

»Sie werden mit mir heute so lange über diesen Akten brüten, bis wir irgendetwas finden. Und bis die Pathologie uns irgendwelche Hinweise geben kann. Oder die forensischen

Ermittlungen auch nur die kleinste Kleinigkeit ergeben. Wir gehen heute nicht aus diesem vermaledeiten Büro, ohne wenigstens einen Schritt weiter gekommen zu sein.«

Er griff nach dem Ordner mit den bislang bekannten Fakten vom Mord des Vorabends. »Mein Gott, junge Leute, die an Heiligabend feiern wollten. Die nichts außer Spaß haben wollten. Und das an diesem Abend! Ich bin mir sicher, Jesus hätte für sie größtes Verständnis gehabt.«

Passlack blickte auf und sah in den Augen des Kommissars, dass er es ernst gemeint hatte: »Warum auch sollen junge Menschen am 24. Dezember nicht feiern? Vor allem, wenn das Mädel auch noch Geburtstag hatte.«

Weller ergriff als Erster wieder das Wort: »Wenn ich mir vorstelle, dass wir bislang in den ganzen Jahren nichts gefunden haben. Buchstäblich nichts, dann sind wir dieses Mal ja schon recht weit. Ich habe die Hoffnung, dass irgendeiner der Partygäste doch noch etwas gesehen hat. Und sei es nur, dass das Messer sich im Licht gespiegelt hat und er darauf WMF oder was auch immer erkennen konnte.«

Passlack nahm die nächste Mappe in die Hand und roch daran: »Pfui Teufel, diese Akten riechen ja schon richtig modrig.«

»Jetzt stellen Sie sich nicht so an, die liegen eben auch schon ein paar Jahre im Schrank.«

Wieder blätterte Passlack durch eine Akte. Dann sagte er: »Chef! Der hat ja auch an Heiligabend Geburtstag gehabt. So wie das Mädchen von gestern Abend.«

»Ja, Passlack, das ist das Einzige, was auch mir klar ist. Jetzt mehr denn je. Die Opfer haben alle am Weihnachtsabend Geburtstag. Darauf bin ich schon vor Jahren gestoßen – aber ich habe dem ehrlich gesagt keine Bedeutung beigemessen.«

»Warum?«, fragte der junge Beamte.

»Warum? Weil wir damit keinen Ansatz zum Täter haben. Keine Opferverbindung. Und: Ja, er tötet an Heiligabend. Und ja: Einige der Opfer haben an Heiligabend auch Geburtstag.«

»Einige? Alle!«

»Die beiden Kinder aber zum Beispiel nicht.«

»Vielleicht waren sie nur zufällig dabei und mussten deshalb sterben?«

Weller zog die Mundwinkel nach unten.

»Das ist ja mal eine schöne Bescherung!«

Lachen konnte Passlack über seinen eigenen Witz allerdings nicht.

»Aber dann lassen Sie uns wenigstens da ansetzen: Er hat was dagegen, dass die Menschen alle an Heiligabend geboren sind. Meinen Sie nicht?«

»Ja, aber was soll uns das bringen?«, fragte Weller.

»Sollen wir in der ganzen Republik die Menschen unter Polizeischutz stellen, die an Weihnachten geboren wurden? Wissen Sie, wie viele das sind? Hunderttausende. Oder mehr!«

»Nein, aber vielleicht die aus der Region?«

Ab sofort galt ihre einzige Aufmerksamkeit den Geburtsdaten der Opfer. Weller griff sich den kompletten Stapel der Akten mit einer inzwischen wenig überraschenden Feststellung: »Alle erwachsenen Opfer sind an ihrem Geburtstag – Heiligabend – gestorben.«

Er nahm eine der Akten und knallte sie mit voller Wucht auf den Boden.

»Chef!«

»'Tschuldigung!«, sagte er. »Aber wissen Sie, solche Nachlässigkeiten nerven mich. Das darf mir als altem Hasen nicht passieren, niemals! Trotzdem weiß ich nicht, wie uns das jetzt weiterbringen soll. Ich war in jeden einzelnen Fall von Anfang an involviert und habe es nicht geschafft, auch nur eine einzige heiße Spur zu finden. Und dann sehen wir erst jetzt, dass alle an diesem Tag Geburtstag haben.«

Er machte eine Pause.

»Passlack, das muss das Motiv sein. Ohne Zweifel.«

»Ja, möglich. Vielleicht gehört er ja selbst zu diesen Menschen? Die am 24. geboren sind, meine ich. Möglicherweise hält er sich für Jesus Christus und gönnt anderen nicht, dass sie auch an diesem Tag zur Welt kamen?«

Weller schmunzelte: »Gewagte Theorie, aber besser als nichts!«

»Was tun Sie?«, fragte Passlack.

»Als Erstes, denke ich, sollten wir nachprüfen, wer und wie viele in Schwäbisch Gmünd am 24. Dezember Geburtstag haben.«

Der Kommissar nickte, ließ seine Zigarette von einem Mundwinkel in den anderen wandern und brummte: »Machen Sie! Und wenn wir ihn schon nicht direkt erwischen, haben wir vielleicht die Möglichkeit, weitere Opfer zu schützen!«

Nur wenige Stunden später kam die Polizeianwärterin Michaela Pelongrin, Veggi genannt – sie ernährte sich vegan – mit einer umfangreichen Liste zu den beiden ins Büro. »Ich habe hier die komplette Aufstellung derjenigen, die in Schwäbisch Gmünd am 24. Dezember Geburtstag haben, 127 Personen insgesamt!«

»Oje, so viele?«, sagte Passlack. »Damit hatte ich nicht gerechnet. Ich dachte eher so um die zwanzig oder dreißig. Maximal vierzig.«

Weller grinste: »Rechnen Sie doch mal selbst. Schwäbisch Gmünd hat rund sechzigtausend Einwohner und jeder hat irgendwann Geburtstag. Also teilen Sie sechzigtausend durch 365 – so haben Sie den rein statistischen Wert, dass an jedem Tag ungefähr 164 Personen Geburtstag haben. Rein linear gerechnet. Da sind doch 127 ein ansprechend niedriger Wert!«

Stefan Passlack zog die Stirn in Falten und ließ die drei Seiten mit den Namen durch seine Finger gleiten.

»Naja, wenn man es so sieht, dann stimmt das. Ein paar weniger wären mir aber lieber gewesen.«

»Sie kennen den Spruch mit dem Ponyhof?«

Er schaffte es tatsächlich, seinen Kollegen zum Lachen zu bringen: »Hören Sie mir damit auf, der Spruch passt auf jede Situation, die nicht optimal ist.«

Doch Weller hatte eine weitere wichtige Frage an die Kollegin: »Haben Sie uns auch eine Zahl, wie viele Personen im gesamten Ostalbkreis am 24. Dezember Geburtstag haben?«

Sie nickte: »Natürlich. Sie werden überrascht sein.«

»Positiv?«, antwortete er.

»Ich denke schon.«

»Im ganzen Kreis sind es nur 210, inklusive Schwäbisch Gmünd. Also leben die meisten davon in Gmünd.«

Er wandte sich wieder an Passlack: »Sehen Sie, jetzt ist Ihre statistische Erhebung doch noch deutlich besser, als wir befürchtet hatten. Damit können wir arbeiten.«

Er griff sich die weiteren Seiten, beließ die mit den Gmünder Namen bei seinem Kollegen: »Sie haben ein paar mehr, aber ich die deutlich weiteren Wege. Ich denke, wir sollten zunächst einmal ein wenig aussortieren.«

»Ok!«, entgegnete Passlack. »Wen wollen Sie rausschmeißen?«

»Wir haben die Morde seit rund sechs Jahren. Somit schätze ich, dass wir alle Personen unter einundzwanzig aussortieren können, meinen Sie nicht auch?«

»Ja, da haben Sie sicherlich recht. Lassen Sie uns aber ein wenig vorsichtiger kalkulieren: Alle unter achtzehn.«

»In Ordnung«, kommentierte der Kommissar.

»Und die älteren? Sollen wir von ihnen auch welche rausschmeißen?«

»Ja, ich glaube, dass einer über achtzig zu so etwas nicht mehr fähig ist.«

Weller legte den Kopf zur Seite: »Sind Sie sich da ganz sicher? Es gibt auch Fitte älteren Semesters! Sehen Sie mich an!«

Passlack lachte: »Sie sind gerade einmal knapp über sechzig. Ich will gar nicht genau wissen, wie viel. Sie sollen mir noch ein bisschen als Kollege erhalten bleiben.«

Weller blickte von unten über seinen Brillenrand hinweg und schüttelte den Kopf: »Sie wissen ganz genau, wie alt ich bin. Ich habe noch ein paar Wochen, dann ist mit dem Polizeidienst Schluss. Dann freue ich mich nur noch auf mein Pensionärsdasein!«

»Das glauben Sie doch selbst nicht, Holmes!«

Er hielt ihm die Hand zum Einschlagen hin und Weller griff unerwartet fest zu.

»Autsch!«, schrie Passlack auf. »Mein Gott, kein Wunder, dass Ihnen kein Verbrecher mehr aus den Klauen kommt, wenn Sie ihn mal haben!«

Wellers Gesicht zeigte, wie amüsiert er war über seinen Kollegen. Warum hatte er ihn nicht schon viele Jahre früher kennengelernt. Sie hätten ein perfektes Team abgegeben. Ohne Wenn und Aber. Und sie wären sicherlich noch erfolgreicher in ihrer Arbeit gewesen, als es Weller mit dessen Vorgängern gewesen war.

»Zurück zu unseren Geburtstagskindern!«, ermahnte Weller und hielt Veggi die Listen unter die Nase: »Sortieren Sie alle aus, die Stand gestern unter 18 und über 80 Jahre alt sind. Behalten Sie aber auch diese Namen, vielleicht brauchen wir sie ja noch!«

Veggi verließ gemächlich das Büro.

»Mensch! Und beeilen Sie sich!«

Sie legte unvermittelt einen Schritt zu.

Stefan Passlack beruhigte seinen Chef: »Ruhig Blut! Jetzt kommt es auf ein paar Minuten mehr oder weniger auch nicht mehr an. Vielleicht haben wir ja sogar wieder ein ganzes Jahr Zeit. Oder vielleicht führt die vermeintliche Spur komplett ins Nichts.«

»Ein Jahr bis zum nächsten Mord, meinen Sie? Ja, wahrscheinlich. Doch je mehr Zeit wir jetzt verstreichen lassen, desto schwieriger wird es. Und ich muss Ihnen ehrlich sagen: Ich möchte nicht, dass Sie – wenn ich dann in Rente bin – hier nächstes Jahr allein sitzen und über diesem Fall noch immer brüten. Er hatte schon zu viel Zeit, sinnlos zu morden.«

Passlack wollte noch etwas entgegen, doch er verkniff sich seinen Kommentar.

Sie schwiegen sich die folgenden Minuten an, bis Passlack sagte: »Ich bin gespannt, was in den Zeitungen darüber verbreitet wird. Diese Schreiberlinge von den Lokalblättern haben doch meistens keine Ahnung!«

Weller entgegnete scharf: »Vorsicht! Erzählen Sie keinen Mist, Passlack. Ich habe in der Vergangenheit mit den beiden Zeitungen hier vor Ort bestens zusammengearbeitet und ich konnte mich immer darauf verlassen, dass keine Interna ausgeplaudert wurden. Zumindest nicht, ohne mit mir Rücksprache zu halten oder mich im Vorfeld zu informieren, sodass ich mich darauf vorbereiten konnte.«

Veggi kam aufgeregt zurück: »Chef«, schrie sie, »Sie werden es nicht glauben!«

»Was ist los?«, fragte Weller. »Sie sind ja völlig durch den Wind!«

»Ich glaube, wir sind einen großen Schritt weiter!«

Der Kommissar kam nicht dazu, nach dem Warum zu fragen. Ihr Redefluss war nicht zu stoppen: »Ich habe jetzt alle, die nicht in Frage kommen, aussortiert. Und halten Sie sich fest: Es blieben gerade einmal 23 übrig. Nur 23! Das ist doch eine tolle Nachricht, nicht wahr?«

Veggi blickte ihn mit ihren großen Kulleraugen an. Sie hatte lange schwarze Haare, die gewellt über ihre Schultern fielen und ihr hübsches Gesicht einrahmten. Sie war nicht das, was man eine Schönheit nannte, sie war aber durchaus ansehnlich. Zumal die Werte, mit denen sie die Männer um den Finger wickeln konnte, ein Stück unterhalb des Gesichts folgten. ›Doppel F‹ oder vielleicht sogar ›Doppel G‹ – das hatten sie im Kommissariat spekuliert, als sie vor drei Monaten bei ihnen anfing. Veggi konnte mit ihren schlagenden Argumenten auch hervorragend umgehen und trug sie meist in einem großzügigen Dekolleté zur Schau.

»Ja«, sagte Weller, »das sind schöne Nachrichten! Aber 23 sind immer noch eine ganz Menge!«

»Sie haben einen klasse Job gemacht. Danke, Veggi«, sagte er.

Sie schmunzelte: »Danke, Chef! Und, das war das erste Mal, dass sie Veggi zu mir gesagt haben.«

Lachend verließ sie das Büro.

Passlack hatte sich längst die Namen geschnappt, die noch übrig geblieben waren: »Ich schlage vor, wir lassen die jetzt erst mal durch unser System laufen. Vielleicht tut er uns den Gefallen und ist bei uns längst registriert!«

Weller schüttelte den Kopf, sodass die wenigen Haare flogen, die er bewusst ein wenig länger trug, um die teils schon offensichtliche Glatze ein wenig zu kaschieren. »Passlack, noch ist längst nicht sicher, dass auch unser Täter an diesem Tag geboren wurde. Wir haben nur Opfer, die an Weihnachten auf die Welt gekommen sind. Aber das heißt ja nicht zwangsläufig, dass er da ebenso geboren wurde?«

Stefan Passlack sah ihn an und kaute nachdenklich auf seiner Unterlippe. Bis er einen leichten Schmerz spürte.

»Mensch, Chef, was mache ich nur, wenn Sie nicht mehr da sind? Die stellen doch niemals mehr einen von Ihrem Schlag ein …«

»Da können Sie sich sicher sein, denn noch einen von meinem Schlag gibt es nicht!«

Er lachte laut.

»Ja, aber was soll ich denn machen, wenn ich Ihren Scharfsinn nicht mehr hier habe. Wenn ich den Wald vor lauter Bäumen nicht seh?«

Weller stand auf, lief langsam die wenigen Meter um seinen Schreibtisch und legte seine Hand auf die Schulter des jungen Kollegen: »Stehen Sie auf, Passlack!«

Er erhob sich, so schnell er nur konnte und schaute erstaunt.

»Gehen Sie auf die andere Seite und setzen Sie sich auf meinen Schreibtischstuhl!«

Passlack ließ sich nicht zwei Mal bitten.

Weller sagte: »So, ab jetzt ist das Ihr Platz. Damit Sie sich schon mal dran gewöhnen. Sie sind jetzt der Chef!«

Ihm war zum Heulen zumute.

Und doch war er so unfassbar stolz.

Weller hatte ihm sein ganzes Vertrauen geschenkt. Sich ihm, dem Jüngeren und Unerfahreneren, untergeordnet. Welch ein Beweis, dass er ihm zutraute, der neue Weller zu werden.

Weller setzte sich ihm gegenüber und zündete sich die x-te Zigarette an. »Mein junger Freund! Jetzt nehmen Sie mein Handy und schauen in das Adressbuch! Und jetzt schauen Sie unter ›Eigene Nummer‹.«

Passlack blätterte durch das Adressbuch und stieß auf eine Handynummer.

»Immer, wenn Sie denken, Sie kommen nicht mehr weiter, dann rufen Sie mich einfach an. Und ich verspreche Ihnen, ich werde rangehen. Ich lasse Sie nicht im Stich, auch wenn ich offiziell nicht mehr zu diesem Verein gehören werde. Und vergessen Sie nicht: Den ersten großen möglichen Fortschritt in diesem Drecksfall haben Sie gemacht. Ohne Sie wären wir noch keinen Schritt weiter gekommen. Also: Lassen Sie uns arbeiten!«

Rückblende ***Bei Lola***

*Thomas und ich saßen uns auf meinem Bett gegenüber. Unsere Füße berührten sich leicht. Sie fühlten sich kalt an. Kalt und taub. Als wären sie von unseren Körpern gelöst. Kein Gefühl.*

*Ich konnte nicht glauben, was er mir gerade erzählt hatte. Acht Jahre war er alt. Acht Jahre! Noch so klein und zerbrechlich. So unschuldig. So jung. So rein. Und ich war nur zwei Jahre älter als er.*

*Ich spürte, wie meine Füße nach und nach einschliefen. Doch ich tat nichts dagegen. Das Gefühl kehrte nicht zurück. Im Gegenteil. Meine Füße waren der Ausdruck, wie ich mich gerade fühlte.*

*Niemand hatte Thomas beschützt.*

*In mir wuchsen der Hass und der Zorn. Unkontrollierbar. Und das Gefühl vollkommener Hilflosigkeit. Was konnte ich schon ausrichten? Als Zehnjähriger. Ich war gefangen in einer Welt des Grauens. Und der Kleine neben mir war das Opfer.*

*War ich der Nächste? Musste ich ebenso dran glauben? Würde er kommen und auch mich holen?*

*Ich fasste mir ein Herz und redete. Ich weiß nicht mehr, ob ich tatsächlich mit Thomas sprach. Oder ob ich einfach mit mir selbst redete. Plötzlich kam mir eine Frage wieder in den Sinn: »Wer war das vorhin in der Dusche?«*

*Ich schaute zu ihm auf.*

*Er wirkte hellwach, bereit zu allem. Und auch bereit, mir zu sagen, wer das gewesen war: »Bist du so dumm? Oder tust du nur so?«*

*»Der Mann und das Kind, wer war das? Ich habe sie doch deutlich gesehen. Er hatte das Kind in den Bademantel gewickelt und es davongetragen.«*

*»Du weißt es doch! Oder muss ich es dir wirklich sagen? Der Junge spielt keine Rolle, das kann jeder von uns gewesen sein. Irgendwann wirst du nicht mehr darüber nachdenken, ob du es selbst bist oder einer der anderen. Aber du weißt, was er tut. Und du wirst es spüren, egal ob du es selbst bist. Oder einer der anderen.«*

*Ich wusste, wen er meinte. Und dennoch wollte ich Gewissheit.*

*»Ist es der Direktor? Ist es Miezwiecz?«*

*Thomas schaute auf und grinste. In seinem Grinsen verbarg sich abgrundtiefer Hass.*

*»Ja!«*

*Ich liebte Thomas. Und ich hasste ihn. Er war hier, seit vielen Jahren. Und er hatte mich bis jetzt nicht gewarnt.*

*Ich drehte mich zur Seite, mit dem Gesicht zur Wand. Dann heulte ich hemmungslos.*

*Thomas legte sich an meine Seite und griff nach meiner Hand. Es beruhigte mich.*

*Ich sagte nur: »Es tut mir so leid. So leid. Du solltest nicht hier sein. Wir sollten nicht hier sein. Niemand sollte hier sein.«*

*Dann ging die Tür auf.*

*Miezwiecz stand da. Groß, breit, bedrohlich. Er nannte meinen Namen. »Komm!«*

*Mein Brief war so lang, trotzdem – Satz um Satz, Zeile um Zeile, Wort um Wort, Silbe um Silbe brannten sich in mein Gehirn und hinterließen Unglauben und den Wahn, dass ich mich nicht hatte auf meine Eltern verlassen können, dass sie weg waren, dass sie nicht im Internat waren und sich einen Scheiß um ihren Sohn scherten.*

*Ich empfand den Brief dennoch als zu kurz. Ich wollte meiner Mutter alles, wirklich alles schildern. Sie musste kommen. Sie musste mir glauben. Sie musste mich holen. Und Thomas. Und all die anderen Jungs. Sie war doch meine Mutter.*

*Und sie hatte geschworen, immer für mich da zu sein. Ebenso wie mein Vater, den ich nicht mehr gesprochen hatte, seit ich im Internat war.*

*›Liebe Mama,‹, hatte ich geschrieben, ›ich hoffe, euch geht es in Spanien gut und ihr habt auch die Arbeit und die Wohnung gefunden, die ihr euch so gewünscht habt.‹ Ich schrieb alles, was mir über Spanien so einfiel. Alles, was ich irgendwie wusste. Ich versank in Gedanken an Strand, an Palmen, an Wärme – und blickte während des Schreibens auf die karge Wand meines Zimmers.*

*›Mama! Komm! Und hilf mir! Hilf uns! Bitte! Jetzt!‹*

*Es waren die letzten Zeilen, die ich an sie schrieb. Ich wusste, dass sie diese Zeilen nie bekommen würde. Und dennoch schrieb ich. Sie musste doch kommen. Sie hatte mich im Stich gelassen. Abgeschoben. In die Fänge dieses Despoten, in die Hände dieses Schweins.*

*Ich lag in meinem Bett. Sah, wie Thomas neben mir schlief. So still. So ruhig. So zufrieden. So tot. Ich schoss aus meinem Bett. Ich riss die Augen auf. Ich schrie. Thomas wachte auf. Er sprang aus dem Bett und saß in einer Sekunde neben mir. »Hör auf, Lothar. Um Gottes willen, hör auf!«*

*Ich sah ihn hinter mir in meinen Träumen und ich konnte ihn spüren. Ekel machte sich in mir breit. Ich wollte mich übergeben.*

*Nie wieder würde ich diesen Moment vergessen. Er hatte sich in mein Gedächtnis eingebrannt – für immer.*

*Thomas' Mahnungen drangen nur langsam an mein Ohr. Aber sie waren da. Zunächst noch wie durch einen Nebel. Dann immer deutlicher. Und da war ich – zurück in unserem Zimmer. Ich blickte mich um. Sah die weißen, trostlosen Wände. Die zwei Betten, den Schrank, aus dem wir unsere wenigen Kleidungsstücke morgens nahmen. Viel zu wenig, um Tag für Tag sauber angezogen zu sein.*

*Ich sah den schmalen Schreibtisch, auf dem sich unsere Schulsachen türmten. Ich sah sie fallen, die Bücher, die Hefte. Ich stieß mit meinem Fuß heftig dagegen, sodass der ganze Turm einstürzte. Und wieder hörte ich Thomas schreien. Seine Stimme klang nun noch schriller, noch panischer: »Lothar! Lothar! Lothar! Hör auf! Oh Gott, hör auf!«*

*Ich erwachte. Ruhe. Kein Mucks. Dann sah ich ihn neben mir sitzen. Ich sagte: »Dafür wird er bezahlen. Für immer wird er bezahlen. Er wird büßen, wie er noch nie Buße getan hat. Wie sie noch kein Mensch getan hat.«*

*Ich spürte den Arm auf meinem Rücken. Die Hand, die wieder und wieder von oben nach unten und von unten nach oben strich.*

*Ich wollte dieses Internat verlassen. Ich stand auf, riss meinen Koffer unter meinem Bett hervor.*

*Thomas sah mich entgeistert an: »Was tust du?« Ich gab keine Antwort.*

*Ich schleuderte meine Kleider aus dem Schrank in den Koffer. Ohne darüber nachzudenken, was ich tat. Die paar Spielsachen, die ich hatte, oben drauf. Ich versuchte, den Koffer zu schließen.*

*Dann sprang ich auf und rannte zur Tür. Thomas war mir egal. So egal wie nie zuvor. Er war ein Klotz an meinem Bein.*

*Nur seinetwegen war ich noch da.*

*So also war es: Er war schuld. Ich gab ihm einen Stoß. Er fiel auf sein Bett und mit dem Kopf nach hinten gegen die Wand. Nicht heftig, aber sein Kopf schlug dumpf dagegen: »Hey, Lothar! Ich bin doch dein Freund!«*

*Ich war selbst schockiert über meine Worte: »Nein, das warst du nie. Du bist schuld. Wärst du nicht hier, wäre ich längst geflüchtet. Ich hätte mich in den Wald gerettet. Und ich wäre dort … in aller Ruhe gestorben.«*

*Thomas weinte. »Wieso? Wieso tust du mir das an? Ich bin dein Freund! Der einzige, den du auf dieser Welt noch hast. Deine Eltern scheißen auf dich. Der Direktor vergewaltigt dich! Und du stößt mich weg! Einfach weg!«*

*Wieder bildete sich der Nebel um meine Ohren. Ich wollte ihn nicht hören. Ihn nicht spüren. Ich wollte niemanden spüren. Niemals mehr im Leben.*

*Ich ging auf die Tür zu, riss die Klinke nach unten. Der kalte Griff lag in meiner Hand wie der einer Pistole. Er fühlte sich gut an. Er versprach mir Freiheit. Die Tür war zugesperrt.*

*Ich war gefangen.*

*Thomas sprach nicht mehr mit mir. Er sprach überhaupt nicht mehr. Sein Leben funktionierte nur noch in Stille. Ich hatte meinen einzigen Freund verloren. In diesen Mauern ging alles kaputt. Und keiner konnte etwas daran ändern.*

*Doch die Momente in unserem Zimmer hatten auch etwas Gutes. Der Direktor ließ die Finger von mir. Vielleicht hatte er Angst, ich würde türmen.*

*Und dann kam eines Tages sein Ruf: »Lothar, komm sofort in mein Büro!« Ich folgte. Was blieb mir übrig?*

*Lothar! Wie ich diesen Namen hasste. Er war für mich längst kein Name mehr, sondern ein Pseudonym für mein Versagen, mein Dahinvegetieren. Dieses Internat hatte seine Klauen um mich gelegt. Und hielt mich fest umklammert.*

*Trieb mich die nackte Angst in sein Büro?*

*Vorbei an der Sekretärin, die sich in den letzten Wochen gar nicht um mich gekümmert hatte. Ich spürte, dass sie etwas sagen wollte. Ich beachtete sie nicht. Nie wieder. Sie war nicht besser als all die anderen, die mir in meinem Leben schon Versprechungen gemacht hatten. Ich warf ihr ein verächtliches Lächeln zu. Dann griff ich nach der Klinke und die Tür öffnete sich wie von alleine.*

*Der Direktor stand im Türspalt und sah mir tief in die Augen. Er sagte nur: »Komm!« Ich kannte diesen Gesichtsausdruck.*

*Doch es kam anders, als ich erwartet hatte. Miezwiecz setzte sich hinter seinen Schreibtisch, schob den Stuhl zurück und legte die Beine auf den Tisch auf. »So, was mache ich mit dir?«, sagte er.*

*Ich erschrak.*

*»Du bist zum Sterben zu jung. Aber du bringst mein ganzes Internat in Unruhe. Lothar, das muss aufhören«, sagte er zu mir.*

*Er sprach langsam: »Thomas und du! Ihr werdet dieses Internat bald verlassen. Und ihr könnt selbst entscheiden, ob ihr das mit den Füßen voran tun wollt oder aber wie zwei junge Männer, auf die das Leben wartet. Thomas, er wird gehen. Und er wird schweigen. Nur bei dir bin ich da nicht so sicher. Du bist eine Ausgeburt der Hölle. Geboren an einem Tag, an dem du nie hättest geboren werden dürfen. Am Tag des Herrn. Du beschmutzt diesen Tag durch deine Geburt. Er allein soll an Weihnachten gefeiert werden. Nicht so eine Kreatur wie du! Was haben sich deine Eltern gedacht, als sie dich an diesem ehrwürdigen Tag in die Welt geschickt haben? Dass dich deine Mutter genau in dem Moment herausgepresst hat, als der Herr gefeiert wurde! Das ist die reinste Blasphemie!«*

*Dann schlug er zu.*

*Immer härter. Bis ein paar Zähne aus meinem Kiefer brachen. Bis ich spürte, dass meine Rippen seinen Schlägen nicht mehr gewachsen waren. Ich war elf. Er hatte mich zum Mann gemacht. Und zum Monster.*

*Als ich am nächsten Morgen erwachte, wusste ich nicht, wo ich war. Ich schaute mich um und sah Bäume, Sträucher, Büsche, Farne. Jeder Knochen meines Körpers schmerzte. Ich zwang mich, auf die Beine zu kommen. Ich fror. Es fehlten drei Zähne.*

*Mit meinem Schlafanzug als einzigem Schutz vor der Kälte begann ich, durch den Wald zu irren. Ich schob den Ärmel nach oben, mein Ellbogen schmerzte. Die Wunden an den Armen taten höllisch weh.*

*»Hier findet mich keiner«, sagte ich laut. Und hörte ein Rascheln hinter mir. Ich wirbelte herum und sah Thomas.*

*Ich rannte, so schnell es mein geschundener Körper zuließ, zu ihm.*

*»Gott sei Dank bist du da! Thomas! Wir sind frei!«*

*Erst in diesem Moment bemerkte ich, dass auch er verletzt war. Wir sanken zu Boden. Ich drückte ihn an mich. Ihm blieb die Luft weg und er versuchte, sich von mir zu lösen.*

*Ich sah ihn an. Er lachte.*

*»Thomas, du kannst reden, nicht wahr? Du kannst es. Du hast nur vergessen, wie es geht! Versuch es. Sprich mit mir. Ich brauche dich. Und du brauchst mich. Aber dafür musst du mit mir sprechen.«*

*Thomas' Mund öffnete sich langsam. Monatelang hatte er ihn nur zum Essen geöffnet.*

*»Ich versuche es«, sagte er.*

*Dann lachten wir. Wir waren wieder ein Team, wenn auch ein dem Tod geweihtes.*

*Denn wir waren in einer grenzenlosen Freiheit gefangen: in einem Wald, den wir nicht kannten und der uns düster erschien. Wir waren Kinder. Immer noch Kinder. Doch längst hatten wir unsere Kindheit verloren. Wir waren gezeichnet.*

*Rückblickend hatten wir längst massive Störungen. Mit Gesprächen zu therapieren? Nachdem Sofortmaßnahmen nicht hat-*

*ten stattfinden können? Nein. Heute war ich bereit zu reden. Damals im Wald war ich froh, dass Thomas wieder sprach.*

*Wir blickten uns in dem Wäldchen um, immer noch benebelt von dem Medikamentencocktail, den uns Miezwiecz eingeflösst hatte, bevor er uns weggeschafft hatte. Der Wald war dicht. Ich hatte das Gefühl, in einem Urwald gefangen zu sein. In einem deutschen Dschungel, weit weg von der Zivilisation. Ein Waise und ein Verlassener.*

*Wo sollten wir hin? Ich stolperte über eine Wurzel, fiel auf mein lädiertes linkes Knie und schrie auf. Um mich herum zappelte es im Unterholz. Die seltsamen Geräusche ließen mich meinen Schmerz vergessen.*

*»Lothar, steh auf! Das war nur ein Dachs. Ich habe ihn gesehen, er ist da vorne in seinem Bau verschwunden. Den sehen wir nicht wieder. Der hat viel mehr Angst vor uns als wir vor ihm.«*

*Ich hatte den Eindruck, als grinse Thomas.*

*Thomas und ich standen plötzlich an einem Waldweg. Unsere Chance war gekommen. Endlich betraten wir wieder zivilisierten Boden.*

*»Lothar, ich habe Angst«, sagte Thomas.*

*»Brauchst du nicht.« Ich spürte seine Gänsehaut, als ich meine Hand auf seinen Unterarm legte. Er fühlte sich an wie ein Aal. Kalt und tot.*

***Erster Weihnachtsfeiertag 2006***

Stefan Passlack schnappte nach Luft. Er wollte diese Verantwortung nicht tragen. Zumindest nicht jetzt. Vielleicht auch nie. Weller hatte sie ihm übergeben. Er spürte sie schon jetzt auf seinen Schultern lasten. Kein Zweifel, dass er nun der Boss war. Weller hatte die Übergangsphase eingeläutet. Er bereitete seinen Abschied vor, einen auf Raten. Passlack lehnte sich nach vorne an den Kaffeeautomaten auf dem schmalen Flur. Er schloss die Augen und versank in Gedanken. Er schluckte ein paar Tränen herunter. Er war ja kein Weichei. Er durfte keines sein.

Passlack war sich stets sicher gewesen, ein harter Polizist zu werden. Und jetzt stand er hier und begann zu heulen? War sein Tag schon gekommen? War er schon reif, um in die Fußstapfen von Sigurd Weller, einem der besten Polizisten zwischen Stuttgart und München, zu treten. Oder glorifizierte er ihn nur? War er gar nicht der überragende Kommissar, für den er ihn stets gehalten hatte? Schließlich war es ihm nie gelungen, den Weihnachtsmörder zu schnappen. Und er hatte dem 24. Dezember, dem Geburtstag der Opfer, keine Bedeutung zugemessen. Ein Fehler!

Ein fataler?

»Haben Sie keine Angst!«, sagte die Stimme hinter ihm. Weller trat an ihn heran und legte seine Hand auf seine Schulter. »Sie werden diesen Fall schon lösen. Er wird Ihr Meisterstück. Und noch bin ich da! Ich lasse Sie nicht im Stich, Passlack. Keine Sorge.«

Wellers Hand auf seinem Rücken machte ihm neuen Mut.

»Mein Meisterstück? Nein, das wird Ihr Abschiedsgeschenk! Wir gemeinsam!«

Weller ging zur Tagesordnung über. »Also, fassen wir zusammen. Er mordet am 24. Dezember, Jahr für Jahr. Und just an diesem Tag haben seine Opfer Geburtstag. Und wir können davon ausgehen, dass er einen engen Bezug zu Heiligabend hat. Vielleicht ist die Idee, dass auch er an diesem Tag Geburtstag haben könnte, gar nicht so verkehrt.«

Passlack lächelte und wischte sich einmal mit dem Handrücken über das Gesicht: »Sie sind unnachahmlich, Sigurd! Innerhalb von Sekunden haken Sie ein Thema ab und beginnen von Neuem.«

Weller grinste zurück. Er machte eine Pause und drückte direkt neben Passlacks Kopf auf den Knopf für den schwärzesten Kaffee. Der Apparat vibrierte, ehe sich die braunschwarze Soße in den Kunststoffbecher ergoss.

Passlack löste sich vom Automaten.

»Aufgrund des Alters können wir viele ausschließen, zumindest zunächst, bis wir die anderen – wie viele waren es gleich noch, 23? – überprüft haben.«

»Chef, Sie sind der Beste! Verbrühen Sie sich nicht die Finger. Nicht, dass Sie sich noch krankschreiben lassen müssen in Ihren letzten Wochen hier. Und ich diesen vermaledeiten Fall alleine zu Ende führen muss.«

»Das könnte Ihnen so passen, Passlack! Die Lorbeeren alleine einsacken? Nein, das werde ich nicht zulassen. Bevor wir den Täter nicht überführt und zur Strecke gebracht haben, werde ich nicht in Pension gehen!«

Passlack riss die Augen auf: »Wollen Sie ihn töten?«

Weller zuckte mit den Schultern: »Wenn es nicht anders geht, werde ich auch davor nicht zurückschrecken. Er hat viele Menschen auf dem Gewissen. Warum also sollte ich ihn schonen?«

Passlack war entsetzt. So hatte er seinen Vorgesetzten nicht eingeschätzt.

»Ich kann Sie beruhigen: Zunächst einmal wird es mein, beziehungsweise unser Ziel sein, ihn lebend zu fangen. Aber glauben Sie mir, Passlack: Das wird alles andere als einfach. Solche Psychopathen gehen zum Äußersten, und das bedeutet: Sie oder er! Und da würde ich an Ihrer Stelle lieber schneller den Abzug drücken«

Weller hielt Passlack die Hand entgegen: »Ich heiße Sigurd!«

»Stefan«, entgegnete der junge Beamte.

Sein Ritterschlag.

*Silvester 2006*

Die Leiche fühlte sich kalt an. Schon in der Leichenstarre. Ein junges hübsches Ding, dachte sich Lothar, als er ihren Kopf von links nach rechts durch seine Hände gleiten ließ. »Schade drum«, sagte er. Zum ersten Mal beschäftigte er sich näher mit einem seiner Opfer. Bislang waren seine Morde kaltblütig gewesen. Kein Kontakt zum Opfer. Nur das Wissen, dass es am 24. Dezember Geburtstag hatte. »Nein, an diesem Tag darf nur einer geboren worden sein. Nur einer. Nur der Herr!«

Seine Gedanken schweiften zurück zu seinem Leben im Internat. In diesem verdammten Internat. Bei diesem Direktor, der ihn vergewaltigt hatte. Misshandelt und geschändet wurde er. Wie viele der Kinder, die in diesem Bau ihre Jugend verbringen mussten. Doch ihm, so empfand er, war es schlimmer ergangen als allen anderen. Er war am falschen Tag geboren.

»Wag es nicht, auch nur einer Seele zu erzählen, dass du heute Geburtstag hast! Du missratene Kreatur! An diesem Tag hat nur einer Geburtstag – nur Er. Der Herr. Nur Jesus Christus. Verstehst du das?« Mit der flachen Hand schlug er ihm ins Gesicht. Immer wieder. Links und rechts. Rechts und links.

Dann schleuderte er ihn auf das Bett. »Du hast nie wieder in deinem Leben Geburtstag – nie wieder!«

Heute wusste Lothar nur noch, dass er geweint hatte. Und er hörte Thomas' Stimme: »Ich wünsche dir trotzdem alles Gute zu deinem Geburtstag!« Lothar war aufgesprungen und hatte Thomas einen Schlag versetzt: »Ich habe nicht Geburtstag. Es ist Weihnachten. Niemand außer ihm hat das Recht, an diesem Tag geboren zu sein. Niemand.« Nie wieder hatte ihn jemand darauf angesprochen.

Niemand durfte an diesem Tag Geburtstag haben. Dafür würde er sorgen.

Nun hielt er dieses Wesen in seinen Händen. Dieses Geschöpf. Weich fühlte sie sich an. Er streichelte ihre Wange.

War sie tatsächlich tot? Hatte er sie getötet? Er musste lachen. Natürlich hatte er es getan. Und er hatte es gerne getan.

Zum ersten Mal hatte er gleich zweimal getötet. In den letzten Jahren hatte er es genießen können. Doch dieses Mal war es anders gewesen.

Wie war er nur auf den Gedanken gekommen, das Mädchen mitten in einer Kneipe zu erstechen. Gerade noch rechtzeitig hatte er es in das Heilig-Kreuz-Münster geschafft, als ihn der Freund des Opfers verfolgte. Ein ausgewachsener Mann. Mit athletischer Figur.

Hätte er ihn erwischt, wäre alles aus gewesen. Wie gut, dass die Kirche in unmittelbarer Nähe der Kneipe war. Er hatte das Nebenportal aufgerissen.

Die Christmette musste ungefähr seit einer Stunde vorbei sein. Niemand war mehr in der Kirche. Er war hineingestürmt, seine Augen mussten sich erst an das schummrige Licht gewöhnen. Er hatte nach links geblickt, dann nach rechts und hatte die Stufen gesehen, die hinauf zur Empore führten. Er hatte jeweils zwei Stufen auf einmal genommen und war vor dem mannshohen Gitter gestanden, das den Zugang nach oben verwehrte.

Er war das Tor hinaufgestiegen und hatte sich durch die Öffnung gezwängt, auf der anderen Seite kam er wieder zum Stehen. Weiter. Kein Anhalten. Nein, sie duften ihn nicht erwischen. Noch nicht!

In einer kleinen Nische neben der riesigen Orgel versteckte er sich.

Keiner würde ihn hier finden.

Und während draußen die Blaulichter flackerten und er dem monotonen Martinshorn der Einsatzwagen zuhörte, waren seine Augenlider immer schwerer geworden. Er fiel in einen tiefen Schlaf.

Als Lothar kurze Zeit später wieder erwachte, horchte er angestrengt. Um ihn herum mussten Menschen sein. Sie suchten ihn. Sie wagten sich tatsächlich in das Münster, diese heilige Stätte, um nach einem Mörder zu fahnden. Dabei hatte er nur im Dienste des Herrn gehandelt. Sein ganzes Vertrauen legte er in seinen Glauben. Hier würde es der Herr nicht zulassen, dass sie ihn entdeckten. Ihm war es zu verdanken, dass diese Person den Tag des Herrn nicht mehr beschmutzte. Nicht nur, dass Sie zu Unrecht an diesem Tag geboren worden war, nein sie verbrachte ihn in einer verrauchten Kneipe – zu lauter Disko-Musik. Sie hatte den Tag Jesu Christi in den Dreck gezogen. Blasphemie. Ja, sie war zu Recht gestorben. Nein, dafür würde er nicht bezahlen müssen.

Im Gegenteil. Der Lohn, der ihm für seine Taten zuteil werden würde, würde alles übersteigen, was er sich in seinem Geiste ausmalte. Er hörte, wie sich das Tor des Hauptportals wieder schloss. Er war erleichtert. Hatten sie erkannt, dass er richtig gehandelt hatte? Nein, soweit ging das Vorstellungsvermögen dieser Provinzpolizisten nicht. Er konnte ihnen nicht böse sein. Sie sahen nur ihre Leiche. Und die Blutspuren. Doch sie übersahen das große Ganze. Früher oder später musste er sich ihnen stellen – oder sterben. Oder beides.

Lothar wurde kalt. Dieser verdammte Winter. Und eine Kirche war erst recht kein warmer Ort. Er musste wieder hinaus, raus aus dem Münster, das er so sehr liebte, und weg vom Tatort. Die Gefahr, doch noch gefunden zu werden, war zu groß. Langsam schlich er hinunter, stieg wieder über das Eisenportal und stand an der Tür zum Hauptausgang. Seine Hand zitterte, als er die große Klinke langsam nach unten drückte. Knarrend öffnete sich die Tür und er spickte durch den kleinen Spalt hinaus auf den Münstervorplatz. Hier, wo mittwochs und samstags reger Betrieb an den Marktständen herrschte, herrschte gähnende Leere. Das blaue Licht von drei Einsatzfahrzeugen war immer noch angeschaltet. Lothar schlich hinaus, entlang der kalten Mauer des Gebäudes. Niemand sah ihn. Als er im Schutz des Münsters über den Platz huschte, tauchte ein Restaurant auf, das er noch aus seiner Jugend kannte: ›Die Fuggerei‹.

»Wird Zeit, dass ich da mal wieder reinschaue«, sagte er

leise. Er schaute sich nochmals um, blickte über den mächtigen Platz und sah das Münster hell beleuchtet. Die einzelnen Lampen erzeugten eine schaurige Atmosphäre, die ihm eine Gänsehaut machte. So sehr er sich auch in Gefahr begeben hatte: Er war sich sicher, zu diesem Platz, in den Schoß dieser wunderbaren Kirche zurückzukehren. Dann verschwand er im einsetzenden Nebel. Er war entkommen.

Das war gerade einmal sieben Tage her. Und nun saß er da und hatte dieses junge Mädchen auf seinem Schoß liegen. Es sah ihn an. In den Augen war kein Ausdruck, nur Leere.

Er hatte ihre Augen nicht geschlossen, nachdem er sie getötet hatte. Ihr Tod war schnell eingetreten, nachdem er ihr die Arsenspritze in die Vene ihres linkes Unterarmes gerammt und dann gewartet hatte, bis ihre Glieder erschlafft waren. Das Mädchen hatte nicht geschrieen, hatte keine Zeit dafür gehabt, sich auf den Tod vorzubereiten. Ihr Name? Was spielte der für eine Rolle? Denn ihr Geburtstag gab ihm Gewissheit, die Richtige getötet zu haben.

Lothar schloss ihr mit der rechten Hand die Augen, sodass jetzt ihre schön geschminkten Lider zu sehen waren, blau oder schwarz, Tränen hatten ihre Schminke verschmiert. Sie hatte keine Schmerzen bei ihrem Tod leiden müssen, davon war er überzeugt, auch wenn er sich in seinem Leben zuvor noch nie mit Arsen beschäftigt hatte. Das Gift hatte gewirkt, das war das Wichtigste gewesen. Und er hatte ihren Tod genießen können.

Das war bei dem Mädchen in der Kneipe anders. Wie hatte das Lokal nochmal geheißen? Lothar fiel der Name wieder ein: ›Spielort‹.

Er musste lachen. Er hatte tatsächlich dort gespielt, in einer Kneipe, die er zuvor noch nie betreten hatte und die für ihn der Inbegriff von geradezu absurdem grünem Denken war.

Lothar war das egal gewesen, als er sich langsam durch die Menschenmenge einen Weg bahnte und sich an das Mädchen, das in Ekstase tanzte, heranschlich. Sie spürte seinen Körper. Sie musste ihn gespürt haben. Die Menge schloss den Kreis immer enger. Keiner erkannte mehr, wer neben ihm tanzte, die Hände waren überall, hatte er den Eindruck, die Situation hatte etwas Erregendes. Lothar sah ihren Haarschopf wippen, der sich schnell hin und her bewegte, und der zeigte, wie sehr sie sich der Musik hingegeben hatte. Der ›Spielort‹ ist ein ruhiges Lokal, hatte er allenthalben gehört, ohne lauten Krach, ohne viel Tamtam. Das war an diesem Abend anders.

Die Kneipe hatte sich in einen Tanzklub verwandelt, der eine Menschenmasse in Wallung bringen konnte mit lauter Musik und Alkohol. Ekstatische Bewegungen überall. Die junge Frau vor ihm schwang ihren Hintern rhythmisch zu den Beats, sodass er immer wieder Körperkontakt zu ihr hatte. Er spürte, wie sie sich an ihn schmiegte, um sich dann wieder schnell zu lösen.

Er sah ihren Blick fixiert auf einen jungen Mann an der Theke. Das musste ihr Freund sein. Genoss sie die Berührungen anderer, während sie mit ihrem Freund an der Theke flirtete?

Er stellte es sich vor und rückte noch einige Zentimeter näher an sie heran, sodass sie fühlen konnte, dass er erregt war. Sie presste ihren Hintern an seinen Unterleib. Er wollte sich trauen, sie an der Hüfte zu greifen, als er innehielt. Was tat er hier?

Nein, das war nicht sein Vorhaben. Diese Schlampe würde ihn hier nicht verführen. Lothar ließ die Hand in seine Manteltasche gleiten. Ein Blick links, ein Blick rechts – er stach zu, ohne auch nur einen einzigen weiteren Moment zu zögern. Die lange Klinge des Messers suchte sich ihren Weg durch ihre Bluse und traf im Bruchteil einer Sekunde auf ihre nackte Haut. Wie durch ein Stück rohes Fleisch – Hähnchenbrust stellte er sich vor –, ohne auch nur einen Zweifel daran zu lassen, dieses zarte Leben hier zu beenden. Zielstrebig wanderte das Messer in ihren Leib. Der Widerstand war gering. Er hatte sich einen deutlich größeren Kraftaufwand vorgestellt. Auch Blut floss zunächst keines. Er drehte die Klinge, griff mit den Händen unter ihre Arme, als sie zusammensackte. Das Mädchen fühlte sich leicht an. Er ließ sie langsam zu Boden gleiten, während er jetzt mit deutlich mehr Energie das Messer aus ihr herauszog. Das Blut strömte über seine Hände. Keiner nahm davon Kenntnis. Lothar ließ das Messer fallen.

Und dann sah er das andere Mädchen: Hatte er die Richtige getötet? Oder war sie das Sonnenkind, das an diesem 24. Geburtstag hatte? Er war verunsichert, drängte sich durch die Menge und entschwand ins Freie.

Als er die Mauern des Münsters vor sich sah, bekreuzigte er sich. »Im Namen des Herrn!« Und er wusste in dieser Sekunde, er musste es wieder tun. Gegen seinen Rhythmus. Er brauchte Sicherheit, dass die Richtige dabei war.

Nun lag sie in seinen Armen. Er konnte wieder beruhigt schlafen. Er hatte die Welt erneut von einem dieser Sonnenkinder befreit. Der Herr würde es ihm danken.

Lothar lehnte sich zurück. Sollten sie doch denken, was sie wollten. Er war seiner Pflicht nachgekommen. Wieder einmal. Sollten sie doch zwei Tote haben – egal. Das Signal an die Polizei war, dass er da war, dass er aktiv war, aktiver denn je, und sie würden das Grauen weiter spüren. Er zückte seine Liste mit den Namen aller, die auf der Ostalb lebten und am 24. Dezember Geburtstag hatten. Er selbst stand auch auf der Liste. Irgendwann, noch nicht jetzt, aber nicht mehr allzu lange, dann war auch seine Zeit gekommen. Die Polizei bekam keine Chance, ihn zu schnappen. Noch nicht. Dafür würde er sorgen.

***1. Januar 2007***

Stefan Passlack wachte gegen halb neun auf. Der junge Polizist hatte nur wenige Stunden geschlafen. Die Silvesterparty war ohne Zweifel die beste gewesen, die er je erlebt hatte. Erst um fünf Uhr hatte er die Festhalle verlassen – mit ein paar Bier zu viel intus. Er konnte sich noch an das meiste erinnern, manches jedoch blieb verschwommen. Die Musik war extrem laut gewesen und selbst als er beschloss, endlich nach Hause zu gehen, feierten noch viele Gäste weiter. Passlack drehte sich in seinem zwei Meter breiten Bett um und erschrak. Er war nicht alleine. Eine junge Frau lag neben ihm im Bett.

Er griff mit Schwung nach seiner Brille auf seinem Nachttisch. Als er sie erkannte, erschrak er. »Veggi, oh mein Gott«, sagte er leise zu sich.

Sie drehte sich um und musterte ihn.

»Was? Sehe ich so scheiße aus? Oder was ist los? Vor ein paar Stunden hast du noch gesagt, ich sei die Hübscheste von allen!«

Passlack sprang aus dem Bett und stellte sich neben Veggi. »Niemand darf das erfahren. Niemand, hörst du!«

Sie lauschte. »Ach ja? Erst mich ficken und dann den Schwanz einziehen! Mein Gott, ihr Männer seid so ärmlich!«

Stefan schüttelte den Kopf. Nackt lief er durchs Schlafzimmer und blieb in der Türe stehen. Veggi pfiff ihm nach.

Passlack überlegte. Er wirkte verdutzt.

»Du hast recht. Vielleicht!«

»Womit?«

Stefan kehrte zum Bett zurück und legte sich auf die wenigen Zentimeter neben sie: »Dass ich ärmlich bin.« Er senkte den Kopf. Sie streichelte über seine Haare und seinen Nacken. »Jetzt komm! Bist du so wehleidig?«

Er schüttelte den Kopf.

»Komm wieder unter die Decke.«

Sie zog ihn an sich. Passlack genoss die Enge. Er fühlte ihre Geschmeidigkeit. Ihre Weichheit. Was hatte er nur? »Du bist eine klasse Frau. Und ich enttäusche dich. Ich bin ein Trottel!«

Veggi lachte verbissen: »Ach, hör auf. Erst spielst du den Macho, dann den Trottel. Und jetzt den Verständnisvollen. Du bist du. Und ich bin ich. Das ändern wir nicht.« Sie legte ihren Arm über seine Schulter und ihre Hand auf seine Brust. Sie legte sie genau dorthin, wo es ihm gefiel. Er griff nach ihr. Und bekam ihren Po zu fassen.

»Hey!«, rief sie.

Sie löste sich von ihm: »Nein, Stefan. So leicht mache ich es dir nicht.«

Er drehte sich herum und sah ihr in die Augen. Lange. Sein Blick klebte an ihr, sie konnte ihm kaum standhalten, so eindringlich sah er sie an, so fordernd und zugleich auch liebevoll, dass sie ihren Gefühlen freien Lauf ließ, so wie sie es die halbe Nacht getan hatte, als sie noch auf der Tanzfläche standen, sich umarmt und geküsst hatten und schließlich in seiner Wohnung gelandet waren.

Er griff nach ihrem Haarschopf, zog sie zu sich und küsste sie. »Weller riet mir zur Einsamkeit. Keine Beziehung, keine Ehe. Alles, nur das nicht. Ein Polizist lebt am besten allein. Und damit hat er recht.«

Sie saß senkrecht im Bett: »Und du glaubst ihm? Einem alten Polizisten, erfolgreich zwar, aber auch verbittert, einsam und launisch. Einem Kommissar kurz vor der Rente. Rente! Schon dieses Wort! Das Wort macht ihn fertig. Weller hat Angst. Angst vor einer Zukunft, in der er nichts hat. Angst vor dem Alleinsein. Angst vor einem Alltag ohne Inhalt. Und Angst vor dir!«

»Angst vor mir? Na, sicher. Er hat doch keine Angst vor mir.«

»Lös den Fall, wenn er bereits in Pension ist. Jahrelang tappte er im Dunkeln. Kein Vor, kein Zurück. Stillstand. Das zermürbt. Und dann kommt ein Jungspund wie du und macht ihm Feuer unter dem Arsch. Verstehst du das nicht? Jetzt muss er den Fall lösen. Unter extremem Zeitdruck. Er muss ihn einfach lösen. Sonst geht er daran kaputt.«

»Meinst du, er ist neidisch?«

»Er kann es werden. Wenn du den Fall löst.«

Er griff sie im Nacken und zog sie zu sich herab. Sie ließ es zu. »Aber er hat mir die Verantwortung übertragen.«

Sie grinste: »Soso. Noch ist er aber da! Und noch ist er der Boss. Merk dir das! Und jetzt halt die Klappe und …«

»Was und …?«

»Schlaf mit mir.«

Passlack nahm die Aufforderung dankend an. Wenn er schon mit ihr im Bett lag und keine Erinnerung mehr an die Nacht fand, dann sollte er das nachholen. Sie ließ ihm keine Zeit für ein Vorspiel. Er lag auf ihr und drang in sie ein. Passlack stieß zu und spürte ihre Feuchtigkeit an seinem Glied.

Ihre Lust übermannte sie und sie kam, wie er es selten bei einer Frau erlebt hatte, so intensiv und laut, so fordernd und feucht. Ihre Erregung brachte auch ihn Sekunden später zum Erguss. Er sackte auf ihr zusammen und sie hauchte: »Danke, Einzelgänger.« Er musste lachen. Dann schliefen sie beide wieder ein.

Das Telefon klingelte sie wenige Minuten später aus dem Schlaf. Passlack wollte nicht aufstehen. Und drehte sich zur Seite.

»Stefan! Das Telefon!«

»Ich höre es, Veggi«, stöhnte er und griff ihr an die Brust.

»Hey! Genug jetzt«, sagte sie.

Das Telefon läutete immer noch.

»Mann, geh jetzt ran. Oder ich gehe!«

»Dann geh doch!«

»Hallo?«, meldete sie sich.

»Verdammt«, schrie die Stimme, »wo ist Passlack? Und mit wem spreche ich da?«

Sie kicherte.

Und hielt Passlack den Hörer hin.

»Dein Chef!«, sagte sie.

»Oh, hier Passlack!«

»Mensch, wo stecken Sie denn? Ach ja, Sie werden wieder irgendeine Alte gevögelt haben. War sie das am Telefon?«

»Das war Veggi …«

»Wie? Oh, Mann, haben Sie … Ach, das geht mich nichts an. Bewegen Sie Ihren Arsch aus dem Bett. Sofort!«

»Waren wir nicht beim ›Du‹?«, sagte er.

»Stimmt. Also: Beweg deinen Arsch aus dem Bett. Und ihren am besten gleich mit!«

»Mann, Sigurd. Es ist Neujahrsmorgen. Wir haben gefeiert. Und gevögelt. Ja. Und jetzt scheuchst du uns aus dem Bett.«

»Wir haben ein weiteres Opfer. Und auch sie hatte am 24. Dezember Geburtstag. Stefan, er mordet weiter. Wir müssen ihn stoppen.«

Passlack war schlagartig hellwach: »Wo soll ich hinkommen?«

»Die Leiche liegt direkt an der Rems. Nur wenige Meter von der Remsstraße entfernt. Sie sieht aus, als hätte er sie einfach nur aus dem Auto geworfen. Hier in die Büsche. Wahrscheinlich dachte er, das Wasser würde sie mitreißen.«

Passlack war schon aufgesprungen: »Chef, wir sind in ein paar Minuten da. Ich brauche nur eine Dusche.«

»Und eine Kopfschmerztablette!«

Weller lief an der Rems entlang. Der Fluss floss ungewöhnlich langsam. Weller dachte an die Zeitlupen beim Fußball. Er dachte laut nach. »Wäre die Leiche vom Wasser erwischt worden, wenn es schneller fließen würde?« Er war sich nicht sicher.

»Oder wollte er gar nicht, dass die Leiche weggeschwemmt wird? Sollten wir sie hier finden?«

Ein Türke, der auf der anderen Seite der Straße wohnte, hatte die Leiche gesehen und die Polizei alarmiert. Der Leichnam lag bäuchlings und schimmerte durch die Äste, sodass er dem Anwohner aufgefallen war.

Als Weller die Leiche sah, wirkte es, als würde sie schlafen. Nicht tot. Dachte er sich.

»Sie war noch so jung«, dachte er, als er ihren Ausweis ansah. Ein junges Ding. Sie hatte das ganze Leben vor sich.

Weller streifte durch die Büsche. Die Füße halb im Wasser. Der Fluss machte ihm Angst. Noch nie hatte er Tatorte gemocht – schon gar nicht am Wasser. Sie waren beängstigend. Noch schlimmer als andere.

Der Nebel, der schon früh am Morgen eingesetzt hatte, wurde immer dichter. Er schaute nach oben. Dort suchten die Kollegen nach Spuren.

Er lief wie in Trance am Wasser entlang.

Ich habe nur noch so wenig Zeit! Und jetzt mordet er nicht mehr nur ein Opfer. Was will er? Mensch, Passlack, jetzt komm endlich. Und sag mir, was wir tun sollen.

War nicht er der Erfahrene? Weller zweifelte.

Der Opel Corsa raste heran. Passlack und Veggi sprangen heraus.

»Hier. Hier unten«, schrie Weller.

Er hob die Hand.

Passlack winkte zurück.

»Komm runter, Stefan!«

Sie gaben sich flüchtig die Hand. Als sich die Blicke von Weller und Veggi trafen, musste er schmunzeln. Er verkniff sich aber jeden Kommentar.

Sollten sie doch ihren Spaß haben!

»Ich alter Sack«, sagte er vor sich hin. Dann spürte er Veggis Hand auf seinem Rücken: »Chef, können wir reden?« Passlack war zum Tatort vorgegangen.

Weller nickte.

»Sie wissen, dass Stefan und ich heute Nacht zusammen waren. Aber ich wollte es Ihnen persönlich sagen. Ich hätte es Ihnen auch gesagt, wenn das hier nicht passiert wäre.«

Weller drehte sich und nahm sie an den Schultern: »Er ist es wert. Aber er wird dich enttäuschen!«

Sie hielt seinem Blick nicht stand: »Ich weiß!«

Weller nahm sie fest in den Arm: »Oh, du Schaf! Aber genieß es!«

»Komm, jetzt lass uns arbeiten!«

Passlack kam zu ihnen: »Na, was haben wir für Neuigkeiten?« Weller zuckte die Schultern und rutschte dabei aus. Er griff hart zu und schnappte Veggi am Arm: »Fast nichts. Wie immer.«

Weller erzählte, dass der Anwohner die Leiche gefunden hatte. Er dachte, dass sie schliefe.

»Wie ist sie gestorben?«, fragte Veggi.

Sie kämpfte mit den Tränen, als sie die Leiche sah.

»Sie kommt erst mal in die Pathologie. Dann wissen wir mehr.« Damit verließ Weller die beiden und stapfte den Hang hinauf zur Straße.

»Komm«, sagte Passlack zu Veggi, die er schon heimlich als seine neue Freundin bezeichnete.

War sie das? Waren sie Partner? Über den Polizeidienst hinaus?

Ja, sie hatten Sex gehabt. Guten Sex. Harten, liebevollen Sex. Sie waren sich so nahe, wie sich zwei Menschen nur sein können. Doch war sie mehr für ihn als eine seiner Gespielinnen?

»Stefan!«

Er erschrak.

»Bin ich mehr für dich? Mehr als die anderen?«

Er schaute hinab auf die Rems: »Ich weiß es noch nicht. Lass mir Zeit. Zwing mich und lass mir trotzdem Freiheit. Nimm mich, wie ich bin, ein Bulle. Ein Bulle in Freiheit. Ein Bulle, der auch mal durchgeht. Und dann bleibe ich!«

Der Pfiff klang schrill durch die Bäume.

Passlack und Veggi beschleunigten ihre Schritte und stiegen hinauf. Sie spürte seine Hand in ihrer. Sie war glücklich.

Veggi saß am Steuer. Sie bog um die Ecke und hielt unmittelbar vor dem Polizeiposten an. Aus dem Radio jammerte Sarah Connor ihren Megahit ›From Sarah with love!‹ Veggi drückte den Aus-Knopf.

»Hey, das war doch schön«, widersprach Passlack.

»Das Gejammer macht mich traurig«, sagte sie leise.

»Warum?«

»Was?«

»Warum tut er das? Der 24. Dezember ist doch kein Motiv. Weihnachten? Das ist doch pervers.«

»Du wirst es noch lernen, die meisten von diesen Schweinen sind pervers. Brutal, pervers und undurchschaubar.«

»Aber, Mädchen, du machst einen Riesenjob.«

Er küsste sie. Und spürte, wie ihr Tränen von den Wangen rannen. Er durfte sie nicht loslassen. Sie schloss die Augen und hörte das Hupen. Weller war da.

Sie stürmten in die Polizeiräume, direkt in Wellers und Passlacks Büro. Weller nahm seinen Platz ein; er war wieder der Chef.

Passlack und Veggi, Veggi und Passlack, das neue Bullen-Pärchen. Verbrecherpaare gab es viele: Bonnie und Clyde fielen ihm ein. Waren sie Mann und Frau? Scheißegal. Wen interessiert es? Seine Partner waren Partner. Sexpartner? Weller verging vor Neid.

Der Fall hatte Passlack gehört. Er, der Alte, war abgetreten. Still und leise.

Passlacks Worte rissen ihn aus seinen trüben Gedanken:»Chef! Was haben wir Neues?«

Weller sah ihn an: »Er hat zweifach gemordet. Wir haben vor allem eines, keine Zeit mehr. Er wartet nicht mehr bis Weihnachten. Er will sie. Er will sie alle. Und er wird Fehler begehen. Und die werden ihm den Kopf kosten.«

Passlack nickte: »Du hast recht. Doch wie viele Tote können wir uns noch erlauben?«

Weller nahm sich eine Zigarette aus der offenen Packung. Sie fielen heraus. Vier, fünf. Er schüttelte den Kopf: »Zu viele sind bereits gestorben. Keine weiteren. Keine weiteren Toten!«

Weller stand auf und lief aus seinem Büro. Über den langen Flur. Sein Schritt war schnell. Er brauchte Luft. Luft zum Denken. Er stolperte die Treppe hinunter und riss die Eingangstür auf. Stets hatte er sich einen schönen Ausblick gewünscht. Doch er sah nur auf die städtischen Gebäude.

Zum Gmünder Heilig-Kreuz-Münster waren es nur fünf Minuten.

Höchstens. Dort hatten sie die Leiche an Heiligabend gefunden. Er musste dorthin. Das Münster – lag hier der Schlüssel?

Er hielt inne, als er an dem massiven Zaun der Polizeidirektion stand.

Hinter ihm tauchten Passlack und Veggi auf.

»Chef?«

*2. Januar 2007*

Die drei Beamten standen im Gmünder Münster, als hätten sie dieses Gebäude noch nie gesehen. Dieses Gebäude und die Parler, diese große Steinmetz-Dynastie, hatten für die Geschichte Schwäbisch Gmünds eine immense Bedeutung. Welche Bedeutung hatte das Münster für die Morde an Heiligabend?

»An Heiligabend töten? Welche Perversion«, sagte Weller laut.

»Ja. Aber Sigurd, er hat ein Motiv: Alle haben am 24. Dezember Geburtstag«, sagte Passlack.

Veggi nahm die beiden zur Seite: »Setzt Euch hier in die Bank und hört mir zu!«

Die beiden Kommissare blickten die hübsche Frau ungläubig an: »Hey, was soll das?«, fragte Passlack.

»Mann, jetzt setz dich schon hin«, schnauzte ihn Weller an. »Sie wird schon ihren Grund haben! Lass sie erzählen. Jeder hat seine Chance verdient.«

»Also, ich habe in den vergangenen Tagen ein wenig Recherche auf eigene Faust betrieben. Und bin auf eine Stelle im Internet gestoßen. Es gibt da Hinweise auf Menschen, die Hass haben auf andere, die als Weihnachtskinder gelten.«

Die angehende Polizistin erzählte weiter und weiter. »Weihnachtskinder gelten als heilig. Sie sind Bessermenschen. Oder aber verhasst.«

Die beiden Kommissare klebten an ihren Lippen, als erzählt sie ein Märchen aus ›Tausendundeine Nacht‹.

»Veggi, wir brauchen noch mehr Details. Warum tötet er?«

Sie fühlte sich von Weller geschmeichelt und wurde rot. Und stotterte ihre Theorie: »Ich glaube, dass er die Menschen nicht hasst, weil sie an diesem Tag geboren sind. Vielmehr denke ich, dass es mit seiner eigenen Vergangenheit zusammenhängt. Er ist selbst ein Bessermensch – vielleicht genau deshalb geschändet und gehasst? Vielleicht gar gefoltert.«

Passlack schaute über seine Brille hinweg und zog die Augenbrauen nach oben. Er hasste diese Furchen und Falten, die dann auf seiner Stirn entstanden.

»Wie kommst du darauf?«

»Überlegt doch mal! Es ist, und das sagen uns ganz viele Wissenschaftler und Geschichtsforscher, bewiesen, dass Jesus nicht am 24. Dezember geboren wurde. Vielmehr gehen die Experten davon aus, dass sein tatsächlicher erster Atemzug im Herbst stattfand. Wobei«, fuhr sie fort, »in der Bibel der genaue Geburtstag nicht genannt wird. Aber es gibt deutliche Hinweise und Merkmale darauf, dass es nicht im Dezember gewesen ist. Die verschiedenen Schriften in der Bibel, alle unabhängig voneinander verfasst, weisen darauf hin, dass es nicht so kalt gewesen ist, wie es zum Jahresende normalerweise ist. Und auch das Vieh, die Hirten und so weiter sind klare Deutungen darauf, dass sich das alles nicht im Dezember ereignet hat. Erst seit dem vierten Jahrhundert nach Christus wird Weihnachten an den Tagen 24., 25. und 26. Dezember gefeiert. Dabei steht als höchster Feiertag der 25., der Christustag, im Mittelpunkt. Der Heilige Abend und das Geschenkritual gehen wohl auf das 16. Jahrhundert zurück. Vor allem die Sitte, Präsente zu machen, werde erst seit Martin Luther betrieben. Man wollte wohl erreichen, was ja durchaus gelungen ist, die Aufmerksamkeit vom Nikolaustag auf Weihnachten zu verlagern.«

Veggi freute sich innerlich – und blieb nach außen kühl. Sollten die beiden doch merken, was für eine fähige Beamtin in ihr steckte. »Also, ich vermute weiter, dass er selbst am 24. Dezember geboren ist. Und dass er, aus welchem Grund auch immer, diesen Tag so sehr hasst, dass er sich gezwungen sieht, alle zu töten, denen es ebenso geht.«

»Du meinst, eine Art Erlöser?«

Sie zuckte mit den Schultern.

»Für mich ist es jedoch bezeichnend, dass er jetzt davon abweicht, nur am 24. zu töten. Ich denke, er hat einen Fehler begangen. Und wir sind ihm auf die Schliche gekommen. Er ist in Panik. Jetzt will er töten, solange er überhaupt noch Macht hat. Opfer gibt es genug, auch hier in der Gegend. Aber ihm scheint die Zeit davonzulaufen. Und damit hat er sein bisheriges Vorhaben über Bord geworfen, nur am 24. Dezember zu töten.«

Weller stand auf. »Das sind viele Ansätze. Gut gemacht. Aber noch ist mir die Theorie nicht weit genug fortgeschritten. Warum kommst du auf den Gedanken, er könnte selbst am 24. Geburtstag haben?«

Veggi zögerte. »Ich kann es mir einfach nicht vorstellen, dass so blutiger Hass entstehen kann, ohne dass er selbst betroffen ist. Es ist seine Geschichte, die er auf die anderen überträgt. Wenn er am Pranger steht, dann alle anderen mit ihm.«

Passlack, der nun neben Weller stand, legte ihm die Hand auf die Schulter: »Vielleicht hat sie recht. Vielleicht auch nicht. Allerdings stimmt das, Weihnachtskinder genießen schon seit jeher einen Sonderstatus – positiv wie negativ. Auch aus eigener Sicht. Bei uns hieß es früher: Wer am 24. Dezember Geburtstag hat, sieht ganz schön alt aus. Denn der bekommt nur halb so viele Geschenke, die eine Hälfte morgens, die andere abends. Aber deshalb wird man doch nicht zum Mörder?«

Er lief in Richtung Altar der riesigen Gmünder Hallenkirche. »Wusstet ihr, dass der Münster-Schatz ein ganz besonderes Kreuz beinhaltet?«

Veggi nickte, Weller machte große Augen.

»Das Heilig-Kreuz-Reliquiar enthält ein kleines, in Gold gefasstes Stückchen Holz, das vom Kreuz Christi entnommen worden sein soll.«

Weller schüttelte den Kopf: »Habe ich es jetzt hier nur noch mit Religions- und Geschichtsforschern zu tun?«

»Sei doch froh, dass wir uns schlaumachen. Über Jesus. Über Gmünd. Über die Weihnachtskinder. Wir müssen einen Zugang zu ihm finden. Und wenn er noch so klein ist. Wir brauchen einen Pfad, der uns lenkt.«

Veggi flüsterte in Passlacks Ohr: »Und wenn nicht, haben wir wenigstens etwas über unsere Religion gelernt.«

Passlack küsste sie auf die Stirn und sagte leise, aber bestimmt: »Amen!«

Er hakte sich bei ihr unter und sie schritten gemeinsam auf den Altar zu. Fast wie ein Hochzeitspaar. Weller folgte ihnen in gebührendem Abstand.

»Turteltäubchen«, sagte er so laut, dass sie es hören mussten. Doch die beiden ließen sich nichts anmerken.

Weller erschrak. Sein Handy klingelte und zerriss jäh die Stille.

Michaela Pelongrin und Stefan Passlack drehten sich um und musterten ihren Chef. Sie sahen an seinem Gesichtsausdruck, dass etwas nicht stimmte.

»Chef?«, sagte Passlack.

Doch Weller hatte nur für seinen Gesprächspartner ein Ohr. Seine Gesichtszüge erhellten sich: »Aber das hört sich doch super an, endlich mal eine gute Nachricht! Danke!«

Als er aufgelegt hatte, sagte er nur: »Kommt!«

Und machte auf dem Absatz kehrt. Er blickte noch einmal nach oben auf das Netzgewölbe des Mittelschiffs und des Münsterchors, das diese Kirche im Inneren so einzigartig und unverwechselbar macht. Dann beschleunigte er seinen Schritt und trat durch das Hauptportal hinaus ins Freie.

Die kalte Januarluft machte seinen Lungen zu schaffen. Er nestelte in seiner Jackentasche. Stets war er auf diesen Anorak stolz gewesen. Seine Schimmi-Jacke, die alle an den ›Tatort‹-Kommissar Horst Schimanski erinnerte, war geradezu sein Markenzeichen. Weller trug sie sommers wie winters.

»Hey Sigurd, jetzt red schon. Was ist passiert?«

Weller entschuldigte sich: »Oh ja, du hast ja recht! Wir haben die erste richtige Spur. Er hat wohl tatsächlich, so, wie es Veggi vorhin geschildert hat, einen Fehler begangen. Als er dort drüben …«, Weller zeigte auf das Café, »… das Mädchen ermordet hat. Er hat erstmals Spuren hinterlassen. Und es gibt ein Video, das ein junger Mann mit seinem Handy gemacht hat.«

»Was hat er gefilmt?«, fragte Passlack so laut, dass Weller erschrak.

»Wir haben den Film schon im Büro. Und der Junge, der ihn gedreht hat, wird auch da sein. Deshalb lasst uns so schnell wie möglich zurücklaufen.«

»Weißt du, was darauf zu sehen ist?«

»Kann ich übers Wasser laufen? Wenn ja, wäre ich schon vor zweitausend Jahren ein Star gewesen.«

»Du wurdest aber auch nicht am 24. Dezember geboren.«

Weller zeigte auf Veggi: »So, wie sie uns vorhin beigebracht hat, wurde er es aber damals auch nicht!«

Je näher sie dem Polizeigebäude kamen, desto schneller wurden die beiden Männer. Michaela hatte sich dazu entschlossen, die beiden rennen zu lassen. Mochten sie doch zuerst da sein!

Während des Laufens hatte sie Zeit zum Nachdenken. Was kann ihn dazu treiben, dass er sie hasst? Was hat er selbst erlebt, um einen solchen Hass zu verspüren? Als sie sich der Polizeistation näherte, fiel ihr ein Mann auf, der an einer Wand lehnte und eine dunkle Sonnenbrille trug, fast schien es ihr so, als beobachte er sie. Vielleicht ist es der Täter, der da steht, schoss es ihr durch den Kopf. Am liebsten wäre sie auf ihn zugestürmt, hätte ihm die Handschellen angelegt und ihn abgeführt. Doch jeder könnte der Täter sein.

Ihr Magen grummelte. Sie stürzte die drei Stufen zum Eingang der Polizeidirektion hinauf und rannte in Richtung der Toiletten. Durchfall.

Dann hörte sie Stefans Stimme. »Veggi?«

»Ja!«, rief sie zurück. »Ich bin hier auf der Toilette.«

»Ist alles in Ordnung?«

»Nein!«

Dann begann sie einfach so zu weinen.

Für Passlack waren die Laute, die er hinter der Toilettentür vernahm, herzzerreißend und schockierend zugleich.

Er rüttelte an der verschlossenen Tür.

»Lass mich dir helfen!«, schrie er immer lauter.

Weller kam um die Ecke gerannt und stellte sich neben Passlack: »Was ist los?«

»Ich glaube, Veggi gehen die Nerven durch. Sie hat sich eingesperrt. Und heult. Und kommt nicht raus.«

Der alte Kommissar kam dazu. »Mann, Veggi«, sagte er, »jetzt komm da raus. Du machst einen guten Job. Aber nicht, wenn du flennend auf der Toilette sitzt. Wir brauchen dich. Jetzt! Wir haben den Film und damit den ersten großen Schritt, um ihn zu fangen. Aber jetzt brauchen wir deine Hilfe. Wir müssen zusammenarbeiten. Passlack, du und ich.«

Michaela drückte die Spülung. Zum zehnten Mal. Dann schloss sie die Tür auf. Weller und Passlack standen noch immer vor der Tür. Sie sagte: »Was ist los? Was schaut ihr so? Lasst uns das Schwein schnappen!«

Sie spürte, wie sich Passlacks Hand um ihre schloss. Sie war nass. »Ich habe Angst um dich gehabt«, sagte er. Und küsste sie auf ihr Haar.

Zu Weller sagte sie: »Chef, es tut mir leid. Ich bin im Moment einfach noch nicht so weit, dass ich eine solche Geschichte wegstecke.«

Hatte das junge Mädel doch recht. Er war es seit Jahrzehnten gewohnt, mit Mord und Tod konfrontiert zu sein. Polizeischule hin oder her, die Realität war etwas anderes. Nichts für schwache Nerven.

Er nahm Veggi zur Seite und winkte Passlack, drei Kaffee zu holen. Sein schwerer Arm legte sich um ihre Schultern, doch sie empfand ihn nicht als Last. Er drückte sie auf den Schreibtischstuhl und ging vor ihr in die Knie. Die Gelenke knackten und knarzten, sodass sie beide schmunzelten. »Veggi, du musst wissen, auch ich habe mal im Polizeidienst angefangen. Vielleicht ist es schon zu lange her, als dass ich noch Gefühle aufbringen kann. Aber du musst lernen, nicht zu viel an dich heranzulassen. Wenn du zu viel Gefühl mitbringst und zu wenig Verstand, dann klatschen dich diese Schweine an die Wand wie eine Fliege. Sie machen dich kaputt. Du wirst nicht mal mehr die Zeit bekommen, tief einzuatmen. Dann bist du das Opfer.«

Sie nickte. Und wirkte apathisch.

»Wenn dir das alles zu heftig wird, dann ziehe ich dich von dem Fall ab. Du kannst dich auch um ein paar einfachere Sachen kümmern. So jung, wie du noch bist, musst du dich nicht gleich den schweren Kalibern annehmen.«

Ihre Augen waren nun hellwach.

»Nein, Chef! Bitte lassen Sie mich weiterhin mithelfen, ich verspreche, ich werde hart arbeiten und meine Nerven besser im Griff haben.«

Er grinste, drückte sich mit einer Hand von ihrem Knie ab und erhob sich langsam; sein Kreislauf sollte ihm keinen Streich spielen.

»Das wollte ich hören. Wir brauchen dich. Und glaub mir: Stefan braucht dich nicht nur hier. Ich sage es zwar nicht gerne, aber ich glaube, er hat sich in dich verliebt!«

Sie nickte und ihre Mundwinkeln wanderten langsam ein Stück weit nach oben. Gleichzeitig aber sah Weller, wie ihr eine Träne in den Mund lief. »Chef, ich hoffe sehr, dass das zwischen uns kein Strohfeuer ist. Aber ich habe auch Angst, dass unsere Beziehung oder was auch immer das gerade ist, gleich mit einer solchen Scheiße hier belastet wird. Sie kennen sicher die Statistik, wie viele Beziehungen zerbrechen, die in Extremsituationen entstanden sind.«

Er zuckte mit dem Schulter: »Statistik! Ihr müsst euren Weg finden. Endet er in zwei Wochen, dann ist das eben so. Endet er in zwanzig Jahren, dann ist das eben auch so. Und geht ihr bis zum Ende eurer Tage gemeinsam durch die Welt – auch gut. Mach dir nicht zu viele Gedanken, die lähmen nur.«

Veggi stand auf, ging auf ihren Chef zu und küsste ihn zart auf die Stirn. »Danke!«

Er spürte ihre Hand, wie sich ihre Finger in seine Schulter bohrten, als wollten sie sagen ›Hilf mir, mich durch diese Welt zu tragen!‹ Er würde da sein.

Dieses Mal in seinem Leben würde er für jemand anderen da sein. Er musste an seine Frau denken. Und an seine Kinder. Und seine Enkel. Seine Kollegen waren jetzt seine Familie. Ja, er würde da sein. Und der Mörder musste weichen. Seine neue Familie würde nicht an ihm zerbrechen. Er schloss die Augen, genoss den Rauch in seinen Lungen – und war voller Energie.

Passlack betrat das Büro mit den drei bestellten Kaffees. Er warf Veggi einen verliebten Blick zu und setzte sich auf den Stuhl gegenüber von Weller.

»Veggi, lass die Rollläden runter.«

Im Raum wurde es dunkel. »So, dann schauen wir uns mal an, was auf dem Video zu sehen ist. Ehe wir den Kerl dazu holen, der es gedreht hat.« Passlack griff nach dem Handy, das über USB mit Wellers Rechner verbunden war. Der Bildschirm wurde schwarz und in der Mitte erschien ein großes Play-Zeichen. Weller klickte mit der Maus darauf. Sie sahen eine Menge Leute, die ausgelassen sprangen und hüpften.

»Wie lange geht das Ganze?«, fragte Weller.

»Drei Minuten steht da unten! Wenn also was Brauchbares dabei sein soll, müsste jetzt etwas passieren.«

Die kleine Handykamera konzentrierte sich auf das Opfer. »Mann, ist die hübsch!« Dieses Mal erntete Passlack von Veggi einen kurzen Tritt mit der Ferse.

»Veggi! Er hat doch recht. Echt schade drum!«

Passlack sprang aus dem Schreibtischstuhl.

»Da!«, schrie er.

»Halte das Video an, Sigurd! Und lass es ein Stück zurücklaufen!«

Weller tat sich schwer mit dieser neumodischen Technik, doch es gelang ihm, den Film zurückzuspulen.

»So, jetzt, drück ›play‹! Schaut ganz genau dort auf den Schwarzgekleideten. Hinter dem Mädchen.«

»Können wir das auch langsamer sehen?«

Die beiden Kommissare schauten Veggi an.

»Ich wusste, dass ich zu etwas gut bin.«

Jetzt lief der Film deutlich langsamer ab.

»Da!«, schrie Passlack erneut und zeigte mit dem Zeigefinger direkt auf eine Stelle am Bildschirmrand.

»Das ist unser Mann«, sagte nun Weller.

Veggi hielt den Film an: »Hier, in seiner Hand blitzt das Messer!«

Im Zeitlupentempo rückte er näher und näher an das Mädchen heran, das ekstatisch tanzte. Und einen Jungen fixierte, der an der Bar saß.

»Da, da ist ihr Freund. Der, der uns so gut wie gar nichts sagen kann?«

»Genau der! Der hat einen kompletten Blackout. Weiß nichts mehr. Die Ärzte sagen, dass die Erinnerungen bei ihm irgendwann zurückkehren werden. Aber wann, das weiß der liebe Gott.«

Weller grunzte: »Hört mir endlich mit der Religion auf. Wenn wir dieses Schwein geschnappt haben, lege ich jegliche Art von Glauben ab. Dann glaube ich nur noch an mich.«

Der Film lief langsam weiter. Die Gestalt im Hintergrund war jetzt nur noch wenige Meter von dem tanzenden Mädchen entfernt.

»Schau dir dieses Arschloch an. Der genießt diesen Moment. Der reibt seinen Schwanz an ihr!«

Michaela und Weller schauten Passlack an: »Hey, Stefan! Kannst du mal 'nen anderen Ton anschlagen?«, sagte sie.

»Ja, aber von der Sache her hat er recht!«

Das junge Mädchen sackte langsam zusammen, der Mann in Schwarz stand hinter ihr. Er musste sie festhalten, so viel stand fest. »Jetzt legt er sie ab. Schaut! Da ist sein Gesicht!«

»Mann, der ist ja richtig hübsch«, sagte Michaela. Und dieses Mal blickten sie die beiden Kommissare entgeistert an.

»Weiber!«

Weller schnaufte: »Also, jetzt wissen wir, wie er aussieht. Und er ist hübsch.« Er zwinkerte Veggi zu, die auf den Boden schaute.

»Veggi!«, sagte Weller. »du gehst jetzt sofort wieder los – ab ins Einwohnermeldeamt. Ich will ein Foto von allen, die am 24. Dezember in dieser Stadt und ihm Kreis Geburtstag haben, ein brauchbares Bild. Zudem recherchiere über alles, was du über diese Personen finden kannst. Vielleicht ist er ein Künstler. Oder in einem Sportverein. Vielleicht arbeitet er bei einem großen Unternehmen. Oder vielleicht hat er einfach mal einen Autounfall gebaut, egal was. Ich will alles wissen über diese Menschen, diese Sonnenkinder!«

Sie stand auf und sprang aus dem Büro.

»So, Stefan! Wir sind einen großen Schritt weiter. Seit Jahren warte ich auf diesen Hinweis. Auf seinen ersten Fehler. Er hat lange gebraucht, bis er ihn gemacht hat. Aber jetzt ist es so weit. Er ist überheblich geworden.«

Passlack sah die Freude in den Augen seinen Chefs. Er konnte noch nicht nachvollziehen, was es bedeutete, über Jahre hinweg nur Opfer zu haben und keinen Täter zu finden.

»Sigurd! Dieser Fall wird dein Lebenswerk. Du wirst ihn lösen.« Passlack griff nach Wellers Hand auf dem Schreibtisch. Der erwiderte den Druck.

»Wir! Wir werden ihn lösen.«

Passlack nahm seinen ganzen Mut zusammen: »Erzähl's mir. Ich weiß, dass es schwerfällt. Aber wie war das in den vergangenen Jahren, als ihr einen Toten nach dem anderen gefunden habt. Und keine einzige Spur zum Täter hattet.«

Weller schluckte schwer, hob den Kopf und Passlack meinte, die Tränen in seinen Augen zu sehen.

»Stefan! Der Druck ist so unendlich groß. Nicht nur von außen. Damit hätte ich leben können. All diese Fragen der

Presse. All diese Fragen unserer Vorgesetzten. Des Polizeichefs. Des Staatsanwalts. Alle erwarten Ergebnisse. Die du nicht liefern kannst.«

Er rutschte unruhig auf seinem Hintern hin und her. »Aber damit hätte ich umgehen können. Doch da sind die Angehörigen der Opfer. Denen du einen Täter präsentieren möchtest. Sie stehen unter Schock. Sind ungeniert fordernd. Und kalt.« Passlack merkte, dass Weller zitterte.

»Und dann kommt dieser unendliche innere Druck. Dieser Pulsschlag rund um die Uhr, der dich in den Wahnsinn treibt. Du stehst so unter Strom. Und keiner kann etwas dagegen tun. Du selbst kämpfst dagegen an. Und machst es nur noch schlimmer. Schlimmer und schlimmer. Wie ein innerer Wecker, der nicht nur läuft, sondern ununterbrochen klingelt. Dann kannst du keine Sekunde mehr abschalten.«

Passlack stand jetzt hinter dem Kommissar und hatte ihm die Hände auf die Schultern gelegt.

»Es wurde Jahr für Jahr heftiger. Ab dem zweiten Mord war mir, war uns klar, dass er nur an Heiligabend tötet. Dass wir ein ganzes Jahr Zeit haben, um ihn zu schnappen. Ein Jahr. 365 Tage. So lange. So verdammt lange – und so kurz! Du rennst und machst und tust, ermittelst, willst den Erfolg unter allen Umständen, dann verrinnen die Tage und du stehst immer noch ohne Ergebnisse da, erlebst dieses Déjà-vu und du bekommst nicht die Chance, daran etwas zu ändern, so hart du auch arbeitest und solange du auch an dem Fall dran bleibst. Aber jetzt wird alles anders. Jetzt ist er fällig!«

Weller zermatschte die Orange, die er sich beim Reden aus dem Körbchen gegriffen hatte. Der Saft spritzte in alle Richtungen. Aus der Frucht tropfte es auf den Schreibtisch. Eine gelbliche Lache entstand. Es roch angenehm sauer.

»Mensch, Weller, er wird dran glauben müssen. Dieses Mal. Ich lass das Foto ausdrucken. Sollen wir alles schon publik machen?«

Weller hielt Passlacks Hand fest: »Nein, noch nicht, zu niemandem ein Wort. Wir wiegen ihn vorerst in Sicherheit. Wir werden seinen Namen finden. Und wo er wohnt. Lass es uns mit Tempo angehen. Aber mit Bedacht!«

»Und jetzt unterhalten wir uns mal mit dem Jungen, der dieses Video gedreht hat.«

Gemeinsam verließen sie das Büro.

Weller und Passlack traten dem jungen Mann gegenüber, ohne dabei viel Aufhebens zu machen.

»Wir sollten ihn nicht erschrecken. Er ist erst achtzehn«, hatte Weller gesagt.

»So, wie geht es Ihnen?«

Lars Liliendorf zuckte mit den Schultern: »Weiß nicht!«, sagte er kurz.

»Sie haben einen schönen Namen!«

Der Junge schaute genervt.

»Wollen Sie mit mir über meinen Namen sprechen? Oder interessiert Sie das Video auf meinem Handy?«

Weller drückte ihn zurück auf seinen Stuhl, aus dem er sich erhoben hatte.

»Jetzt mal ganz, ganz langsam hier. Sie scheinen aufgeregt.«

»Ist das ein Wunder?«

Passlack schritt dazwischen. »Jetzt mal alles in Ruhe und der Reihe nach. Zunächst einmal vielen Dank, dass Sie sich bei uns hier gemeldet haben. Wir sind sehr dankbar für Ihren Hinweis und das Video.«

Liliendorf nickte.

»Sie haben also mit Ihrem Handy gefilmt, als Maria getanzt hat. Warum? Kannten Sie sie?«

Der Achtzehnjährige rutschte auf seinem Stuhl hin und her.

»Hey Mann, haben Sie die Braut mal genauer angesehen. Und wie die getanzt hat? Die war einfach nur total scharf. Das musste ich filmen.«

Passlack musste lachen. »Das heißt, Sie kannten sie nicht?«

»Nein, ich hatte sie noch nie zuvor gesehen. Aber ich schwöre Ihnen: Ich hätte sie gerne wiedergesehen.«

Weller schüttelte den Kopf: »Das ist jetzt leider nicht mehr möglich.«

»Sie haben also einfach Ihr Handy hochgehalten und diesen Film von ihr gemacht, ohne dass es das Mädchen oder ihren Freund gestört hat?«

Der junge Mann wirkte noch nervöser: »Ja! Klar! Die war doch ganz geil drauf und hat sich mehr und mehr geräkelt. Das sah schon stark aus; für mich war das so ein richtiger Private Dance.«

»Ein was?«

Passlack schaute zu Weller hinüber und sagte: »Sigurd. So, wie wenn eine Nutte für dich ganz alleine tanzt. Ein Privat-Tanz. Das kannst du dir in jedem Stripschuppen kaufen.«

Der Kommissar gab nur ein »Okay« von sich.

»Und weiter?«

»Ich konnte die Augen nicht von ihr lassen. Und sie spürte das, glaube ich. Zumindest hatte ich das Gefühl. Doch dann war dieser Typ da hinter ihr. Und er hat sich immer näher an sie heran geschoben. Sie hat ihn gespürt. Definitiv. Doch sie schaute dabei zu ihrem Freund, der da wohl an der Theke saß. Sie hat ihn angelacht, während sie sich an dem Idiot hinter ihr gerieben hat.«

Passlack rückte mit seinem Stuhl direkt neben Liliendorf, der Boden quietschte: »Und haben Sie nicht registriert, dass er etwas anderes von ihr wollte, als sich nur an ihr, wie Sie sagen, zu reiben?«

Der Junge räusperte sich: »Nein, zuerst nicht. Ich dachte mir: Naja, besser ein Video als gar nix. Wieder mal den Kürzeren gezogen.«

»Hattest du dir denn Chancen ausgerechnet?« Weller duzte den jungen Kerl.

»Ja! Warum auch nicht? Die war so geil. Die wollte doch nur irgendeinen aufreißen.«

»Quatsch«, unterbrach ihn Passlack, »ihr Freund war doch dabei. Und das wusstest du doch auch?«

Der Junge wurde verlegen: »Ich glaube, die hat es mit jedem getrieben, der wollte. Und an dem Tag wollte ich derjenige sein. Aber dann kam dieses Arschloch.«

Passlack stürzte von seinem Stuhl nach oben, sodass dieser nach hinten auf den Boden des Vernehmungsraums fiel: »Mann, jetzt hör doch endlich auf. Du wärst niemals an sie herangekommen. Sie war ihrem Freund treu und hat nur geflirtet. Jetzt ist sie tot, und ich hab ehrlich gesagt wenig Bock drauf, dass du sie hier so mit Scheiße bewirfst.«

Ruhe.

Weller warf Passlack einen Blick zu: »Komm mal mit raus, Stefan!«

Sie verließen den kleinen Raum.

»Jetzt komm mal runter. Du hast zu wenig geschlafen. Mach dir 'nen Kaffee und lass mich da drin zunächst alleine weiter machen! Der Kerl ist nicht unser Täter. Er ist unser Zeuge. Vergiss das nicht!« Weller war aufgebracht.

Als Weller zurück war, stellte er Liliendorf die entscheidende Frage sofort und unvermittelt: »Hast du gesehen, wie er sie getötet hat?«

Der Junge schüttelte den Kopf, sodass seine schulterlangen Haare flogen: »Nein. Mir ist das alles erst auf meinem Video richtig aufgefallen. Ich habe erst wieder auf sie geachtet, als sie schon am Boden lag und ein Riesenaufruhr entstanden war.«

Weller legte beruhigend seine Hand auf Lars: »Und der Kerl hinter ihr?«

»Ich habe ihn nicht mehr gesehen, aber auch gar nicht mehr auf ihn geachtet. Ich dachte, jetzt ist die vor lauter Tanzen einfach zusammengebrochen. Wahrscheinlich zu viel gesoffen, oder so. Oder vielleicht hatte ihr irgendeiner was eingeflößt. Das passiert den Weibern doch ständig, oder?«

»Ja, das stimmt schon, leider viel zu oft.«

»Und dann hast du dir dein Video angesehen?«

Lars schaute auf: »Ja. Gestern dann zu Hause. Aber so wirklich viel gesehen habe ich darauf immer noch nicht. Bis ich dann das Messer aufblitzen sah. Und dann dachte ich mir: Scheiße, die wurde ja umgebracht. Und ich hab es gefilmt!«

Er machte eine lange Pause. Weller schwieg.

Dann sagte der Junge: »Wieso muss das mir passieren? Hey, Bulle, die war scharf auf mich. Ich war mir sicher. Und jetzt ist die Kuh tot. Wird so einfach erstochen. Vor meinen Augen. Und wer fragt nach mir? Wie es mir jetzt geht?«

Passlack kehrte in das Besprechungszimmer zurück. Er hatte das Gespräch von außen mitverfolgt.

»Ja, ganz dumm gelaufen. Du wirst dir eine Neue suchen müssen, von der du denkst, du könntest sie abschleppen.« Er schaffte es nicht, sein Lachen zu unterdrücken, sodass ihm Sigurd einen Tritt verpasste.

»Also, Junge. Wir sind dankbar, dass du zu uns gekommen bist. Du kannst jetzt deine Sachen schnappen und gehen. Aber halte dich zu unserer Verfügung.«

»Warum?«, antwortete Lars.

»Na, wenn wir den Kerl geschnappt haben, machen wir eine Gegenüberstellung und du wirst ihn identifizieren.«

Liliendorf riss die Augen auf.

Passlack sah in ihm ein Abbild des Ochsenfrosches, den er vor Kurzem in einer Zeitschrift gesehen hatte: »Gar nichts werde ich tun. Wenn ich den hinter Gitter bringe und der kommt wieder raus, dann bringt er doch mich als Ersten um.«

Passlack zuckte die Schultern: »Das ist oft das Los von Zeugen. Aber so ist eben das Leben.« Er machte keinerlei Hehl daraus, dass ihm der Zeuge auf den Wecker ging.

Dann wurde er wieder ernst: »Jetzt mach dir hier nicht in die Hose. Wenn es so weit ist, sitzt er hinter einer Spanischen Wand und sieht dich nicht. Dir kann gar nichts passieren. Er wird niemals von dir erfahren. Und: Noch haben wir ihn ja nicht. Aber dank deiner Hilfe und deines Videos sind wir einen Schritt vorangekommen.«

Weller schickte Liliendorf nach Hause: »Danke, wir brauchen dich im Moment nicht mehr. Du kannst gehen.«

»Alles klar, und mein Handy?«

»Das bleibt hier«, Passlack schlug die Tür hinter sich zu.

Die beiden hörten noch, wie der junge Mann fluchte: »Scheiß Bulle!«

Passlack wollte ihm nachrennen, wurde aber von seinem Kollegen aufgehalten: »Lass ihn gehen. Der muss sich noch seine Hörner abstoßen. Sind wir froh, dass er mit dem Video zu uns gekommen ist.«

Karzai

**Hamid Karzai ist ein afghanischer Politiker, der seit 2001, dem Ende der Taliban-Herrschaft, als Präsident das Amt des Staatsoberhauptes Afghanistans innehatte. Geboren wurde er am 24. Dezember 1957 in Karz bei Kandahar in Afghanistan. Karzai feiert 2015 seinen 58. Geburtstag.**

**Rückblende *Bei Lola***

*Thomas und ich schwankten eine kleine Böschung hinauf, direkt an dem kleinen Bach entlang. »Wenn wir dem Wasser hier folgen, werden wir rausfinden.«*

*Er hatte recht. Doch was erwartete uns dann? Hatte Gott, der Allmächtige, vergessen, dass ich erst elf Jahre alt war? Wäre Er nicht in der Lage, Er, der alles konnte, für alles verantwortlich war, mich durch dieses Leben zu führen? Thomas lief einige Meter vor mir. Ich schaute ihn genau an, doch er spürte meine Blicke nicht. Egal, wie jung ich auch noch war: Ich durfte diesen kleinen Jungen nicht im Stich lassen.*

*Ich trat neben ihn und lachte ihn an.*

*»Hat sich deine Laune gebessert? Lothar! Wir sind frei. Das ist doch geil. Keiner tut uns mehr was. Wir sind in Freiheit!«*

*Und so nahm er mich mit in seiner Euphorie. In seinem Willen zu leben.*

*Mochte er doch recht haben.*

*Zumindest für den Moment.*

*Voller Übermut sprang ich ins Wasser und genoss das kalte Gefühl an meinen Beinen und Füßen.*

*Thomas folgte mir.*

*Wir konnten endlich wieder sein, was wir eigentlich waren: Kinder.*

Rückblende ***Bei Lola***

*Als ich 21 Jahre alt wurde, feierte ich meinen Geburtstag ganz alleine. Ich ließ die letzten zehn Jahre vorbeiziehen wie eine Nebelfront, die einen einholt, überrollt, ins Dunkel schickt und nicht mehr loslässt. Was hatte ich ein Jahrzehnt lang getan? Ich war der Hölle entronnen und hatte mich zu einem Menschen dieser Gesellschaft entwickelt.*

*Geachtet, teilweise gar geliebt.*

*War ich das? War ich das wirklich? Der Hölle auf Erden entronnen. Sie hatte ihre Pforten wieder geschlossen. Der Teufel hatte mich aus seinen Fängen entlassen. Mit einem diabolischen Grinsen. Denn er wusste: Er hatte die Saat gesät, die mich später einholen würde. Zehn Jahre hatte er mir gegönnt.*

*Und nun kehrte er zurück.*

*Ich war an diesem Tag, meinem Geburtstag, in meiner Bude. Naja, die Bude konnte sich sehen lassen.*

*Mir war es gelungen, als gelernter Schreiner raus aus dem zweiten Heim zu kommen, in dem sie mich gut behandelten und in dem ich die schönsten Jahre meines Lebens verbringen durfte. Behütet. Mit Thomas gemeinsam. Freundschaftlich und golden. Wir waren wie ein Geschwisterpaar. Unzertrennlich – bis dass der Tod uns scheidet.*

*Der Teufel wusste das.*

*Und so verließ ich an diesem Heiligen Abend nochmals meine kleine Wohnung in der Innenstadt von Schwäbisch Gmünd. Einer Stadt, in der mir der Marktplatz immer viel zu groß vorgekommen war. Überproportioniert. Ohne Frage schön, aber zu mächtig für ein Städtchen, das stets im Schatten der Mittelzentren und der Großstädte in seiner Nähe stand. Mir aber konnte es egal sein. Scheißegal. Was wollte diese Stadt von mir? Was wollte ich von dieser Stadt? Nichts. Ich lebte hier. Und ich lebte hier seit Langem. Ich war nicht derjenige, der sich das Urteil erlauben konnte, was hier schief lief und was nicht.*

*Zu großer Marktplatz? Wen interessierte meine Meinung.*

*Ich stolperte durch die Nacht, begegnete kaum jemandem. Niemand sprach mich an und sagte: »Happy Birthday!«*

Warum auch?

Sie wussten es ja nicht.

Zudem saßen die meisten bei der Bescherung.

Geburtstag am 24. Dezember? Was für ein Scheiß!, dachte ich mir.

Außerdem hatte ich nicht das Recht, an diesem Tag ausgerechnet mich zu feiern. Am Tag des Herrn!

Ich torkelte an den Wänden entlang, als hätte ich zu viel getrunken. Dabei waren es nur zwei, drei Gläser von dem Rotwein gewesen, den mein Chef mir am Tag zuvor in die Hand gedrückt hatte.

»Hier, zu deinem Geburtstag!«, hatte er gesagt. Ich hatte mich gefreut – bis ich die Weihnachtsglückwünsche gesehen hatte. Die Weinflaschen waren Geschenke an ihn gewesen. Wahrscheinlich hatte er für sich entschieden, dass er diese Brühe eh nicht trinken werde. Und hatte sie mir geschenkt.

Naja, besser als nichts.

Der Rotwein, dessen schaler Geschmack auf meiner Zunge lag und mich an den modrigen Geruch der Duschen des Internats erinnerte, führte mich durch die Gassen. Waren es doch mehr als nur zwei, drei Gläser gewesen? Mochte dieser viel zu große Marktplatz nicht irgendwann ein Ende finden?

Und da stand ich vor ihr. Vor der Kirche, die mich seit vielen Jahren so sehr beeindruckte, dass ich nicht von ihr lassen konnte. Ich verbrachte jede freie Minute in ihrer Nähe. Ich genoss es, wenn wir als Schreiner dort tätig waren.

Welch ein Segen für die Menschheit. Welch Ort der Ruhe und Besinnung.

Gott so nahe.

Ihre Fassade ließ mich schaudern.

Durch welch grandiose, übermenschliche Leistung wurde diese Kirche erschaffen?

Doch ich wollte nicht hinein.

Gmünd, um das Jahr 1350

Die hölzernen Bretter wiesen den Weg hinauf. Hinauf zum Dach. Der junge Peter schwang sich die Stufen entlang. Er hörte, ja, er genoss das Knarzen des Holzes. Weich, biegsam und doch von undenklicher Stärke. Nur zu übertreffen durch Stein. Als er den oberen Rand des noch lange nicht vollendeten Bauwerks erreicht hatte und in die Tiefe blickte, spürte er, wie Schwindel seinen Kopf zum Wanken brachte. Nein, es war nicht die Höhe. Peter war seiner Zeit voraus und ihm schwindelte selbst vor all dem, was er noch in den kommenden Jahren seines Lebens erreichen wollte.

Sein Vater, Baumeister der Kirche zu Gmünd, war es, der ihn lehrte und ihn antrieb, noch besser zu werden, als er es eh schon war. »Vater, lass es uns gemeinsam tun«, hielt er ihn an. Heinrich nahm ihn bei der Hand: »Du wirst es tun – und wenn nicht hier, dann woanders. Weit fort. Weit fort von diesem Ort.« Er erzog ihn zu Strebsamkeit und Fleiß. Doch Peter war mehr: Er war der Baumeister.

An diesem Tag jedoch gönnte er sich eine Pause. Sein Wille, sein Schöpfen forderten diese Unterbrechungen: sie waren es, die dem Leben und Arbeiten an einem solchen Ort Sinn verliehen. Er schwang sich von den Mauern und sah sich rund um die Kirche nach seiner Frau um.

Sie stand an diesem Mittag an einem kleinen Marktstand und feilschte. Feilschen – das war ihr Metier! Und mochte sie es auch Handeln nennen, Peter mochte es nicht gerne, seine Druda zu sehen, wie sie sich mit den Marktständlern daran ergötzte, den Preis für Lebensmittel zu drücken. Sie waren nicht arm.

»Komm, Frau, lass uns nach Hause gehen!« Peter zog Druda am Ärmel ihres Kleides weg von den Ständen, hin zur bereits imposant in die Höhe ragenden Kirche. Der Blick nach oben beeindruckte sie beide gleichermaßen. »Peter, Ihr seid der Baumeister, nicht nur dieser Kirche, sondern auch meines Herzens. So lasset unsere Liebe ebenso wachsen, wie es dieses Bauwerk tut. Lasst uns streben gen Himmel – für immerdar.«

Er küsste ihren Nacken, während sie ihren Blick auf das frei stehende Langhaus gelegt hatte. Groß, mächtig, imposant stand die Kirche vor ihnen. »Mit diesem Bau, mein lieber Peter, schafft Ihr etwas für die Ewigkeit. Für die Frömmigkeit. Möge unser Glaube überleben und uns leiten, bis hin zu den Tagen, an denen wir nicht mehr unter den Lebenden sind.«

Sie drehte sich um und küsste ihn zart. Eine kleine Träne lief ihr über die Wange. Peter nahm die salzige Flüssigkeit mit seinen Lippen auf. »Hört auf zu weinen, Frau. Diese Kirche ist ein Ort der Freude und des Glaubens. Sie wird noch in Hunderten von Jahren die Menschen leiten – und ihnen Hoffnung und Wille schenken. Jede Unredlichkeit soll ihnen in diesen Mauern genommen sein. Verdammt sei jeder, der Schande über oder in dieses Haus bringt.«

Schneefall setzte ein und legte sich wie ein weißer Schleier über die Mauern, die die Kirche mehr und mehr zu stattlicher Pracht gedeihen ließen. Weihnachten stand vor der Tür.

*Ich wollte nicht hinein, nicht jetzt, nicht heute. Drinnen im Heilig-Kreuz-Münster liefen an diesem 24. Dezember die Vorbereitungen für die Christmesse. Heiliger Abend.*

*Ich lehnte mich an den Eingang an der Nordseite, die Passionsgeschichte Jesu direkt über mir. »Ja Herr, nur du wirst an diesem Tag gefeiert.« Mochten die Wissenschaftler seit Jahrhunderten noch so kühne Thesen aufstellen, dass Christus nicht am 24. Dezember geboren worden war – es war der Tag des Herrn. Und sonst niemandes Tag.*

*Wie hatte es meine Mutter wagen können, mich an diesem Tag auf die Erde zu schicken. Wie konnten es andere Mütter wagen, ihre Kinder ins Leben zu pressen an diesem Tag, der nur dem Herrn gewidmet war. Oh, wie hatte er doch recht gehabt. Mein Direktor. Miezwiecz. Mein Herr und Gebieter in den Jahren im Internat. Mein Abgott. Mein … Teufel.*

*Er war zurück. In mir.*

*Und Thomas war tot.*

*Ich lehnte weiter am Portal und begann zu weinen. Mein kleiner Freund! Wieso bist du nicht mehr bei mir? Wie konntest du dich von einer einfachen Grippe dahinraffen lassen? Warst du zu feige, um dieses Leben weiter zu leben? Mein Gott, Thomas, ich brauche dich! Eine Hand griff nach meiner Schulter, strich über meinen Kopf. Als ich aufblickte, meinte ich, die in den Jahren gewachsenen breiten Schultern von Thomas zu erkennen. Ich wischte mir die Tränen aus den Augen.*

*»Stehen Sie auf, Mann. Sie werden erfrieren. Gehen Sie nach Hause. Es ist Heiligabend! Schlafen Sie Ihren Rausch aus!«*

*Der Mann stellte mich auf die Füße und gab mir einen Schubs weg von meinem Münster. Weg von meinem Thomas. Ich war wieder allein und wankte zurück – auf den viel zu großen Marktplatz.*

***Bei Lola***

Lola fixierte ihn. Monatelang war er von ihr fern geblieben. Wie eine beleidigte Geliebte, die jemand zu lange vernachlässigt hatte, sagte sie kein Wort, nachdem sie die Tür geöffnet hatte. Sie ließ Lothar herein. Doch schon in diesem Moment wusste er, dass er einen Fehler gemacht hatte.

»Was willst du hier?«, sagte sie.

»In bin dein Freier, und wenn ich dafür bezahle, dann darf ich doch hier bei dir sein. Oder?«

»Du meinst also, du bist ein ganz normaler Kunde für mich? Einer, der wie die anderen hier rein marschiert, mich vögelt, sich einen geilen Abschuss verschafft und dann wieder geht? Du meinst, für mich bist du so einer? So ein mieses Schwein, das zu Hause keine Aufmerksamkeit bekommt und nicht den Sex, den er sich wünscht?«

Lothar verschlug es die Sprache. Bis er lachen musste. Und sagte: »Bist du eifersüchtig?«

Sie schlug ihm ein weiches Kissen ins Gesicht. Eines, das jedes Puffklischee erfüllt. Wie ihr ganzes Zimmer. Dann sagte sie zu ihm: »Du hast mir gefehlt. Ja. Ich bin eifersüchtig. Auf dein Leben.«

»Auf mein Leben? Nach meinem Leben braucht sich niemand sehnen.«

Lola schüttelte den Kopf.

»Du vergehst noch in deinem Selbstmitleid. Und du meinst, nur du hast es schwer gehabt?«

Er stand auf und verließ sie ohne einen weiteren Kommentar. Lothar sollte erst im Jahre 2007 zu ihr zurückkehren. Um zu verstehen, dass sie die einzige Liebe seines Lebens war. Und er die ihre.

*3. Januar 2007*

Die Bilder liefen unter Quietschen aus dem Drucker. Stefan Passlack schaute Veggi über die Schulter.

»Kommst du voran?«

Sie legte ihre Wange auf seine Hand. Sie fühlte die kratzende Haut. »Du brauchst eine Handcreme.«

»Typisch Frau!«

Sie drehte sich um, sodass der Schreibtischstuhl gegen sein Schienbein schlug. Er sprang auf einem Bein zurück.

»Typisch Frau!, sagst du. Du willst mich doch überall anfassen. Nicht wahr? Und dann stelle dir mal vor, wie sich das anfühlt, wenn du Finger hast, als wären sie gerade über einen Gurkenhobel geraspelt.«

Er nahm ihre Kritik auf wie einen Steilpass: »Meine Gurke ist woanders.« Sie trat mit dem Bein aus und traf ihn knapp unterhalb des Gesäßes.

»Aua!« Er grinste. »Übrigens, schön, dass du wieder lachen kannst.«

Sie zog ihn zu sich heran und er setzte sich auf ihren Schoß. Der Stuhl knarzte.

»Ich bin froh, dass es dich gibt. Auch mit rauen Händen.«

Sie küsste ihn auf den Mund.

»Weißt du, was ich jetzt gerne tun würde?«, fragte er und grinste dabei schelmisch. »Das weißt du sogar ziemlich genau. Lass uns einen Deal machen!«

»Was für einen?«

Er vergrub sein Gesicht zwischen ihren Brüsten und spürte die Wärme, die durch den BH und den grün schimmernden Pulli drang. Das fühlte sich gut an. So gut, dass sich in seiner Hose eine Regung zeigte.

»Hey, jetzt mach mal langsam. Hier kann jede Sekunde die Tür aufgehen und ein Kollege ins Zimmer stürzen – oder noch schlimmer, Weller.«

Passlack blickte nach oben, ohne den Kontakt zu ihrer Brust zu verlieren: »Aber der weiß doch über uns Bescheid. Auch wenn er alt ist, prüde ist er nicht. Ganz im Gegenteil. Ich glaube, der sehnt sich nach mehr Spaß in seinem Leben.«

Veggi fuhr Passlack durchs Haar und spürte das Gel, das er morgens aufgetragen hatte. Ganz schön eitel, dachte sie.

»Und trotzdem will ich nicht, dass er sieht, wie du an mir rumfummelst.«

Er ließ seine Hand langsam in ihre Hose gleiten und spürte den Ansatz ihrer rückwärtigen Kerbe.

»Okay, ich höre ja schon auf!«

»Ich merk's.« Sie klang spöttisch. Er hob die Hände wie ein Bankräuber, der nach einem misslungenen Coup gestellt wurde.

»Also, zurück zu unserem Deal. Was schlägst du vor?«

Sie hob ihn ein wenig an, sodass er sich von ihr fortbewegen musste. Und drehte sich wieder in Richtung Bildschirm: »Wir haben hier über einhundert Fotos, die wir genauestens mit dem Gesicht des Täters auf dem Handymitschnitt vergleichen müssen. Lass uns die ersten fünfzig gemeinsam analysieren. Eines nach dem anderen. Vier Augen sehen mehr als zwei. Wenn wir die erste Hälfte haben, fahren wir zu mir nach Hause. Und danach machen wir mit den nächsten fünfzig weiter.«

Passlack nickte. Das war ein fairer Vorschlag. Je schneller, desto besser. Aber sie mussten auch konzentriert sein. Und das ging ohne Pausen nicht. So gesehen war dieses Abkommen das Beste, was er sich vorstellen konnte.

Er fasste es in seinen Worten zusammen: »Okay. Du meinst also: Mörder suchen, vögeln, Mörder suchen!«

Sie lachte: »Mörder suchen erster Teil, ja! Mörder suchen zweiter Teil, ja! Und dazwischen schau'n wir mal!«

Veggi beschäftigte sich mit den ersten zwanzig Bildern nur kurz. Zu alt, weiblich, zu jung.

»Wenn das so weiter geht, dann werden wir nicht fündig, Stefan. Hoffentlich verrennen wir uns nicht und suchen an der falschen Stelle!«

Passlack hörte aufmerksam zu.

Er versuchte, ihr die Angst zu nehmen: »Selbst wenn er nicht unter denjenigen hier sein sollte! Wir haben sein Foto. Er ist es! Hier auf diesem Handy. Das ist das Wichtigste. Die Herausforderung für uns ist es jetzt nur noch, zu diesem Deckel den passenden Topf zu finden.«

Sie stöhnte: »Ja, du hast ja recht. Aber diese vermaledeite Sucherei macht mich wahnsinnig. Wir jagen ein Phantom. Und noch keinen Täter. Und das kostet mich gerade den letzten Nerv.«

Sie zitterte.

»Schatz!«

Sie drehte sich erstaunt um: »Wie hast du mich gerade genannt?«

»Schatz! Warum?«

Sie stand auf und umarmte ihn. Und sagte nur: »Danke«

Voller Elan schwang sie sich auf den Schreibtischstuhl zurück. »So, und jetzt ran, an die nächsten dreißig. Damit wir endlich nach Hause können.« Aus dem Radio dröhnte Meat Loafs ›Objects In The Rearview Mirror May Appear Closer Than They Are‹. Waren sie nah dran oder noch so weit weg?

Er zog sich einen zweiten Stuhl an ihren Schreibtisch: »Nach welchem System gehst du vor? Welche Bilder schaust du dir zuerst an?«

Sie kramte in den Akten, die neben der Tastatur lagen. »Das Bild, das ich in meinem Kopf von ihm habe, ist das eines Nullachtfünfzehn-Mannes, zwischen dreißig und vierzig. Sportlich. Gut gebaut, aber kein Schönling. Interessant und in gewisser Weise hübsch. Wie auf dem Video. Ich weiß nicht, warum, aber ich stelle ihn mir auch ein bisschen schmuddelig vor. Vielleicht hat er das nicht verdient, aber du weißt ja, wie das ist mit den Bildern im Kopf.«

Sie verschnaufte kurz.

»Kennst du dieses Gefühl«, fragte sie, »wenn du ein Buch gelesen hast und in der Verfilmung anschließend so gar kein Gesicht zu dem passt, wie du es dir vorgestellt hast?«

Er nickte. Auch wenn er kein Vielleser war, Veggis Beschreibung war treffend.

»Und so geht es dir mit den Bildern?«

»Zumindest könnte es so sein. Ich will ihn nicht durch meine Engstirnigkeit überblättern, nach dem Motto ›Der kann es nicht sein, weil er nicht in mein Schema passt‹. Ich suche einen heruntergekommen Vierzigjährigen. Vielleicht ist er aber auch ein dreißig Jahre alter Gigolo, der nichts anderes tut, als sich einmal im Jahr den Spaß zu machen, einen Menschen zu töten. Mensch, Stefan! Wir wissen einfach zu wenig! Und auf dem Video ist einfach viel zu wenig zu erkennen.«

Er sprang auf und wurde laut: »Nein! Hör auf! Wir wissen so viel wie noch nie zuvor in diesem Fall. Wir sind in den letzten Tagen so weit nach vorn gekommen. Was soll denn Weller sagen? Er hatte keinen einzigen Anhaltspunkt. Über Jahre hinweg. Und du jammerst hier. Wir haben ein Foto! Veggi! Noch dazu ein halbwegs brauchbares. Und das wird uns den Weg zu ihm weisen, ich weiß es!«

Er beruhigte sich wieder: »Jetzt lass uns hier weiter machen. Vorschlag: Wir schauen gemeinsamen jedes einzelne Bild an. Jedes kleine Detail. Er wird dabei sein. Glaube mir.«

Ihr Blick traf seinen. »Na dann mal los!«

Weller trat ins Büro: »Habt ihr ihn?«

Passlack entgegnete schlichtend: »Sigurd, wir sind dran. Unter den ersten zwanzig war er nicht. Daran gibt es für uns keinen Zweifel. Wir werden jetzt noch weitere dreißig analysieren.«

Weller gab ein zufriedenes Grunzen von sich: »Macht das! Und dann macht eine Pause! Eine so frische Liebe braucht viel Zeit. Und dabei könnt ihr am besten entspannen und danach die restlichen Kandidaten hier anschauen. Morgen ist auch noch ein Tag. Auch wenn wir keine Zeit haben, eigentlich.«

Passlack ging nach Veggi die Treppe nach oben und starrte auf ihr Hinterteil. »Hey, du warst die beste Entscheidung für mich«, blaffte er ihr nach.

»In Bezug auf?« Sie wackelte mit ihrem Hintern.

»In jedem!«

»Und das sagst du nach so kurzer Zeit?« Sie konnte sich ein Lachen nicht verkneifen.

»Welche Komplimente willst du mir dann erst machen, wenn wir fünfzig Jahre zusammen sind und du neben mir liegst und ich dir nur noch Fernsehsender wechseln darf und deinen Urinbeutel austausche?«

Passlack blieb stehen: »Was?«

Veggi drehte sich nicht um und ging schnurstracks zu ihrer Wohnungstür. »Du hast schon richtig gehört.«

»Darüber will ich mir heute noch keine Gedanken machen. Dafür bin ich noch zu jung«, sagte er.

»Das solltest du aber. Schließlich bist du ein paar Jährchen älter als ich. Somit steigt die Wahrscheinlichkeit, dass ich dich pflege deutlich schneller als umgekehrt.«

Sie lachte jetzt laut – was jäh unterbrochen wurde durch den harten Schlag mit der flachen Hand auf ihrem Po.

»Nicht so doll«, fauchte Veggi.

Doch ihrer Stimme fehlte jeglicher Ernst.

»Das wirst du büßen!«

Passlack sprang sie im Flur ihrer Wohnung an, sodass sie sich kaum auf den Beinen halten konnte. Doch so sehr er sie auch schubste, so sehr hielt er sie auch fest. Er konnte nicht anders. Er musste diese schlimmen Worte sagen: »Ich liebe dich!«

Diese Verbindlichkeit, die mitschwang. Und Endgültigkeit. Für lange Zeit. Er hasste sich dafür. Aber er war doch nur ehrlich. Zu ihr. Und zu sich selbst.

Veggi zog Passlack auf das kleine braune Sofa, das aussah, als habe es aus reinem Trotz das vergangene Jahrtausend überlebt. Es zeugte von einem Leben, das lang vor Veggis eigenem begonnen hatte.

Das blieb Passlack nicht verborgen: »Wann trennst du dich von diesem Ding? Hoffentlich bevor ich irgendwann noch eine Feder im Hintern stecken habe.«

Sie lachte. »Jaja, das werde ich wohl machen müssen. Aber nur deshalb, weil mein Sofa es nicht gewohnt ist, solche Schwergewichte wie dich zu tragen.«

Seine Spontanität war wie weggeblasen. Sein Scherz verfehlte seine Wirkung: »Warum? Waren meine Vorgänger alles Leichtgewichte?«

Und wieder landete sie einen Volltreffer: »Nein, aber ausschließlich Frauen!«

Er verschluckte sich an dem Merlot, den sie ihm und sich in zwei große Weinschwenker eingeschenkt hatte.

»Das ist nicht dein Ernst!«

Veggi kicherte: »Schockiert?«

Mehr als ein »Es geht« gab er nicht von sich.

»Mann, Stefan. Das war ein Scherz. Ihr Männer meint immer, wir Frauen müssen über eure derben Witze lachen. Aber kaum machen wir mal einen, seid ihr brüskiert!«

»Ich möchte dich hören, wenn ich dir sagen würde, dass ich schwul bin. Oder war. Oder was auch immer!«

Er musste selbst lachen.

»Vielleicht würde mich das nur anmachen?«

»Das ist nicht dein Ernst?«

Sie zog die Mundwinkel nach unten: »Gäbe es für mich ein größeres Lob, als einen schwulen Mann von mir überzeugt zu haben? Sogar so sehr, dass er sagt, er liebt mich?«

Sie schwang ihr Bein über ihn, nahm seinen Kopf in beide Hände und drückte sein Gesicht gegen ihre Brüste.

»Jetzt hör aber auf und konzentrier dich auf das hier.«

Veggi drückte ihn weg von sich, steckte ihre Arme nach oben und forderte ihn auf, ihr den Pullover ausziehen. Er konnte den Blick nicht von ihren nackten Brüsten lassen und begann, ihre Brustwarzen zu küssen.

»Mach schnell!«, stöhnte sie.

»Warum? Kannst du es nicht erwarten, wieder auf Mörderjagd zu gehen?«

Sie stand auf und zog seine Hose nach unten: »Nein, ich kann es nicht erwarten, dich in mir zu spüren.«

# *Teil 3*

# DIE JAGD

*4. Januar 2007*
»Stefan«, hauchte sie ihm ins Ohr, »wach auf!«

Mühsam öffnete er seine Augen: »Die Nacht ist schon um?«, fragte er.

»Ja, leider.«

Er atmete tief, sodass ihr Kopf nach oben wanderte und sich wieder deutlich senkte.

»Lass mir auch noch ein wenig von der Luft«, witzelte sie. »Und jetzt raus aus den Federn. Oder willst du erst nach mir duschen?«

»Nicht nach dir und nicht vor dir. Mit dir!«

»Stefan, für den Moment muss das reichen. Wir müssen zurück. Weller wird in den nächsten Minuten wieder da sein. Und er wird sauer sein, wenn wir zu spät kommen.«

»Ist ja schon gut. Du stehst nicht auf Komplimente, stimmt's?«

Sie hastete zurück zum Bett und warf sich splitternackt auf ihn. »Ganz im Gegenteil, mein Großer.«

Sie griff ihm ungeniert in den Schritt.

»Aber für den hier ist jetzt Pause. Jetzt muss das Hirn wieder eine Weile arbeiten.«

Und schon entzog sie sich ihm wieder und sprang in das Badezimmer, warf die Tür ins Schloss und drehte den Schlüssel herum.

Doch der Schlüssel drehte sich erneut und sie blickte nochmals heraus: »Und wenn es so dringend ist: Du hast jetzt genau fünf, okay, sieben Minuten, dann bin ich mit dem Duschen fertig!«

Wieder flog die Tür ins Schloss.

Stefan kroch auf die andere Seite des Bettes und griff nach dem Wecker. Sie hatte recht. Es wurde Zeit! Zeit für den Showdown. Oder war der noch weit weg?

*

Sigurd Weller schloss die Tür seines Büros auf. Es war seine Angewohnheit geworden, alle Türen hinter sich abzusperren. Er ertastete den Lichtschalter. Das helle Neonlicht erfüllte den Raum umgehend mit Helligkeit.

Meine Zeit ist demnächst gekommen. Was habe ich denn davon, wenn ich diesen Burschen noch schnappe? Die Lorbeeren sollen die beiden Jungen erhalten, dachte er. Doch es war erst wenige Tage her, dass er versucht hatte, die Verantwortung auf Passlack zu übertragen. Er hatte ihn nicht enttäuscht, aber auch nicht überzeugt. »Er ist ein Frischling«, sagte er laut und fuhr seinen Computer hoch. »Was für eine alte Kiste«, überlegte er. »Wenn die Polizei auch in Zukunft so schlecht ausgestattet ist, werden die Verbrecher Passlack auf der Nase herumtanzen!«

Er stand auf, ging um den Tisch herum, vorbei an dem großen Gummibaum, der ihm über die vielen Jahre die Treue gehalten hatte und hinaus auf den Flur. Der automatische Lichtschalter erhellte den langen Gang nach und nach, Lampe für Lampe.

Bling, bling, bling.

Dann war es taghell. Weller ging in den nächsten Raum, in das Büro, in dem normalerweise Michaela arbeitete. Passlack und sie hatten gestern mächtig Gas gegeben. Und er wollte sie nicht verheizen. Daher musste er ihnen ein paar Stunden Pause gönnen.

Er griff nach den Ausdrucken über die Personen, die am 24. Dezember Geburtstag hatten. Penibel hatte Veggi jedes einzelne Foto mit einem getackerten Vermerk versehen:

- *Jahrgang 1940; zu alt (erledigt)*
- *Jahrgang 1995; zu jung (erledigt)*
- *Jahrgang 1972; aber weiblich (erledigt)*
- *Jahrgang 1974; männlich; keine Ähnlichkeit (weiterhin in Betracht ziehen)*
- *Jahrgang 2000; zu jung (erledigt)*
- *Jahrgang 1978; weiblich (erledigt)*
- *Jahrgang 1931; zu alt, im Dez. verstorben (erledigt).*

Weller kämpfte sich durch die Mappen. Eine nach der anderen drehte und wendete er. Nicht, dass Veggi und Stefan etwas übersehen hatten! Sie waren noch unerfahren. Fehler konnten in jedem Alter passieren – wie es ihm passiert war.

Dieser Gedanke ließ ihn nicht mehr los: »Oh Sigurd! Du hast so viele Fehler gemacht!«

Er kehrte mit seinen Gedanken zu den Bildern zurück. Zu den Akten auf Veggis Schreibtisch. Mädchen, mach keinen Fehler! Bitte. Deine Recherche ist so wichtig, dachte er.

Er blickte auf das erste noch unbearbeitete Blatt des linken Stapels. Das Gesicht schaute ihn an. Und Weller war sich sicher: Er sah in die Augen eines Mörders.

Weller setzte sich mit einem Ächzen zurück auf seinen Stuhl. Warum hatte er ihm so viel Zeit eingeräumt? Warum fand er ihn erst jetzt?

Mieses Schwein!, dachte er.

Immer wieder blieb er an dem Gesicht hängen. Was machte aus ihm diesen perfiden Mörder? Was haben ihm die Opfer getan, dass er sie brutal hinrichtet, abschlachtet, ihnen keine Chance lässt? Familienväter mit ihren Kindern, wehrlose junge Frauen, harmlose Pärchen.

Die Tür sprang auf. Passlack und Veggi fielen lachend in den Raum.

»Oh, Shit! Tut mir leid«, sagte Veggi, um gleich wieder zu lachen.

»So, habt ihr gut geschlafen?« Auch Weller musste grinsen.

Dann setzte er sich auf.

Und blaffte: »Hier, das ist er, ich bin mir sicher.«

Er hielt das Foto nach oben.

Veggi zog die beiden Nasenflügel nach oben: »Chef, was macht Sie so sicher? Vielleicht hat er eine gewisse Ähnlichkeit, aber ich bin mir da alles andere als sicher. Tut mir leid.«

Passlack riss das Bild an sich, setzte sich unter die kleine Schreibtischlampe und drückte den kleinen Knopf. Die Lampe musste Weller aus dem Zweiten Weltkrieg gerettet haben. Aber sie tat ihren Dienst. Auch Passlack sinnierte über das Gesicht: »Er kann es sein. Er muss es nicht sein. Sigurd, sei dir bitte noch nicht zu sicher, wir sind es jedenfalls nicht!«

Weller stand auf, rammte seinen Schreibtischstuhl gegen den Tisch und fluchte: »Oh, ihr seid euch also einig, dass der Alte irrt? Hat er in diesem Fall ja schon oft gemacht. Nichts gefunden hat er, der alte Depp. Ist es das, was ihr denkt?«

»Mensch, Sigurd, jetzt beruhig dich doch. Was soll denn das? Vielleicht hast du ja den Richtigen gefunden. Aber das werden wir noch überprüfen müssen.«

Weller schnappte seine Schimmi-Jacke, riss Passlack das Foto aus der Hand und sagte: »Ja, und zwar jetzt!«

Er rannte hinaus auf den Flur.

Veggi und Passlack schauten sich an und sprangen gleichzeitig auf.

Auf dem Gang erwischten sie ihren Chef, als er in seinen Dienstwagen einstieg. Passlack setzte sich auf den Beifahrersitz, Veggi auf die hintere Bank.

»Hey, bist du beleidigt? Das war nicht böse gemeint. Aber ich befürchte, du bist dir zu früh zu sicher, den Mörder gefunden zu haben.«

Weller blickte ihm in die Augen. Nach kurzer Zeit schaute er herab. Und nickte.

Er drehte den Zündschlüssel herum und ließ den Motor aufheulen.

»Dann werden wir jetzt zu dieser Adresse fahren und ihn überprüfen. Ich werde das Geständnis persönlich aus ihm herausprügeln, wenn es sein muss. Er wird alles zugeben. Glaubt mir!«

Weller gab Gas, sodass Veggi in die Rückbank gepresst wurde.

»Scheiße!«, fluchte sie.

Sie setzte sich wieder auf und griff sich erneut das Bild. Sie schaute auf die Adresse: Im Schwäbisch Gmünder Ortsteil Bargau wohnte dieser Mann. Hielt er sich dort immer noch auf? Oder wusste er, dass sie ihm auf der Spur waren?

Passlack drehte sich zu ihr herum und schaute über die Rücklehne in den hinteren Teil des Fahrzeugs: »Veggi, wie heißt das Schwein?«

Der Name? Veggi wanderte mit ihren Augen nach unten auf den Ausdruck.

Sie sagte: »Er heißt Marcello Alfredo Vincente Gustino!«

Weller brauste durch die Stadt, hinaus durch das Industriegebiet Buchstraße und die Buch-Auffahrt hinauf. Passlack schaute zu Weller und griff mit der Hand auf seine, die auf dem Schaltknauf ruhte: »Mann, Sigurd, was haben wir alle davon, wenn du diesen alten Hobel jetzt und hier in den Graben legst? Lass es langsam angehen.«

Weller knurrte: »Wir haben schon genug Zeit verloren. Ich will nicht, dass er mir durch die Lappen geht.«

Passlack schwieg, Weller drehte den Motor weiter nach oben, der Tacho zeigte 120 Stundenkilometer an.

»So landet nicht er im Knast, sondern wir!«, sagte Veggi, und öffnete das hintere Fenster: »Ich kotz gleich aus dem Fenster!« Sie machte würgende Geräusche.

Sigurd Weller stieg in die Bremsen, sodass der Sicherheitsgurt in Passlacks Bauch schnitt: »Mensch, ich will noch Kinder haben irgendwann! Du bist schuld, wenn ich das nicht mehr hinkriege.«

»Dann braucht ihr nicht zu verhüten!«

Beide überhörten Wellers lapidare Antwort.

Als das Auto über den Kreisverkehr am Bargauer Ortseingang schoss, war sich der alte Kommissar sicherer denn je, einen seiner größten Fänge zu machen.

»Er ist es!«, sagte er leise und doch deutlich.

Sie schossen durch den kleinen Ort. Kurz vor der Kirche bremste Weller abrupt und bog rechts ab.

»Kennst du dich hier aus?«, fragte Passlack.

»Ja!«

»Warum?«

»Ich bin hier zur Schule gegangen – ein paar Tage her.« Weller lachte und zündete sich eine Zigarette an. Sein Handy meldete mit schrillem Ton eine neue SMS.

»Ja, klar! Jetzt nimm auch noch dein Telefon in die Hand und lenk mit den Knien, wie ein achtzehnjähriger Spinner, der seine Tussi beeindrucken will.«

Weller war sauer. Er blickte nicht auf das Handy, zudem warf er die erst halb gerauchte Zigarette zum Fenster hinaus.

Veggi war sich nicht sicher, ob sie sich darüber freuen konnte. Sollten sie auf dem Weg zu dem vielfachen Mörder sein, brauchten sie einen Weller in Bestform. Einen Profi. Eiskalt. Und nicht von seinen Emotionen gesteuert.

Sie sah den Schweiß auf seiner Stirn. Und auch unter seinen Achseln. Er roch auch streng, doch sein Deo übertünchte das Schlimmste.

Sie konnte nicht anders: »Chef, wäre es nicht besser, wir würden jetzt Verstärkung holen. Wenn er unser Mann ist, wird er uns nicht freudestrahlend ins Haus lassen, seine Hände entgegenstrecken und sagen: Hier bin ich! Nehmt mich mit! Ihr habt den Richtigen!«

Weller und Passlack musterten sie.

Dann sagte der junge Polizist: »Sie hat recht. Was, wenn hier alles schief geht? Was, wenn er bewaffnet ist? Wenn er sofort feuert?«

Weller fuhr jetzt im Schritttempo.

Und sagte: »Dann macht er den größten Fehler seines Lebens. Dann wird er sterben.«

»Und du mit ihm?«

»Ich bin bereit zum Äußersten! Und deshalb«, er hielt den Wagen in einer kleinen Einfahrt in der Wolfsstraße an, »deshalb bleibt ihr beide im Auto.«

Weller stieg aus und verriegelte das Fahrzeug von außen. Passlack rüttelte an der Tür. Dann schrie er: »Du spinnst. Du spinnst komplett!«

Aus dem Polizeiwagen gab es kein Entrinnen. Die Sicherung war eingeschnappt. Kein Mensch hätte das Auto verlassen können, darauf war es ausgelegt. Flucht unmöglich.

Der Alte lief die vier Stufen zur Eingangstüre hinauf. Er drehte sich noch einmal um, reckte den Daumen seiner rechten Hand in die Höhe, dann schaute er auf das Klingelschild: ›Gustino‹.

Er war richtig. Er läutete. Und wartete.

Was, schoss es ihm durch den Kopf, wenn die beiden recht hatten? Wurde er längst beobachtet? Saß er hinter der Tür, mit gezogener Waffe. Weller griff unter seine Jacke. Seine Pistole fühlte sich gut an. Er ließ seine rechte Hand dort. Dann klingelte er erneut.

Als die Tür aufging, war er bereit: Die Waffe lag sicher zwischen seinen Finger. Sollte er auch nur den Ansatz von Widerstand erkennen. Einen Gewehrlauf, eine Pistole. Er würde feuern. Bedingungslos. Ohne auch nur eine Frage zu stellen.

»Ich blase dieses Schwein weg!«

Die Tür öffnete sich langsam. Eine Tür, wie sie in vielen Häusern zu finden war, die in den Siebzigerjahren gebaut wurden. Kleine Mosaiksteinchen aus Glas bildeten das Innere, umrahmt von dunklem Holz und einem großen Türknauf.

Weller spürte, wie von seiner Hand der Schweiß perlte. Er fixierte den Spalt. Noch immer konnte er nicht nach innen schauen.

Dann wanderte sein Blick nach unten. Und die Stimme eines kleinen Mädchens traf ihn wie ins Mark: »Wer bist du?«

Weller ging in die Knie, weiterhin die rechte Hand an seinem Revolver. »Ich heiße Sigurd. Und du?«

Das Mädchen – er schätzte sie auf drei, vier Jahre – sagte: »Lucy! Und das hier«, sie zeigte auf den Bären in ihrer Hand, »das ist Lumpy!«

»Lucy und Lump? Schön. Das hört sich gut an.«

»Nicht Lump, sondern Lumpy!«

»Entschuldige!« Er streichelte zart den Bären, »Lumpy natürlich!«

Die Kleine wich keinen Millimeter zurück.

»Du, Lucy?«

»Ja?«

»Sind deine Eltern da?«

In dieser Sekunde schoss die Tür nach hinten und Weller blickte auf die Beine eines kleinen, wuchtigen Kerls. Er katapultierte seinen Körper nach oben, in der Gewissheit, dass der ihn nicht vor seiner Tochter erschießen würde.

»Wer bist du?«, sagte der Mann und nahm eine Haltung ein, als würde er sofort zuschlagen. Weller überlegte kurz, die Waffe zu ziehen. Doch er ließ davon ab. Seine Hand wanderte unter seiner Jacke weg vom Revolver nach vorne in seine Tasche. Er zückte seinen Ausweis: »Sigurd Weller, Kriminalpolizei!«

Gustino schickte seine kleine Tochter ins Haus: »Geh zu Mama. Und du weißt doch, dass du die Tür nicht öffnen sollst. Wie oft muss ich dir das noch sagen!«

Das Mädchen trollte sich. Nach drei kleinen Schritten blickte sie nochmals auf Weller zurück: »Tschüss, Sigurd!«

»Tschüss, Lucy! Tschüss, Lumpy! Und denk dran, was dein Papa gesagt hat: Nicht die Tür öffnen.«

»Hey, Vecchio! Was willst du hier?«

Weller schaute ihn an: »Wie haben Sie mich genannt?«

»Alter Mann, Vecchio. Scusi, ich bin Italiener. Was wollen Sie hier?« Seine Stimme klang hart. Aus dem Inneren drang der Geruch von gebratenem Fisch in Wellers Nase.

»Hier riecht es gut!«, sagte er.

»Ach, Sie sind wegen des Essens da? Dann kommen Sie rein. Für einen armen, alten Polizisten werden wir schon noch was haben.«

Er grinste.

»Sind Sie Marcello Gustino?«

»Sie können mich Cello nennen, mein Spitzname. So nennen mich alle.«

Weller blickte auf das Bild, das er aus seiner Jackentasche gezogen hatte. Kein Zweifel: Das war der gleiche Mann.

»Herr Gustino! Ich nehme Sie fest unter dem dringenden Tatverdacht, der Heiligabend-Mörder zu sein!«

»Hakt es bei dir? Ich bin nix Mörder.«

Jetzt stand seine Frau hinter ihm. Sie war klein wie ihr Mann, etwas rundlicher, und hatte riesige schwarze Knopfaugen: »Sind Sie Kommissar? Was wollen Sie von meinem Mann?«

»Madame, er steht unter Verdacht, in den vergangenen Jahren viele Menschen getötet zu haben.«

Sie lachte. Laut und ehrlich. Sie lachte und lachte und hörte gar nicht mehr auf.

Dann änderte sich ihr Gesichtsausdruck: »Sie irren sich. Mein Mann bringt niemanden um. Weder einen Menschen noch eine Biene. Sagt man so, oder? Kann keiner Biene was tun?«

»Fliege!«, sagte Weller.

»Wenn dem so ist, dann ist es für Sie, Herr Gustino, sicherlich kein Problem, mich aufs Revier zu begleiten?«

Der Italiener schaute seine Frau an, zuckte mit den Schultern und griff nach seiner Jacke: »Ich bin schnell wieder da, Amore. Der Polizist irrt sich.«

Sie gab ihm einen Kuss: »Ich weiß.«

Drei Stunden später saßen Passlack, Veggi und Weller in einem kleinen Raum neben dem Vernehmungszimmer.

»Sigurd, er ist nicht unser Mann! Seine Alibis passen, allesamt. Wir müssen ihn gehen lassen.«

Weller schüttelte den Kopf: »Ich war mir so sicher. So sicher. Stefan, du kannst dir nicht vorstellen, wie sicher. Er war mein Mörder. Hätte er falsch reagiert vorhin in der Tür, ich hätte ihn weggeblasen.«

»Nichts ist passiert. Er wird dir verzeihen. Er sieht dem Mann auf dem Film ja auch ähnlich, etwas zumindest.« Veggi konnte sich ein kleines Blinzeln nicht verkneifen. »Chef, vielleicht wäre es das Beste, Sie selbst bringen ihn jetzt zurück zu seiner Familie, mit einem Blumenstrauß für seine Frau und einem Kuscheltier für die Kleine.«

Der alte Polizist nickte.

Dann stand er auf und ging in das Vernehmungszimmer. Weller und Pelongrin hörten seine Stimme. Sie klang leise und tapfer: »Gustino. Wie sagten Sie vorher zu mir: Scusi! Ich muss mich bei Ihnen entschuldigen. Sie sind nicht der, den wir suchen. Es tut mir leid.«

*20. Dezember 2007 – Bei Lola*

Lothar stand vor ihr. Jahre waren vergangen. Lange Jahre. Viele Morde.

Doch davon wusste Lola nichts. Sie kannte seine Erzählungen aus seiner Jugend. Die Schande, die über ihn gebracht worden war. Aber nicht mehr.

Sie schaute ihn an. Musterte Lothar von oben bis unten. Ihre Augen waren weit geöffnet. Voller Wut und Schmerz. Sie füllten sich mit Tränen. »Du? Was willst du?«

»Dich«, sagte er leise.

»Das kannst du nicht verlangen, du miese Ratte. Du lässt mich hier allein. So lange, so unendlich lange. Und dann stehst du vor mir und sagst, du willst mich?« Lola trat drei Schritte zurück und steckte ihm dann doch ihre Arme entgegen. »Komm her!«

Er ließ sich fallen. So tief, wie er noch nie gefallen war. Er war ein Mörder. Aber sie wusste es nicht.

Lothar legte sich auf das Bett. Das rote Plüsch war aus dem Zimmer verschwunden. Kein Schlafzimmercharakter mehr. Freundlich.

»Was hast du hier gemacht?«, sagte er.

»Was meinst du?«

Er überlegte kurz: »Hier … sieht es gar nicht mehr aus wie in einem Puff. Alles ist so hell. Und kein Plüsch mehr. Nichts wirkt mehr schmuddelig. Alles ist so aufgeräumt und sauber.«

»Naja«, sagte sie leise, »sauber war es schon immer. Aber ich musste hier einen frischen Anstrich reinbringen.«

Sie trauerte, er spürte es.

»Was ist los mit dir?«

»Du warst so lange weg.«

Er lief auf sie zu, nahm ihr Gesicht in beide Hände und zog ihren Kopf ein Stück weit nach oben, sodass sie ihn anschauen musste: »Ist es wegen mir?«

»Auch«, flüsterte sie.

Er spürte die Tränen, die sich den Weg durch seine Finger bahnten.

»Ich habe nicht gedacht, dich jemals wieder zu sehen. Als du damals gegangen bist, dachte ich, es sei für immer. Für die Ewigkeit.«

Lothar ließ ihr Gesicht los und glitt mit seinen Händen an ihre Hüften.

»Es war eine Ewigkeit – und es war dumm von mir.«

Sie schaute wieder zu ihm auf, ließ ihre Hand langsam unter seinen Pulli wandern und kratzte zart über seine Haut.

»Schön, dass du da bist!«

Sie zog ihn auf das Bett und setzte sich über ihn. »Versprich mir, dass du mich nie mehr alleine lässt!«

Er sah ihr zu, wie sie einen Knopf nach dem anderen ihrer weißen Bluse aufknöpfte. Seine Augen folgten den Bewegungen ihrer Finger. Als sie den letzten Knopf geöffnet hatte, schob er die Bluse über ihre Schultern und der Stoff nach unten. Er griff mit beiden Händen nach ihren Brüsten, spürte ihre Brustwarzen durch den schwarzen BH.

»Ich möchte dich spüren«, sagte sie.

Lothar lag nackt in den Armen von Lola. Sie hatte die letzten Minuten kein Wort gesprochen.

Er sagte: »Mädchen, du bist immer noch dieselbe wie damals. Ich habe dich vermisst.« Er drehte den Kopf so, dass seine Bartstoppeln über ihre Schulter kratzten.

»Nicht ich war es, die sich aus dem Staub gemacht hat. Du warst weg. Du bist schuld.«

Er nickte und wieder spürte sie, wie die Stoppeln an ihrer Haut rieben.

»Wirst du mich wieder verlassen?«, fragte sie nach einigen Sekunden des Wartens.

»Nein!«, sagte er. »Aber ich brauche auch dein Ohr – wie ich es immer gebraucht habe.«

Sie wusste, was er meinte. »Ich dachte, du hättest mir alles erzählt?«

Er schüttelte den Kopf. Und begann zu reden.

Rückblende ***Bei Lola***

*Thomas war tot. Der kleine Mann, mein bester Freund, er war gegangen. Hatte mich allein gelassen. Ich trauerte. Und ich freute mich. Er war weg. Und mit ihm die Last. Ich musste mich der Tatsache stellen, dass ich niemanden mehr an meiner Seite hatte, der mit mir die schlimmsten Tage teilte, der wusste, wovon ich sprach, der dasselbe erlebt hatte wie ich.*

*Er fehlte. Ich war einsam. Und schlief kaum noch.*

*Dabei musste ich tagsüber so viel arbeiten. Zunächst war ich froh darüber. Der Job als Schreiner lenkte mich ab. Die Ausbildung machte mir Spaß. Und sie gab mir die Möglichkeit, auf eigenen Beinen zu stehen. Ich hatte meine eigene Wohnung und mein eigenes Geld. Die Gesellschaft schloss mich nicht aus und ich begann zu leben. Ich war fit. Ab und zu an den Wochenenden mal ein Rausch, das eine oder andere Mädchen. Und ansonsten malochte ich auf Baustellen. Ich genoss es, wenn wir in der Innenstadt arbeiteten, in der Nähe meiner Kirche, des Münsters. Sie strahlte für mich Sicherheit aus und bewahrte mich vor den schlimmsten Albträumen. Hier holte mich die Vergangenheit nicht ein.*

*Nie.*

*Aber ich spürte, wie die Wut in mir stieg, der Zorn und die Verzweiflung wurden unkontrollierbar. Das Monster in mir erwachte.*

*

*Lola löste sich von ihm. Was redete er da? Was erzählte er?*

*»Lothar, was hast du getan?«*

*Er sagte nur: »Ich tue es noch immer!«*

*Dann ging er.*

***4. Januar 2007***

»Verdammt«, schrie Weller.

Er knallte die Akte auf den Boden. Die Bilder von Gustino flogen über den Boden. Auch die Ausdrucke mit den Daten und der Adresse.

»Verfluchte Scheiße!« Weller war außer sich.

»Mensch Chef, jetzt beruhigen Sie sich. So leicht wird er es uns nicht machen«, sagte Veggi.

Ihre Worte konnten ihn nicht besänftigen. Weller tobte weiter. »Ihr seid junge Bullen. Nichts weiter! Ihr werdet nicht daran gemessen, an mir wird es festgemacht. Die Misserfolge, die Fehlschläge. Alles.«

Michaela Pelongrin stand auf und rannte zur Tür ihres Büros. Sie riss sie auf und zeigte mit ausgestrecktem Finger hinaus auf den Flur: »Raus!« Weller schaute entgeistert, als wäre er von ihr direkt in die Rente geschickt worden.

Es dauerte lange, ehe er sagte: »Wie bitte? Weißt du überhaupt noch, mit wem du hier redest?«

Sie kam an den Schreibtisch zurück, riss an seiner Schimmi-Jacke und schrie erneut: »Raus! Hier ist mein Büro. Nehmen Sie Ihren verdreckten Kittel und gehen Sie. Jetzt!«

Passlack hörte sich den Disput unbeteiligt an.

Als sie die Tür hinter Weller zugeworfen hatte, musste er lachen.

»Was?«, sagte sie.

»Stefan, wenn du mir blöd kommst, dann fliegst du gleich auch raus. Der meint wohl, nur er steht unter Strom. Dieser Fall frisst uns alle auf und wir sind ein Team. Was können wir dafür, wenn er das Gefühl hat allein auf weiter Flur zu kämpfen. Wenn er meint, er muss uns füttern, dann lässt er uns ran. Und dann dreht er sich um 180 Grad – und stellt sich hin und erzählt, wie schlecht es ihm doch geht. Er ist doch mit schuld, dass in den vergangenen Jahren viel zu wenig passiert ist. Er ist mit schuld, dass so viele Menschen sterben mussten!«

Die Türklinke senkte sich langsam.

Weller schlich mit gesenktem Kopf ins Büro zurück. Er griff lautlos nach den Akten und wollte bereits wieder hinauslaufen, als er die Hand Veggis an seinem Arm spürte.

»Chef, es tut mir leid!«

Er wollte sich losreißen, doch ihr Griff war zu fest. Weller wandte sich ihr zu. Dann sah sie, dass er weinte.

»Das Schlimmste ist, dass du recht hast«, sagte Weller traurig. Michaela ließ ihn los.

»Nein, Chef. Ich war nicht fair. Er hat keine Spuren in den letzten Jahren hinterlassen. Außer den Geburtsdaten. Sie hatten keine Chance. Aber ich wünsche mir, dass wir ein Team sind. Und dann werden wir ihn auch schnappen.«

Passlack trat von hinten an die beiden heran und umarmte beide.

Er sagte: »Eine so starke Mannschaft, wie wir es sind, wird ihn fassen. Lasst uns weiter arbeiten. Jetzt!«

Doch sie fanden keinen weiteren erfolgversprechenden Ansatz.

*9. November 2007*

Passlack war ratlos. Vor vier Wochen war Sigurd Weller in Rente gegangen. Er hatte gehen müssen. Ihm blieb keine Wahl. Der Polizeichef hatte ihm nicht mehr die Möglichkeit eingeräumt, noch die eine oder andere Woche zu bleiben. Weller hatte ihn nachgeäfft, als er mit Veggi und Passlack alleine war: »Weller, gehen Sie! Sie werden ihn nicht mehr fassen. Ihre Zeit ist abgelaufen, Sie blockieren die Stelle eines jungen Kollegen. Gehen Sie. Mann, gehen Sie!«

Ohne Verabschiedung, ohne Party – die hatte Weller abgelehnt – war er gegangen. Jetzt standen Passlack und Michaela allein da. Ihre Liebe hielt auch über den Sommer und den Herbst. Die Leidenschaft blieb. Doch sie waren allein. Und in den vergangenen Monaten nicht einen Schritt weiter gekommen.

Dabei waren sie sich so sicher gewesen, dass ihre Recherche zum Erfolg führen würde. Fotos von potenziellen Kandidaten hatten sie immer wieder zum Weitermachen angetrieben. Doch der Mörder war nicht unter ihnen gewesen.

»Stefan, wir sind auf einem Holzweg! Ich glaube, er weiß längst, dass wir auf seiner Spur sind – und verwischt sie. Wir sollen ihn nicht fangen. Noch nicht. Die Listen sind wir durch – er war nicht dabei. Aber wer sagt auch, dass er hier gemeldet ist? Das wäre ein zu großer Zufall gewesen. Er will noch nicht gefangen werden, denke ich.«

Passlack verzog die Stirn: »Was heißt ›noch nicht‹? Meinst du, er legt es darauf an, dass wir ihn irgendwann kriegen.«

Sie setzte sich auf seine Beine und drückte ihn sanft in den Stuhl zurück. Er liebte ihre Wärme.

»Ich habe in den vergangenen Wochen so viel über Serienkiller gelesen. Und eines hatten alle gemeinsam: Sie wollen gefangen werden, sie wollen ihre Show. Und sind sie noch so unscheinbar. Oder vielleicht gerade deshalb. Sie haben Komplexe. An ihren Opfern können sie Stärke zeigen. Selbstbewusstsein tanken. Aber die Befriedigung ist nur kurz. Sie wollen mehr.«

Sie spürte, wie Stefans Hände unter ihr T-Shirt wanderten. »Da haben sie ja mit mir etwas gemeinsam. Meine Befriedigung ist auch nur kurz und auch ich will mehr.«

Veggi gab ihm eine angedeutete Ohrfeige.

»Bleib jetzt ernst, Stefan. Er will töten. Aber er will auch, dass wir ihn schnappen. Der Showdown, darum geht es ihm. Das Highlight ganz zum Schluss. Wir werden uns gedulden müssen. Ich glaube, unsere nächste Chance wird erst an Weihnachten kommen. Er hält sich bedeckt, versteckt sich, lässt niemanden an sich heran, lebt ein normales Leben, ohne aufzufallen, ohne sich zu zeigen. Wir brauchen Geduld. Und Glück!«

Stefan Passlack war stolz auf seine Freundin. Sie war ein Frischling. Mit Borsten. Und die konnten dem Mörder gefährlich werden. Vielleicht nicht heute. Aber morgen. Oder aber … am 24. in der Stillen Nacht.

Veggi ließ Passlack einige Minuten des Durchatmens. Dann sagte sie: »Ich weiß, wir haben uns durch alle Daten und Systeme gekämpft, haben das VICAP durchforstet, und auch wenn solche Programme erfolgreich arbeiten, wir sind keinen Schritt weitergekommen.«

Passlack stöhnte.

»Du hast ja recht, dass ich mich manchmal zu sehr in solche digitalen Hilfsmittel verrenne. Aber darf ich dir noch eines erzählen, auf das ich gestoßen bin?«

Er zuckte mit den Schultern.

»Lediglich jeder sechste Täter ist weiblich. Können wir dennoch alle Frauen ausschließen? Machen wir es uns dabei nicht zu einfach? Es gibt eben auch Täterinnen. Und, ich hoffe, damit können wir Sigurd, wenn er uns mal wieder besucht, ein wenig beruhigen: Seit Erhebung der Statistiken blieben in Deutschland rund zwanzig Mordserien mit Taten von drei oder mehr Tötungen ungeklärt. Es ist also nicht so, dass wir die Einzigen sind, die gescheitert sind.«

»Lass mich jetzt mit deiner Statistik in Ruhe. Du kannst sie drehen, wenden, biegen, dir alles schön- oder alles schlechtreden. Das aber bringt uns keinen Millimeter weiter an ihn heran.«

Er machte eine Pause und schaute ihr scharf in die Augen, sodass sie ihn nicht wiedererkannte. Sie wollte sich von ihm lösen. Er ließ nicht locker.

Dann wurden seine Züge wieder weicher: »Mein Mädchen, ich habe es dir schon mehrfach gesagt, wie stolz ich auf deine Arbeit bin. Aber unser Fall scheint einzigartig. Die Programme greifen nicht. Er passt auch nicht in das Bild, dass Serienkiller von schwacher bis mittelprächtiger Intelligenz sind.«

Sie schaute ihn verdutzt an: »Woher weißt du das?«

»Auch ich kann lesen!«

Damit ließ er sie los.

Michaela setzte sich auf einen kleinen Hocker nahe der großen Landkarte an der Wand, die den Ostalbkreis und Schwäbisch Gmünd im Detailausschnitt zeigte. Daneben klemmten die Fotos der Opfer und die Bilder der Männer, die sie während der vergangenen Monate in der Umgebung kontrolliert und observiert hatten.

»Er macht es uns schwer. Er ist clever, und, Veggi, ich bin mir zu hundert Prozent sicher: Unser Täter ist männlich. Schau dir den Mord vom Kirchturm an. Welche Frau wäre in der Lage gewesen, den Pfarrer über die Brüstung zu stoßen?«

Sie verzog den Mund zu einer Schnute und wiegte ihren Kopf von links nach rechts.

»So viele Ansätze! Und so wenig Lösungen«, sagte sie dann, klappte den Ordner, den sie in den Händen hielt, zu und sagte: »Ich gehe nach Hause!«

Mit diesen Worten verließ sie das Büro. Passlack war allein. Mit seinem Mörder. Mit seinem Fall. Doch er fühlte sich alles andere als einsam.

»Du willst mich herausfordern? Du willst mit mir spielen?« Er rammte seinen Kugelschreiber in die Landkarte, sodass er stecken blieb.

»Dann lass uns spielen!«

*10. November 2007*

Am nächsten Morgen saß Stefan Passlack alleine im Kommissariat. Er hatte auf der Liege geschlafen, die seit Langem für Notfälle in seinem Büro stand. Weller war weg. Veggi war frisch von der Polizeischule. Die Verantwortung lag bei ihm. Und sie lag schwer auf seinen Schultern.

Wieder kramte er Ordner heraus. Inzwischen war deren Zahl auf sechs Dutzend angewachsen. Von allen Opfern gab es selbstverständlich Obduktionsberichte. So auch von dem Mädchen, das sie zu Beginn dieses Jahres an der Rems gefunden hatten. Das einzige Mal, dass er nicht am 24. Dezember getötet hatte.

»Warum? Warum nur?« Es gab keine Antwort darauf. Die Spurensicherung hatte kaum brauchbares Material zusammentragen können. Außer dass die Frau mit Arsen vergiftet worden war. Bestimmt nicht an dieser Stelle. Hier hatte er sich nur ihrer entledigt.

»Was wollte er uns damit sagen, dass er zu Beginn dieses Jahres gemordet hat?« fragte sich Passlack.

Und dann fiel ihm eine Passage auf, der er bislang noch keinerlei Bedeutung zugemessen hatte: Sätze aus einem Artikel aus der lokalen Zeitung. Darin spekulierte ein Journalist: »Steigert er seine Taktfrequenz? Reicht ihm Weihnachten nicht mehr aus? Will er noch mehr töten? Oder gehört dieses Mädchen gar nicht dazu? Ist sie Opfer eines Verbrechens, aber eines Verbrechens durch eine andere Hand geworden?«

Nur ein einziges Mal hatten sie diesen Gedanken in ihren Ermittlungen zur Sprache gebracht. Hatten Sie es mit einem zweiten Mörder zu tun? Weller war es gewesen, der diese Spekulation als Humbug abgetan hatte. Sie hatten sich nie wieder darüber unterhalten.

Die halbe Nacht hatte er sich darüber den Kopf zerbrochen: Lag er damit richtig? Oder waren es zwei, die sich an den Opfern vergangen hatten?

Wie alle anderen weiblichen Opfer auch hatten sie das Mädchen in der Pathologie vaginal untersucht. Und nichts gefunden. Keine Spuren von Gewalt. Kein Sperma. Nein, alles sprach dafür, dass es der ›Heiligabendkiller‹ gewesen sein musste. Schließlich hatte auch sie am 24. Dezember Geburtstag gehabt. Und ein Trittbrettfahrer hätte sich geoutet, um seinen Ruhm zu genießen.

Passlack sah keine Veranlassung darin, nach einem zweiten Mann zu suchen.

Aber warum tötete er an einem anderen Tag?

Er zog nochmals das Videotape heraus, auf dem der Film aus dem Café ›Spielort‹ zu sehen war. »Langsam!«, sagte Passlack laut. »Du übersiehst etwas! Irgendwas!«

Und dann fiel ihm auf, wie der Mörder zögerte, als er zustach. Was zuvor noch wie ein Reiben an ihrem Körper ausgesehen hatte, bekam einen ganz anderen Charakter.

Sein Kopf wandte sich nach links. Und da tanzte noch ein Mädchen. War sie es? War es das Opfer, das sie an der Rems gefunden hatten?

»Er war sich nicht sicher. Er dachte, er hätte die Falsche. Von wegen, er will mehr töten. Er hatte die Befürchtung, die Falsche erwischt zu haben.«

Als Veggi wieder das Büro betrat, noch verstrubbelt von der Nacht, rief er sie gleich zu sich an den Rechner: »Er wird erst an Heiligabend wieder zuschlagen. Er wollte nicht noch mehr töten – aber er war sich unsicher, ob er die Richtige erwischt hatte.« Seine Stimme überschlug sich.

Er hielt das Bild an. Und zeigte mit dem Finger so deutlich auf den Rechner, dass sich ein Abdruck auf dem Glas bildete: »Schau, hier! Das ist doch das Mädchen, das wir später an der Rems gefunden haben. Er hatte sich getäuscht oder war sich so unsicher, dass er später auch das zweite Mädchen hatte töten müssen. Deshalb wich er von seinem Rhythmus ab.«

Michaela schlug ihm auf die Schulter. »Das kann es sein. Dann war das also nur ein zweites Opfer, um ganz sicher zu gehen.«

»Wir können doch hier nicht rumsitzen und nichts tun!« Passlack fluchte so laut, dass aus dem Nachbarbüro die Kollegen angestürmt kamen, die Tür aufrissen und verdutzt hereinschauten.

»Alles klar?«, sagte einer.

»Ja, Mann! Verpisst Euch!«

Der Polizist schlug die Tür von außen mit solcher Wucht zu, dass von Passlacks Bürowand das Foto herunterfiel, das seit Jahren dort hing: ein beeindruckend gutes Bild des Heilig-Kreuz-Münsters.

»Hör doch auf, so zu schreien. Die Kollegen können nichts dafür, dass wir nicht weiterkommen«, sagte Michaela. Beide hörten sie das aufgebrachte Getuschel auf dem Flur.

»Wenn wir so weitermachen, dauert es keine drei Tage mehr, dann zieht uns der Chef vom Fall ab. Also reiß dich jetzt zusammen und spiel hier nicht Bruce Willis!«

»Hey, ich sage dir jetzt mal was, Veggi! Wir nähern uns Weihnachten. Und sind, seit Weller nicht mehr da ist, keinen Schritt weitergekommen. Nein! Damals dachte ich sogar, wir wären weiter. Wir laufen rückwärts. Auf den nächsten Mord zu.«

Michaela waren solche Aussagen ihres Freundes inzwischen zuwider: »Du kannst hier sitzen, mit Sachen um dich werfen und herumtoben. Das macht die Lage nicht besser.«

»Was habe ich geworfen?«

Sie deutete auf das Foto, das noch immer am Boden lag.

»Das fiel von der Wand, als der Vollpfosten die Tür zugeworfen hat!«

Sie zuckte mit den Schultern.

»Sieh es doch anders, Stefan. Weihnachten ist Jahr für Jahr unsere einzige Chance, ihn zu erwischen. Danach taucht er unter und fällt nicht auf.«

Passlack hörte ihr zu. »Ich habe Respekt vor deinen Theorien. Aber was sollen wir tun? Selbst wenn wir bis Heiligabend warten?«

Sie griff einen Ordner aus dem Regal. »Wir schauen uns alle Fälle nochmals an. Wie er gehandelt hat. An welchen Stellen. Vielleicht gibt es einen Hinweis, was ihn anlockt.«

Sie fanden nichts. Keine neue Spur, kein Anzeichen. Und vor allem keine Fehler.

Nur auf dem Video, das der junge Mann gedreht hatte im Café ›Spielort‹, fiel Veggi etwas auf, das sie bislang noch nicht registriert hatten: »Er trägt ein Kreuz um den Hals. Schau, siehst du hier, wie die Kette blitzt. Das ist doch ein Kreuz. Oder?«

Passlack hielt den Film an. Ließ ihn wieder laufen. Und zurück. Und wieder von vorne. »Ja, das stimmt! Es ist der Glaube, der ihn antreibt. Da sind wir uns ja seit Langem sicher. Für ihn ist es unerträglich, dass die Menschen am 24. Dezember Geburtstag haben. Der Tag ist ihm heilig.«

Veggi lief, die Hände in die Hüften gestützt, durch das Büro. Hin und her. »Was übersehen wir, Stefan? Was kann es nur sein?«

Das Bild an der Bürowand saß nicht mehr genau dort, wo es gewesen war, bevor es zu Boden gefallen war.

»Gott sei Dank, hat der Rahmen nichts abgekriegt!«

»Was?«, sagte Passlack.

»Der Rahmen des Bildes hier!«

»Ach so!«

Sie zeigte mit dem Finger auf das Münster.

»Mir fällt da gerade was ein, das Weller vor einigen Monaten gesagt hat: Er meinte, dass die Lösung vielleicht dort liegen könnte. Im Münster. Dort wo der gekreuzigte Jesus hängt.«

Sie starrten sich an.

Veggi trat an die Karte heran, die den Ostalbkreis zeigte. Alle Morde fanden in ihrem Landkreis statt. »Kann es sein, dass das Münster ihn mehr und mehr anzieht?«

Weller verzog seinen Mund. »Das kann schon sein, schließlich sind wir der Kirche immer näher gekommen.

Wenn wir davon ausgehen, dass er das letzte Mädchen nur tötete, um sicherzugehen, dass er die Richtige erwischt hat, dann sind wir jetzt also am Café in unmittelbarer Nähe zum Münster.« Er stand direkt vor dem Foto. Hinter dem Münster war klar das Gebäude zu sehen, in dem das Café lag.

»Ja, er ist total nah dran – direkt am Münster. Nur noch wenige Meter davon entfernt. Was will uns das sagen?«, fragte Michaela.

»Lass uns die Geschichte zu Ende spinnen. Er hat getötet. Jedes Mal am 24. Dezember. Die Opfer wohnten alle auf der Ostalb. Keines außerhalb. Die ersten Opfer fanden wir außerhalb. Aber mittlerweile sind alle in Schwäbisch Gmünd gestorben. Im Stadtgebiet. Immer näher zum Münster. Die letzten beiden Mädchen sind im Café ›Spielort‹ in die Hände des Killers gefallen. Er wollte nur eine töten, war sich aber dann nicht sicher, ob er die erwischt hatte, die an Heiligabend Geburtstag hatte. Deshalb schlug er kurz darauf nochmals zu. Ein Mord, der nur der Absicherung diente. Nicht mehr. Eine Tat, die wir nicht berücksichtigen müssen in seinem Rhythmus. Somit ist er jetzt da angelangt, wo er hinwill – in die Nähe Jesu, in das Heilig-Kreuz-Münster.«

Veggi gab Passlack einen Kuss auf die Wange.

»So gefällst du mir schon viel besser.«

Er lachte.

Sie küsste ihn auf den Mund.

Dann setzte sie sich auf seinen Schoß: »Und das ist der Grund, warum ich dich liebe!«

Er war überrascht. Ansonsten war er es, der körperliche Nähe zu ihr suchte. Aufreizend hatte sie die Beine um ihn geschlungen und küsste ihn weiter. »Stefan?«

Er ließ von ihr ab, sodass er in ihre Augen sehen konnte.

»Was?«

»Schließ die Tür ab?«

»Wie? Du willst …«

»Ja, jetzt und hier.«

**Rückblende *Bei Lola***

*Es ist wie eine drohende Macht. Ich kann sie nicht stoppen. Jedes Jahr, wenn sich Heiligabend nähert, wird der Drang größer. Weihnachten? Ich schaue in die Schaufenster, die überladen sind mit Geschenken, Parfums, Glitzer, mit übergroßen Weihnachtsmännern. Und diese Gerüche: Mandeln, Lebkuchen, Glühwein, dazu Rostbratwurst. Ich könnte kotzen. So feiern Menschen den Tag des Herrn? Seinen Geburtstag. Und erdreisten sich noch, ihren eigenen zu feiern. Die, die wie ich am 24. auf diese Erde gestoßen wurden. Keiner hat das Recht, an diesem Tag geboren zu werden. Niemand.*

*Meine Mission: Einer nach dem anderen musste sterben. Jahr für Jahr. Immer einer. Nur im vergangenen Dezember ist mir ein Fehler unterlaufen, den ich korrigieren musste. Ich habe zweifach getötet. Aber nur um sicherzugehen, die Richtige zu erwischen.*

*Und dann genoss ich diese unendliche Ruhe. Ich saß im Schutz meiner Kirche. Direkt am Fuß der Orgel. Sie strahlt eine solche Besinnlichkeit aus. Sie ist mein Schatz, meine Liebe. Und meine Wiedergeburt. Ich werde in ihr sterben. Nur in ihr. Ich werde in ihr zurückkehren in den Leib der Mutter, in das heilende Wasser, in die Unendlichkeit aufsteigen. Sie wird mir den Tod versüßen. Und du wirst mich begleiten. So wie mich viele Menschen an diesem Abend begleiten werden. Sie werden sterben dafür, dass ich leiden musste. Und dann werde ich ruhen. Im Schoße meiner Kirche, in ewiger Ruhe mit meinem Gottvater und seinem Sohne. Denn nur er hat das Recht, am 24. geboren zu sein. Nur er darf wiederkehren. Er wird kommen mich zu richten, an diesem Abend. Am Tage seines Geburtstags werde ich sterben. Es wird der 24. sein. Die Stille Nacht. Und ich werde in Frieden ruhen.*

*20. Dezember 2007*

Lola blickte sich nicht um. Sie rannte.

War er ihr auf den Fersen? Rannte er schneller als sie? War er kurz davor, sie zu packen und sie zu Boden zu werfen? Sie konnte seinen Atem spüren. In ihrem Nacken. Kalt und feucht, einem Keller gleich, der seit vielen Jahren keine Frischluft mehr bekommen hatte.

Ihre Gedanken spielten verrückt.

Er war wahnsinnig. Sein Wahn? Sie hatte ihn viel zu spät erkannt. Nie hatte sie in ihm einen Verbrecher gesehen. Etwas abgedreht vielleicht. Außergewöhnlich, wenn er mit ihr geschlafen hatte und sie mehr füreinander empfunden hatten als sonst zwischen Nutte und Freier. Als er ihr von seiner Kindheit erzählte, hatte sie Mitleid empfunden. Und Verbundenheit. Er war ihr hörig – dachte sie noch heute. Zu Bösem war er nicht fähig.

Nein. Nicht er.

Aber jetzt rannte sie. Ohne Schutz. Um ihren Körper nur das Minikleidchen, das sie so liebte und das die Freier so gerne mochten. Sie war nie die Nutte gewesen, die ihre Kunden mit High Heels und Strapsen erwartete. Dafür war sie viel zu stilvoll und sinnlich. Keck hatte sie einst geantwortet, als ein Freier sie darum gebeten hatte: »Wenn ich hier auch noch in Reizwäsche herumspringe, dann kommst du statt in zehn Sekunden in einer. Und das willst du doch auch nicht?«

Sie rannte, floh. Vor einem Wahnsinnigen, der ihr so nahe stand. Warum hatte sie nie erkannt, was sich hinter ihm verbarg? Er hatte mit ihr geschlafen. Wahrscheinlich mehr als hundert Mal. Er hatte ihr sein Leben offenbart. Schicht für Schicht. Doch sie war niemals dem Ganzen auf die Spur gekommen. War er mehr als ein Opfer gewesen? Geschunden und gedemütigt von einem irren Direktor?

Sie rannte immer schneller. Verlor dabei einen Schuh. Sie schüttelte den zweiten hektisch ab. Dann rannte sie weiter. Sie rannte um ihr Leben.

Über den Marktplatz hinab, durch den Spitzbogen, den sie immer als viel zu niedrig für die vielen Busse, die hindurch fuhren, empfunden hatte. Sie stürmte durch eine kleine Gasse und stand plötzlich an der Bundesstraße. Und blickte hinüber zu dem abschüssigen Wäldchen, das hinunter zur Rems führte.

Eine Stelle, die sie hasste.

Menschen waren hier schon oft bei Autounfällen ums Leben gekommen. Einst war hier ein Pärchen in den Fluss gerast. Die beiden jungen Menschen waren tot. Ein Drama. Und dann hatte die Polizei doch genau hier Anfang des Jahres das Mordopfer gefunden.

»Sie musste nur sterben, weil ich mir nicht sicher war. Pech!«, hatte er gesagt. Eine Frau war gestorben, weil er sich nicht sicher war. Lieber zwei, als dass die Richtige nicht dabei war.

Er war eiskalt. Ein Monster.

Hörte sie den Atem noch hinter sich? Lola fuchtelte mit ihren Armen ziellos nach hinten.

War er da? Lachte er vielleicht längst darüber, dass sie flüchtete? Spielte er Spielchen mit ihr?

Ich Katze, du Maus! Ich Tom, du Jerry?

Er war der personifizierte Wahnsinn.

Sie hatte so große Angst wie noch nie zuvor in ihrem Leben.

Wollte er sich ihr nähern? Oder war ihr die Flucht gelungen?

Sie sprang hinunter direkt ans Ufer der Rems. Der Fluss war ein reißender Strom.

Lola verbarg sich hinter einem mächtigen Baum. Zum ersten Mal wagte sie es, nach hinten zu schauen. War sie ihm tatsächlich entkommen?

Sie wollte es glauben. Sie schien ihm entkommen zu sein.

Das Monster hatte sie aus seinen Fängen entlassen.

Lola dachte an die Drachen aus den alten Sagen. Sie waren unsterblich. Und wurden doch getötet. War es tatsächlich so, dass ihr die Flucht vor ihm gelingen sollte?

Jetzt stand sie ruhig da und atmete durch. Die Luft raste in ihre Lungen und wieder hinaus. Ihr Herz schlug ihr bis zum Hals. Sie war ihm entkommen.

Und dann stand er plötzlich vor ihr.

Sie spürte nichts außer den warmen Händen an ihrem Hals. Keine Schmerzen. Sah keine Sternchen und fühlte keinen Schmerz aufsteigen.

Sie brach zusammen und lag da. Tot.

*

Lola war eine Nutte gewesen. Ja. Aber sie war seine Nutte. Und Lothar hatte ihr in den vergangenen Jahren sein Leben erzählt. Sein ganzes Leben.

»Lothar«, hatte sie gesagt. »Ich kann das nicht mehr!«

Seine Augen waren groß geworden.

»Wie?«

»Ich will deine Geschichten nicht mehr hören. Du bist wahnsinnig.«

Sie hatte eine lange Pause gemacht.

»Ich habe mir überlegt zur Polizei zu gehen. Aber ich konnte es nicht!«

War er wirklich wahnsinnig?

Sie musste zuhören. Einfach nur zuhören. Er wollte sie nicht mehr ficken. Sie sollte nur zuhören. Zuhören. Immer nur zuhören.

Seine Hände schlossen sich um ihren Hals.

Zuhören! Jetzt zuhören! Hier. Jetzt. Zuhören.

Seine Schreie verhallten, während der Fluss rauschte. Ihre Haut wurde kalt. Er ließ sie los. Sie fiel, tief.

Ihr Körper schlug auf dem Boden auf. Sie war tot.

Er war allein.

Allein mit Gott!

Ihr letzter Satz aber machte ihm Angst:

»Ich … Ich habe mit deiner Mutter gesprochen!«

Sie war zu Recht gestorben.

*20. Dezember 2007*

In der großen Pfanne köchelte die Paella, der Duft von frisch gebratenen Garnelen und Weißwein durchflutete die Wohnung und drang auf den großen Balkon hinaus. Margarethe hatte die Beine auf Max' Schoss gelegt. Er war sechs Jahre jünger als sie, was man ihm nur wenig ansah, ließ ihn doch sein Dreitagebart älter wirken, als er eigentlich war. Max knetete zart ihre Füße, lehnte sich zurück und genoss die Sonne. In seiner rechten Hand hielt er ein Glas spanischen Rioja. Der Duft des Essens stieg ihm in die Nase.

»Wie das lecker riecht, ich freu mich schon!«, sagte er und blickte in die entgeisterten Augen seiner Frau.

»Oh Gott, das Essen!«, rief sie und sprang auf, sodass sie ihm beinahe das Glas aus der Hand schlug. Sie rannte in die Küche, riss den Herd auf – so heftig, dass Max sich sicher war, der gesamte Inhalt würde durch die Küche fliegen.

»Was tust du denn?«, rief er ihr nach.

Sie hatte kein Ohr für ihn.

Margarethe nahm den erstbesten Kochlöffel und rührte die Paella um. Nach wenigen Minuten stand sie barfuß in ihrem Minikleid wieder neben Max, der ihr ungestraft die Hand unter den Rock schob, bis sie ihm dann doch unsanft auf die Finger schlug.

»He!«, sagte sie.

Er zuckte zurück und sagte: »Was war denn los?«

»Oh Mann, fast wäre die Paella angebrannt, dann wäre die ganze Arbeit der letzten Stunden umsonst gewesen.«

Wieder spürte sie seine Hand: »Dann hätten wir uns eben von Luft und Liebe ernährt!«

Margarethe schlug die Augen auf und stöhnte genervt.

»Du weißt doch, mein Schatz, dass die Sonne hier bei mir ihren Teil dazu beiträgt, dass es mir mehr als gut geht!«, sagte er.

Sie nickte: »Aber ich dachte, dass das nach so vielen Jahren auch irgendwann ein wenig abebben muss.«

Max merkte ihr an, dass sie es nicht ernst meinte.

»Lass uns nachher in aller Ruhe essen, und dann sehen, was der Abend noch so bringt.« Margarethe setzte sich auf seinen Schoß. Und genoss den Blick hinaus auf das Mittelmeer. Wie am ersten Tag, als sie mit ihm die Flucht aus Deutschland – so sah sie es bis heute – gewagt hatte. Damals, als sie ihren Mann verlassen und auch ihren Sohn nicht mit nach Südeuropa genommen hatte. Auch wenn sie Gewissensbisse geplagt hatten. Jetzt war es schon so viele Jahre her, dass sie von einem der beiden etwas gehört hatte. Aber es störte sie nicht mehr. Sie wusste, dass ihr Sohn Michael, den sie immer noch Lothar nannte, seinen Weg als Schreiner gegangen war, sein eigenes Geld verdiente und sich auch ansonsten wohlfühlen musste – hätte er sich doch sonst längst bei ihr gemeldet. Ab und zu hatte sie in den vergangenen Jahren den Drang verspürt, sich um ihn sorgen zu müssen und ihn doch nach Spanien einzuladen. Doch insgesamt war das Verhältnis der beiden zu verfahren. In stillen Nächten hatte Margarethe geweint. Immerhin war sie noch immer seine Mutter.

Doch wenn der nächste Morgen heranrückte und sie die warme Sonne spürte und sich vorstellte, dass andere Menschen in dieser Region Urlaub machten, sie aber hier leben durfte, dann waren die schmerzlichen Erinnerungen verflogen.

Margarethe wollte sich den Abend nicht verderben und vertrieb die dunklen Gedanken. Sie vertiefte das Gespräch mit Max, den sie erst vor einigen Jahren, an ihrem 55. Geburtstag, geheiratet hatte, auf die weitere Zukunft: »Max, die Wohnung ist ein Traum – ich will hier nie wieder weg!«

»Das weiß ich. Dann lass uns einen Mittelweg finden: Ich möchte mit dir nicht nur hier die Stunden verbringen, sondern noch viel mehr sehen.«

Sie legte den Kopf zur Seite: »Und wie soll dieser Mittelweg aussehen?«

»Lass uns endlich ein Boot kaufen. Nicht so eine Nussschale, wie wir sie jetzt haben. Nein, ein richtiges kleines

Schiff, mit dem wir auch über das Meer kommen und uns die Nachbarländer ansehen können. Oder mit dem wir auch mal für ein, zwei Tage nach Barcelona schippern können. Oder zu den Kanaren!«

Sie lächelte: »Ist das dein Traum?«

Sie streichelte zärtlich seinen Nacken und seinen Rücken. Er fühlte einen kalten Schauer und bekam Gänsehaut. Bevor er ein Wort sagen konnte, küsste sie ihn zärtlich.

Margarethe verlangte von ihm keine Antwort. Ehe er Luft holen konnte, hatte sie wieder das Wort ergriffen: »Willst du eines kaufen oder sollen wir zunächst eines mieten?«

»Ist das dein Ernst? Du hast dich doch immer dagegen gewehrt – warum hast du plötzlich deine Meinung geändert?«

Sie wiegte sich auf ihrem Stuhl hin und her: »Vielleicht, weil es dir wichtig ist?«

Max spürte ihre Hand wieder auf seinem Rücken.

Er sagte nur ein Wort: »Danke!«

»Das war aber noch keine Antwort auf meine Frage. Also, kaufen oder mieten?«

Max strahlte wie ein Honigkuchenpferd: »Wenn wir das passende Boot finden, würde ich es schon gerne kaufen!«

»Wenn es dich glücklich macht, dann machen wir es so – wir haben so ein schönes Leben, können es uns leisten. Also, warum nicht?«

Das Telefon klingelte. Am anderen Ende war ein Mädchen. Ihre Stimme klang aufgeregt.

»Woher wissen Sie, wer ich bin?«

»Sie sind wahnsinnig!«

Mehr konnte Max nicht verstehen. Er hörte nur diese beiden Sätze. Mehr sagte seine Frau nicht.

Dann nahm sie den Hörer und drückte das Gespräch weg.

»Wer war das?«, sagte er.

»Eine junge Frau aus Deutschland. Sie sagte, mein Sohn sei ein Mörder!«

»Wie? Wer? Lothar? Ich meine Michael.«

Sie nahm einen großen Schluck aus ihrem Weinglas.

»Ja!«

Stille.

»Ein Mörder? Warum soll er ein Mörder sein?«

Sie zuckte mit den Schultern. Sie zitterte am ganzen Körper.

»Max, ich will zu ihm.«

Stille.

Es dauerte Minuten, ehe er in der Lage war zu antworten: »Meinst du nicht, da will dir jemand einen Streich spielen?«

Sie überlegte lange. »Vielleicht. Aber sie hat doch vermutlich recherchieren müssen, um uns zu finden. Irgendetwas stimmt da nicht!«

»Vielleicht hast du recht!«

»Dann ruf ihn an. Wenn du mit ihm sprichst, wirst du spüren, ob alles in Ordnung ist. Oder ob wirklich Anlass zur Sorge besteht.«

Sie blies die Backen auf und atmete langsam und hörbar wieder aus.

»Ich habe seit Jahren nicht mit ihm gesprochen. Hilf mir bitte, seine Nummer herauszufinden.«

Es roch angebrannt – ungenießbar, die Paella.

Ganze zwei Tage, bis zum 22. Dezember, benötigten die beiden, um eine Handynummer herauszufinden, die eventuell Lothars war.

»Und jetzt? Soll ich einfach anrufen und sagen: ›Hallo Schatz! Hier ist deine Mutter. Ich wollte dich nur fragen, ob du vielleicht ein Mörder bist?‹«

Max musste unfreiwillig lachen.

»Tut mir leid!«, sagte er sofort.

»Ich weiß, dass dir alles andere als zum Lachen zumute ist. Aber das klang einfach zu absurd.«

Er ergriff ihre Hand und sah sie an.

»Alles gut«, antwortete sie und küsste ihn zart auf die Wange.

»Das alles ist so unwirklich. Aber ich brauche Gewissheit. Ich rufe ihn jetzt an.«

*

Lothar schaute auf das Display seines Handys. Er sah gleich, dass der Anruf aus Spanien kam. Er hatte ihn erwartet. Er war vorbereitet.

Er meldete sich mit einem einfachen »Ja, bitte!«

»Michael?«

»Ja!«

»Hier ist deine Mutter!«

Lothar ließ bewusst einige Sekunden verstreichen. Er spürte, wie ungewollte Gefühle aufkamen und sein Atem schneller ging.

Dann sagte er: »Schön, dass du dich meldest.«

Margarethe hat nicht mit einer so freundlichen Antwort gerechnet.

»Wie geht es dir, mein Schatz?«

Er konnte nicht anders. Er empfand nur Verachtung. Doch er spielte seine Rolle perfekt.

»Mir geht es bestens.«

Er ließ sich auf ein Gespräch mit ihr ein, das er lenkte. Dorthin, wo er es haben wollte. Er wiegte sich in Sicherheit.

»Danke, dass du mir diese Chance gegeben hast. Ich habe viele Fehler gemacht.«

Er spürte, wie sie mit den Tränen kämpfte.

»Mama«, er senkte seine Stimme und spürte das Grummeln in seinem Magen. »Ich habe dich vermisst!«

Ihr versagte die Stimme, er sprach weiter.

»Warum meldest du dich erst jetzt?«

Sekunden verstrichen, die sich wie Jahre anfühlten. Eine Kindheit, eine Jugend, eine Generation, ein Leben. Dann atmete sie durch.

»Michael, es tut mir so leid. Willst du zu uns kommen? Wir holen dich nach Spanien. Hierher. Wir haben alles, was wir brauchen. Auch für dich. Komm zu uns. Bitte, mein Schatz.«

»Das verstehe ich.«.

»Du musst für dich entscheiden, was du möchtest. Aber ich hoffe, dass du uns besuchen wirst.«

Max schaute seine Frau entgeistert an und blickte hinaus aufs Meer. Michael hier? Nein, nur über seine Leiche. Seine Frau nach all den Jahren mit einem anderen teilen? Mit ihrem Sohn, zu dem er und sie nie wirklich Kontakt gehabt hatten? Max war erleichtert. Er bekam nur Gesprächsfetzen mit, doch er wusste: Michael – oder Lothar, wie sie ihn nannten – würde dort bleiben, wo er war. Er sah am Horizont ein Motorboot auftauchen. Voller Dynamik raste es über das Meer. Das war es, was er wollte. Sich um ein gealtertes Balg kümmern, das vielleicht noch in irgendwelche dubiosen Machenschaften verstrickt war? Nein Danke!

Max lief in die Küche und schaufelte mit einer großen Schöpfkelle die angebrannte, kalte Paella auf einen großen Teller. Mit jedem Löffel verschwand das Schiffsmotiv in der Mitte des Tellers mehr und mehr. Sollte seine Frau den Kontakt zu ihrem Sohn wollen, dann ohne ihn. Er oder der Junge. Beides war nicht möglich. Nicht mehr. Vor vielen Jahren vielleicht. Damals hätte er sich eine Zukunft zu dritt vorstellen können. Da war er bereit für eine Familie. Doch als Margarethe damals die Entscheidung getroffen hatte, nur mit ihm nach Spanien zu ziehen, war er erleichtert gewesen. Der deutlich einfachere Weg – schwierig nur zu Beginn und teuer. Aber eben auch angenehm. Freiheit, Leidenschaft.

Er richtete seine Aufmerksamkeit wieder auf das Telefonat, während er den Rest der Paella vom Teller kratzte und sich freute, wieder das Bildchen des Schiffs zu erblicken.

»Ich wusste es, mein Engel, dass uns da jemand nur einen Streich spielen wollte. Niemals würdest du jemandem etwas Schlimmes antun.«

Er hatte seine Mutter um den Finger gewickelt. Selbst Jahrzehnte nach dem letzten Kontakt konnte er sie einschätzen. Sie war schließlich seine Mutter. »Ich? Ein Mörder?« Er lachte, so laut er nur konnte.

»Mama, ich bin ein harmloser Schreiner, der sich ab und zu mit dem Hammer auf den Finger schlägt oder sich manchmal aus Unachtsamkeit in die Hand sägt. Aber ansonsten …«

Er machte eine bewusste Pause, um dann wieder zu lachen. Das Lachen war aufgesetzt.

»Mama«, er hatte sie dort, wo er wollte. Die Petze Lola hatte ihr Ziel verfehlt. »Ich muss jetzt zur Arbeit. Ich arbeite an einem Großprojekt, dem nur noch der letzte Schliff fehlt. Wenn ich mit dem fertig bin, melde ich mich wieder.«

Er verabschiedete sich kurz und knapp.

Er ahnte nicht, was er angerichtet hatte. Margarethes Leben hatte sich gewandelt. Um 180 Grad. Sie glaubte ihrem Sohn kein Wort. Er hatte gelogen. Die ganze Zeit gelogen. Sie hatte nicht mit ihrem Jungen gesprochen. Sondern mit einem Mörder.

Sie griff erneut zum Hörer.

***23. Dezember 2007***

Die vergangenen Wochen waren wie im Flug vergangen. Für Michaela und für Stefan waren sie gefüllt mit Arbeit – und mit Sex.

»Mann, Stefan, so können wir nicht weitermachen. Hier nur im Stress und zuhause nur am ...«

Sie hatte es nicht aussprechen wollen.

»... vögeln«, hatte er ergänzt.

Sie nickte.

»Warum nicht?«, sagte er.

»Wir kriegen dieses Schwein nicht, und morgen ist Heiligabend!«

Er schüttelte den Kopf. »Unsere einzige Chance ist der 24.! Er wird sich vorher nicht outen und uns nicht die Möglichkeit geben, ihn zu schnappen. Nur am 24., Veggi! Glaub mir, nur am 24.«

Sie griff zu ihrem Smartphone und wollte auf die Nummer schauen, die dort erschien.

›Unbekannt.‹

»Ja, bitte?«

Die Stimme einer Frau. Und sie wirkte angespannt und aufgewühlt. »Spreche ich mit Michaela Pelongrin?«

»Ja«, antwortete sie kurz.

»Sind Sie die junge Polizistin, die im Fall der Heiligabend-Morde ermittelt?«

Veggi winkte Passlack nahe zu sich.

»Ja. Ich gehöre dazu.«

Pause. Ruhe. Stille.

Dann sagte die Frau: »Ich kann Ihnen den Namen des Mörders nennen!«

Michaela schoss aus dem Bett nach oben, sodass sie Passlack mit der Schulter einen Schlag gegen das Kinn verpasste.

»Wer sind Sie?«

»Das spielt doch keine Rolle. Aber ich kann Ihnen sagen, wer der Mörder ist!«

Michaela spürte den Schauer, der ihren ganzen Körper ergriff: »Erzählen Sie mir, was Sie wissen. Und, in Gottes Namen, sagen Sie mir, wer Sie sind!«

»Lothar ist der Mörder. Ich bin seine Mutter!«

Dann hatte sie aufgelegt.

Passlack schaute sie entgeistert an, während er sich sein Kinn rieb, das immer noch heftig schmerzte, außerdem hatte er sich auf die Zunge gebissen.

»Die Frau am Telefon hat gesagt, sie sei die Mutter des Mörders. Und er heiße Lothar!«

Passlack stützte sich auf seinen Arm und zog die Mundwinkel nach unten: »Mehr nicht?«

»Nein, dann hat sie aufgelegt!«

Er legte die Stirn in Falten: »Das ist … nicht viel. Hältst du sie für authentisch?«

Michaela ließ sich wieder ins Bett fallen: »Ich weiß es nicht, aber wenn sie sich nicht noch mal meldet, können wir mit dieser Info so gar nichts anfangen. Lothar? Da gibt es hier in der Gegend Hunderte, schätze ich.«

# Teil 4

## HEILIGABEND 2007

*24. Dezember 2007, 6.30 Uhr*

Michaela Pelongrin erwachte mit einem fahlen Geschmack im Mund.

Weihnachten, Heiligabend.

Sie schloss die Augen und malte sich aus, was in den nächsten Stunden in der Stadt los war.

Überall Einkaufstrubel. Noch schnell losrennen, die letzten Geschenke kaufen für die Liebsten. Die vorbestellten Gänse, Puten, Bratwürste oder was auch immer in der Metzgerei abholen. Vielleicht mit den Kindern nochmals unter den großen Weihnachtsbaum vor dem Rathaus oder dem City-Center stehen. Schwäbisch Gmünd blühte an diesem Tag auf – zumal es zu schneien begonnen hatte. Die Weihnachtsstimmung war perfekt. Keiner wollte sich auf die von der Lokalpresse angeheizten Spekulationen einlassen, wann und wo der Mörder dieses Mal zuschlagen würde. Oder würde er aufhören? Irgendwann musste der Spuk ein Ende haben. Polizeierfolg hin oder her.

Er konnte nicht die nächsten hundert Jahre morden.

Michaela drehte sich um, wälzte sich durchs Bett, sodass sie zu Passlack blicken konnte. Sie hatten sich auch in dieser Nacht geliebt. Aber es war anders gewesen als sonst. Stefan war mit dem Kopf nicht bei der Sache gewesen. Sie hatte ihn gespürt. Und doch hatte sie nichts gespürt.

Jetzt atmete er unruhig und unter seinen Lidern bewegten sich seine Augen hin und her. Michaela hätte lachen können, sah es doch zu komisch aus. Aber das Lachen wollte ihr nicht recht gelingen. Denn sie wusste: Ihnen stand der bisher schwerste Tag ihrer Polizeikarriere bevor.

Sollte sie ihn wecken?

Was genau sollten sie an diesem Tag auch tun, wen sollten sie jagen? Der Mörder war noch immer ein Phantom. Lothar?

Kaum dass sie glaubten ihm auf der Spur zu sein, verflüchtigte sie sich auch wieder. Wie Regen, der durch das Kopfsteinpflaster des Marktplatzes sickerte. Und so bahnte sich auch der Mörder kleine Ritzen, durch die er verschwand.

Michaela lag auf dem Rücken und spürte Stefans Hand, die sich auf ihren Bauch legte und langsam nach oben zu ihren Brüsten wanderte.

Sie öffnete die Augen, drehte den Kopf zu ihm und flüsterte: »Guten Morgen!«

Er antwortete nicht.

Sie schauten sich stumm an.

Der Tag war gekommen.

Der Tag, den sie einerseits so herbeisehnten und den sie andererseits fürchteten.

Der Tag, der eine Entscheidung bringen sollte oder der wieder nur ein neues Kapitel aufschlug in der Geschichte der Weihnachtsmorde.

Passlack stand auf und ging zur Toilette. Sie starrte ihm nach. Noch immer hatte er kein Wort gesagt. Als er zurückkam und nackt vor ihr stand, zog sie ihn an der Hand wieder ins Bett. Er hatte einen fast makellosen Körper. Durchtrainiert, wie er zuvor noch nie gewesen war. Diese Morde hatten auch seinen Körper verändert, nicht nur seinen Geist. Er wirkte sehnig, drahtig, verletzlich. Sie begehrte ihn.

»Lass uns den Tag positiv beginnen.«

Sie wusste, mit Sex konnte sie ihn immer auf andere Gedanken bringen. Sex war für sie beide während dieses Falles längst zu einem Ventil geworden.

Die Pressekonferenz, die sie im Laufe der Woche geben mussten, hatte Passlack mitgenommen. Souverän wirkte er, als er ausführte, wie seine Kollegen an Heiligabend jeden Winkel der Stadt sicherten. Soweit nur irgend möglich, waren die Beamten aus dem Urlaub beordert worden. Passlack sprach davon, wie motiviert jeder Einzelne war, ihn endlich zu verhaften. Den Mörder dingfest zu machen. Ihm wie einem Kaninchen das Fell über die Ohren zu ziehen. Für jeden einzelnen Mord.

Ein Journalist war ans Mikrofon getreten und fragte Passlack, was die Polizei tun würde, wenn sie den Mörder an

Heiligabend stellten und ihnen nichts anderes übrig blieb als ihn zu erschießen?

Passlack hatte geantwortet: »Dann sind wir froh, dass wir ihn haben. Über alles andere müssen diejenigen entscheiden, die ihm gegenüberstehen.«

»Und wenn Sie es selbst sind?«, hatte der Redakteur nachgelegt.

»Sie wollen wissen, ob ich bereit bin, ihn zu erschießen? Er hat viele Menschen umgebracht, hat unsere Stadt seit Jahren in Angst und Schrecken versetzt. Niemand hier traut sich mehr, Weihnachten unbeschwert zu feiern. Er ist ein Monster. Und da fragen Sie mich, ob ich bereit bin, ihm eine Kugel in den Kopf zu jagen?«

Passlack war knallrot geworden.

Die Adern an seinem Hals traten hervor, als wollten sie platzen.

»Ja, verdammt. Ich würde abdrücken. Dieser Mensch hat kein Recht zu leben. Er wird sterben. Und sollte er das durch meine Hand tun, dann werde ich stolz sein. Verdammt stolz!«

Passlack war aufgesprungen und davon gerauscht.

In den beiden Zeitungen hatte es am nächsten Tag unterschiedliche Reaktionen darauf gegeben. Während das eine Blatt darüber berichtete, dass »ein scheinbar mehr als überforderter, nervlich am Boden liegender Kommissar der falsche Ansatz zur Lösung der Weihnachtsmorde« sei, hatte die andere Zeitung dem Polizisten Respekt gezollt: »Nur mit dem Herzblut eines solchen Kommissars wird es gelingen, den Mörder zu stellen und ihn auch zur Strecke zu bringen. Wenn nötig auch Auge um Auge, Zahn um Zahn.«

Das war am 21. Dezember gewesen. Beide Zeitungen waren danach voll mit Leserbriefen. Dabei sprachen die meisten ihre Solidarität mit Passlack aus.

Der Sturm war auch in der Heiligabend-Ausgabe nicht abgeebbt.

Das bemerkte auch Passlack, als er mit Veggi am Frühstückstisch saß und die Zeitung aufschlug. Er schaute auf die

Uhr: 7.30 Uhr. Das Schäferstündchen hatte ausfallen müssen.

»Schau dir das an! Alle stehen auf deiner Seite!«

Michaela hielt ihm die vier Seiten unter die Nase, die ausschließlich mit Leserbriefen gefüllt waren.

»Veggi, das ist gefährlich. Für die Stadt, für uns. Was ist, wenn wir ihn heute nicht erwischen? Wenn er mordet und wir wieder nur eine Leiche haben? Und alles beginnt wieder von vorne. Sie werden uns keine weiteren 365 Tage Zeit geben. Und er weiß von diesem Vorteil.«

Sie schauderte.

Denn auch Veggi wusste, wie recht er hatte.

Sie hatten nur noch diese einzige Chance.

Es war ihr Tag.

Der Showdown.

Beide wurden jäh aus ihren Gedanken gerissen, als es an der Tür klingelte. Beinahe zerdepperten sie die Kaffeetassen, als sie gleichzeitig aufsprangen und zur Tür hechteten.

Veggi erreichte als Erste die Klinke, riss sie nach unten und schaute nach draußen.

Nichts.

Niemand.

Passlack rannte mit solchem Schwung zur Tür, dass er Veggi fast zu Boden riss und sie beide beinahe nach vorne gestolpert wären.

Da sagte er: »Schau, dort am Boden!«

Sie blickten beide auf ein kleines rotes Kuvert. Darauf stand in großen Lettern:

## 24 – Stille Nacht

## Lemmy

Lemmy Kilmister feiert am 24. Dezember 2015 seinen 70. Geburtstag. Er ist ein britischer Sänger und Bassist, der 1975 die Heavy-Metal-Band ›Motörhead‹ gründete. (Alben ›Rock 'n' Roll‹, 1987, ›Kiss of Death‹, 2006, ›Aftershock‹, 2013) Geboren wurde Ian Fraser Kilmister am 24. Dezember 1945 in Stoke-on-Trent, Staffordshire in England.

*24. Dezember 2007, 8 Uhr*

Lothar saß lächelnd auf der Couch in seiner Wohnung. Auf dem Tisch lag ein Arsenal an Waffen. Er genoss es, den Lauf der beiden Pistolen zu umfassen, am Schaft entlangzustreifen und sich vorzustellen, welche Macht sie ihm gaben. Immer wieder war er in den vergangenen Wochen und Monaten in die Wälder der Ostalb gegangen, hatte dort die Schalldämpfer montiert und sich zu einem grandiosen Schützen entwickelt. Selbst mit den Dämpfern war er in der Lage, aus großer Entfernung millimetergenau zu treffen. Dabei waren die Entfernungen im Münster nicht so groß, wie er es im Wald getestet hatte. Einzig und allein schade war, dass Lola nicht dabei sein konnte. Diese Nutte.

Diese Schlampe. Sie hatte ihn im Stich gelassen, war geflüchtet. Vor ihm?!

Sie kannte ihn doch seit vielen Jahren. Und dann ließ sie ihn hängen, als er sie am meisten brauchte. So war sie eben das nächste Opfer geworden. Und das vor Heiligabend, an dem sich dieses scheinheilige Volk in seiner Kirche versammelte.

Einer Kirche, die während des Jahres fast immer leer blieb. Nur am Tag des Herrn waren sie alle da – vollgefressen mit Weihnachtsbraten, übersättigt von Plätzchen, stolz auf ihre Geschenke, die sie nicht verdient hatten, und dazu noch angetrunken.

Sie waren die lebende Sünde, in einer wabernden, selbstzufriedenen Masse, die sich in das Münster schleifte, um angeblich dem Herrn zu dienen. Und dann gab es auch noch diejenigen, die sich anmaßten an diesem heiligen Tag ihren eigenen Geburtstag zu feiern.

Sonnenkinder? Christkinder?

Er spuckte auf den Boden.

Dass Lola ihm untreu geworden war, verletzte ihn. Jetzt trieb ihre Leiche in der Rems.

Sie würden sie finden.

Ob heute oder morgen? Was spielte das noch für eine Rolle? Sie hatte es so gewollt. Er wollte sie in den Tod reißen, wie die anderen, die folgen würden …

Er selbst würde mit seiner letzten Kugel unsterblich werden.

Um als Einziger in den Himmel aufzufahren, während die anderen in der Hölle schmorten.

*

Es war früh am Morgen, als er sich das erste Mal aus dem Haus machte.

›Die Polizei – dein Freund und Helfer!‹, dachte er. Ja, sie würde ihm helfen. Eine kurze Information reichte und die Kommissare würden dafür sorgen, dass sie sich allesamt im und um das Münster versammelten. Längst wusste er, an wen er sich wenden musste, um die Wirkung seiner Botschaft nicht zu verfehlen.

»Kommissar Passlack, es ist mir eine Ehre, Ihnen einen Tipp zu geben«, sagte er vor sich hin, als er das kleine, rote Kuvert direkt an der Haustür platzierte, dann die Klingel drückte und ungesehen wieder verschwand. Sollten sie doch wissen, was er plante! Zumindest ansatzweise. Sie würden ihn nicht stoppen. Und wenn dann erst, wenn alles zu spät war. Noch war der Tag lang – und er hatte viel Zeit.

Während sich die Polizisten auf das Münster konzentrierten, ging Lothar zur Johanniskirche. Diese Kirche konnte zwar nicht mit dem riesigen Heilig-Kreuz-Münster konkurrieren, aber um Gott nahe zu sein, taugte sie allemal. Er wollte noch ein paar Stunden alleine sein, ehe sein Siegeszug begann.

Er betete das Vaterunser.

»… Dein Reich komme, Dein Wille geschehe …«

***24. Dezember 2007, 8.30 Uhr***

Passlack stand unter der Dusche. Er musste sich beeilen, auch wenn er gerne noch stundenlang unter dem warmen Strahl gestanden hätte. Sie waren einen großen Schritt weiter – er hatte ihnen eine Chance gegeben.

Veggi stand nackt vor der Dusche und wartete: »Stefan, beeil dich. Ich muss auch duschen und dann müssen wir pronto ins Büro!«

Er drehte das Wasser ab, sprang aus der Dusche und griff sich das Handtuch. Der rote Brief lag auf der kleinen Kommode, in die sie die Schmutzwäsche stopften.

Während Michaela unter dem Wasser stand und der Dampf mehr und mehr das Badezimmer füllte, las Passlack nochmals die Zeilen:

*Ich bin gekommen im Namen des Herrn Jesus Christus. Ich töte für ihn. Sie alle werden sterben, die sich erdreisteten, an Heiligabend das Licht der Welt zu erblicken. Ihr Polizisten, Ihr wart mir auf der Spur. Denn auch ich muss sterben – bin ich doch gleichsam einer der Ungläubigen, die mit ihrer Geburt den Heiligenabend beschmutzt haben. Aber Ihr konntet mich nicht fangen. Ich habe Euch beobachtet, ich habe verfolgt, was Ihr getan habt. Ich bin es, der entscheidet, wann es endet. Ihr werdet nicht mehr lange leiden müssen. Der Tag ist gekommen – heute. Allesamt werden wir es überstanden haben. Wenn der Glockenturm unseres Münsters zur Messe läutet, dann wird es vorbei sein. Für immer. Denn es ist der Tag des Herrn.*

Michaela trat aus der Dusche und umarmte Passlack von hinten: »Er will, dass wir ihn kriegen!«

Der Kommissar nickte.

Sie hielt ihn fest.

Und wieder zuckten beide zusammen: Erneut läutete es an der Tür.

Nackt, wie sie war, sprang Michaela an die Tür und riss sie auf. Ein weiteres Mal würde er nicht entkommen. Dieses

Mal waren sie schneller. Beinahe wäre sie gestürzt, als sie über die weißen Fliesen rutschte.

Wie von Gott geschaffen, stand sie in der offenen Türe und starrte in die Augen von ... Sigurd Weller.

»Mein Gott, müsst ihr mich vermisst haben! Das nenn ich mal einen Empfang!«

Sie schleuderte die Tür wieder zu, doch Weller war bereits einen Schritt nach vorne getreten.

Nach einigen Schritten machte sie kehrt, drehte sich zu Weller um und stand, die Hände in den Hüften, souverän vor ihm: »Herr Ex-Chef! Ich habe keine Geheimnisse vor Ihnen!«

Vor ihr lachte Weller, hinter ihr Passlack, der sich ein Handtuch um die Hüften gebunden hatte.

Und dazwischen stand die nackte Michaela.

»Ich dachte, ihr könntet heute noch ein bisschen Hilfe gebrauchen von einem alten Polizisten!«

Veggi verschwand im Schlafzimmer und kam nur Sekunden später mit einem Handtuch um den Kopf und in Jeans und Pulli wieder heraus. »So, ich bin bereit«, sagte sie.

Passlack fragte süffisant: »Ach, warst du das vorhin nicht?«

Als Antwort trat sie ihm gegen das Schienbein.

Er umarmte Weller: »Sigurd, schön, dass du da bist. Ich muss dir etwas zeigen!«

Passlack wedelte mit dem Brief: »Lies das mal, solange ich mich anziehe.«

Als Weller gemeinsam mit Passlack und Pelongrin das Kommissariat betrat, war es gerade einmal kurz nach halb zehn.

Der alte Polizist hatte die Regie übernommen. Wie früher. Und Passlack ließ ihn gewähren. Für Animositäten blieb keine Zeit. Geschweige denn, um das eigene Revier zu markieren.

»Stefan, er will ein großes Finale. Eines, das alles in den Schatten stellt. Glaub mir: Die Lösung liegt im Münster.

Er hat es immer wieder angedeutet, die Tatorte sind immer näher an die Kirche herangerückt. Und er spricht davon in seinem Brief.«

Michaela nickte und griff zum Telefon: »Ich geb dem kompletten Team Bescheid.«

»Ganz schön forsch, die junge Dame. Passlack, du hast sie nicht im Griff. Die macht ja, was sie will.« Er sprach leise. Und doch so laut, dass Veggi ihn hörte.

»Keine Angst, ich weiß schon, wie weit ich gehen darf!«

Passlack nickte und grinste: »Wir lassen das Münster absperren. Keiner kommt da rein.«

Weller schaute, als sei ihm just in dieser Sekunde ein vollbeladener Vierzigtonner über den Fuß gerollt: »Bist du verrückt? Du kannst doch nicht an Heiligabend das Münster sperren! Und noch dazu zum Kriegsgebiet erklären. Stefan! Damit nimmst du uns jede Möglichkeit, ihn zu schnappen. Wenn wir den Platz abriegeln, schützen wir vielleicht die Bürger in diesen Minuten, aber gewonnen hat dadurch keiner. Wenn er töten will, wird er es tun. Verjagst du ihn vom Münster, dann wird er woanders zuschlagen. Er kommt doch nicht zu einer Kirche, vor der es vor Polizisten nur so wimmelt.«

»Aber wir können die Menschen doch nicht einfach so der Gefahr aussetzen. Sigurd, wenn er tötet, dann sind wir alle geliefert. Wir müssen ihn heute kriegen – das Ganze geht schon viel zu lange«, sagte Passlack.

Die ersten Polizisten kamen ins Büro.

»Das sagt doch auch keiner. Aber du musst ihm die Sicherheit geben, dass er sein Finale beginnen und beenden kann. Und bevor er tötet, schnappen wir ihn.«

»Chef, ich habe Angst, dass das schiefgeht!«

»Hey, Stefan, das geht nicht schief. Und: Ich bin nicht mehr dein Chef. Du bist hier der Boss. Du entscheidest. Ich gebe dir nur Ratschläge, die du zu befolgen hast.« Weller lachte.

Er hielt seinem jungen Ex-Kollegen die Hand hin und der griff beherzt zu: »Dann sei es so!«

Veggis Worte holte die beiden wieder in das Hier und Jetzt: »Gebt mal den Kollegen Anweisungen, was wir tun sollen. Wir haben nur noch ein paar Stunden Zeit!«

Inzwischen standen zwanzig Beamte, zum größten Teil in Uniform, im viel zu kleinen Büro. Passlack bat allesamt, sich ein Plätzchen zu suchen: »Jungs, wir …«, er unterbrach sich selbst und sah, wie Veggi ihn musterte.

»Entschuldigung: Jungs und Mädels, wir stehen vor einer neuen Situation. Bis gestern tappten wir im Dunkeln. Keiner von uns wusste, was passieren wird. Doch nun hat sich alles geändert.«

Passlack berichtete von dem Brief und die daraus resultierenden Vermutungen. Und den Schluss, den Weller und er daraus zogen.

»Wir werden das Münster aber deshalb nicht absperren!«, sagte er.

Ein Raunen ging durch die Menge.

»Ich verstehe eure Reaktion. Auch ich war zunächst der Überzeugung, dass wir die Menschen schützen müssen, indem wir sie davon abhalten, überhaupt zum Münster zu kommen. Doch dann entgeht uns die Chance, ihn zu fassen.«

Der Kommissar verwies auf seinen Kollegen Weller, der Anweisungen gab.

Passlack überlegte, während er Weller zuhörte: ›Mensch, der sieht richtig gut aus. Dem haben die Monate ohne die Polizeiarbeit merklich gut getan.‹

Weller wirkte wie ein Rentner, der all den Stress der Vergangenheit abgelegt hatte und nun das Leben in vollen Zügen genoss. Der aber immer noch mit Herzblut Polizist war. Und der seine Verantwortung gegenüber seinem Nachfolger nicht vergaß.

Als Weller fertig war, ergriff nochmals Passlack das Wort: »Ihr alle hier werdet respektieren, was Sigurd Weller euch sagt. Wenn er einen Befehl gibt, dann habt ihr ihn so zu befolgen, als wenn er noch im Amt wäre. Ich bin froh, dass er uns dabei unterstützt, auch wenn er in Rente ist.«

Und zu Weller gewandt: »Sigurd, wir brauchen deine Erfahrung. Dieses Mal ist er dran, er wird uns nicht mehr durch die Lappen gehen. Und so grotesk sich das anhört, ich glaube, er will es dieses Mal auch gar nicht mehr. Er legt es darauf an zu sterben und mit sich so viele Menschen wie nur möglich in den Tod zu reißen. Doch wir werden ihn daran hindern!«

Als einige Polizisten zu klatschen begannen, winkte Passlack ab: »Lasst uns dieses Schwein fangen. Und dann können wir alle gemeinsam feiern. Noch haben wir nichts erreicht.«

Michaela Pelongrin stand neben ihrem Freund – und war stolz auf ihn. Sie nahm seine Hand: »Ich weiß, du schaffst das. Wenn du ihn nicht kriegst, dann niemand.« Sie küsste ihn auf die Wange und spürte, dass er sich nicht rasiert hatte. Das unterstrich in ihren Augen seine Stärke, Männlichkeit und seinen Siegeswillen.

*24. Dezember 2007, 11.30 Uhr*

Michaela schaute auf ihre Armbanduhr: 11.30 Uhr.

»Meinst du, er wird vor der Messe heute Abend da sein? Oder wartet er, bis das Münster aus allen Nähten platzt?«

Passlack schaute sie eindringlich an: »Ich befürchte, dass er bis zur Messe warten wird. Er wird es uns nicht leicht machen.«

»Und was willst du tun, wenn sich Hunderte von Menschen in die Kirche pressen? Jeder Platz ist belegt an Weihnachten. Eine total unübersichtliche Situation!«

»Veggi, wir haben den großen Vorteil, dass wir wissen, dass er im Münster ist und heute Abend zuschlagen wird. Und das Münster hat, das weißt du ja, viele Plätze, an denen wir unsere Leute postieren können. So weit wird es aber gar nicht erst kommen, wir werden ihn bereits am Eingang abfangen.«

Sie verzog ihren Mund zu einer Schnute: »Willst du Kontrollen am Eingang machen? Dann kannst du das Münster gleich sperren lassen. Er wird die von Weitem sehen und uns dann nicht den Gefallen tun und zuschlagen.«

»Ja, da hast du recht. Wir werden ihn nicht aufhalten. Er soll bis in die Halle der Kirche kommen.«

Weller trat an die beiden heran: »Lasst uns jetzt zum Münster fahren. Wir sollten Vorbereitungen treffen.«

Passlack schüttelte den Kopf: »Wenn wir jetzt beginnen, dann wird er hellhörig. Er weiß, wer wie drei sind. Nein, Sigurd, wir müssen bis heute Abend warten, wenn sich die Kirche füllt; dann können wir ungesehen hineinkommen.«

Weller musste niesen und wischte sich mit dem Ärmel seiner Schimmi-Jacke, die er trotz Rente immer noch trug, den Mund ab: »Dann positionier die Kollegen rund um das Münster. In den Hausfluren, im Café ›Spielort‹, in der Gaststätte daneben. Und da gibt es doch auch einen Bücherladen? Und in der ›Fuggerei‹. Überall!«

Passlack schnappte Weller an seinem Mantel. Er verdrehte die Augen. Er gab die Kommandos an die Polizisten weiter, die ausströmten. Allesamt umgezogen, in zivil.

Als Passlack mit Weller alleine war, setzten sie sich gemeinsam an den Schreibtisch. »Ich bin erschrocken, Sigurd, dass er wusste, wo wir wohnen. Er hat geklingelt, hat den Brief vor die Tür gelegt und ist verschwunden. Er weiß mehr von mir als ich von ihm.«

Weller berührte ihn an der Schulter: »Das ist nicht schwer: Du, Veggi und ich, wir sind seit Langem an diesem Fall dran. Du warst diese Woche häufiger in der Zeitung zu sehen als der Oberbürgermeister. Klar weiß er, wer der Chefermittler ist. Und herauszufinden, wo du im Moment gerade wohnst, ist auch nicht so schwer!«

»Mann, Sigurd, bin ich froh, dass du gekommen bist! Wo, meinst du, sollen wir uns platzieren?«

Der alte Kommissar griff in seine Jackentasche, kramte die fast leere, etwas zerdrückte Zigarettenschachtel heraus und zündete sich eine Camel an: »Wir sollten uns ein Stück weit fernhalten. Vielleicht im Obergeschoss eines Gebäudes, von dem wir den Haupteingang sehen können. Und dann, wenn es mehr und mehr Menschen werden, in einer Gruppe hineinschleichen, um unseren Platz zu besetzen.«

Passlack zweifelte daran, dass der Mörder das große Portal wählen würde, um ins Münster zu gelangen. »Er wird seitlich durch eine der Türen hineingelangen. Sigurd, wir haben die Situation nicht im Griff. Wir können nur auf unser Glück hoffen.«

*24. Dezember 2007, 20.15 Uhr*

Michaela Pelongrin und Sigurd Weller saßen im zweiten Stock des Polizeigebäudes und blickten hinunter auf den Münstervorplatz. »Vor eineinhalb Jahren saßen und standen hier noch Tausende von Menschen«, sagte Weller.

Veggi schaute ihn fragend an.

»Während der Fußballweltmeisterschaft wurde doch ein, wie sagt man auf Neudeutsch, Public Viewing veranstaltet. Da das erste Spiel der deutschen Mannschaft aber mit dem Stadtfest kollidierte und der Marktplatz belegt war, wichen die Veranstalter hierher aus.«

Veggi sagte nur: »Ach …«

Weller spürte ihre Anspannung. Er wollte sie ablenken, doch sie hatte kein Interesse dran.

Die junge Polizistin, die in den vergangenen Monaten hervorragende Arbeit geleistet hatte, wartete einige Sekunden. Dann sagte sie: »Chef, lassen Sie uns alle Konzentration auf den Fall lenken. Wo kann er rein? Und wie können wir ihn erkennen?«

Weller staunte über die Professionalität, die das junge Mädel seit dem Sommer erlangt hatte.

»Veggi, du kannst stolz auf dich sein. Dieser Fall hat dich reifen lassen. Du bist eine gute Polizistin.« Er strich ihr mit der Hand über den nackten Unterarm. Sie fühlte seine kalte Hand.

»Chef, sind Sie aufgeregt?«

Er nickte.

»Ich hätte nicht mit der Schmach leben können, euch nur zuschauen zu können, wenn ihr ihn schnappt.«

Veggi strahlte ihn an.

Sie bemerkte die Verlegenheit ihres alten Chefs.

»Sigurd, Sie haben es verdient!«

Veggi drückte ihm einen Kuss auf die Stirn und schaute konzentriert wieder auf den Münsterplatz.

Ihre Armbanduhr zeigte 20.30 Uhr an.

Der Beginn des Gottesdienstes rückte näher.

Weller dachte nach: »Im Moment herrscht da draußen noch Stille. Die Menschen sitzen zuhause unter ihrem Christbaum, freuen sich über die Geschenke und essen gemeinsam. Doch in spätestens einer Stunde werden die Ersten in die Kirche strömen. Sei es aus Glauben, aus Tradition oder aber aus Neugier. Die einen werden es Mut nennen, die anderen Dummheit. Und für uns entsteht damit ein riesiges Problem. Und das weiß dieser Sauhund. Je mehr Menschen, desto sicherer ist er. Doch halten wir Leute fern, dann wird er nicht kommen. Kontrollieren wir sie, wird er sich zurückhalten. Erwischen wir ihn sozusagen nicht in flagranti, können wir ihn nicht festnageln. Lassen wir ihn zuschlagen, werden Menschen sterben. Veggi, die Gefahren sind unendlich groß. Wir müssen das alles hier absagen. Alles läuft aus dem Ruder.«

»Schscht!«, antwortete Michaela.

»Sigurd, schön, dass Sie sich solche Gedanken machen. Aber über diesen Punkt sind wir hinaus. Unsere Männer sind überall platziert. Sie werden in der Kirche da sein, sie sind es auch hier draußen. Wenn er kommt, so wird es das letzte Mal in seinem Leben sein, dass er Menschen hat leiden lassen. Er wird hier und heute sterben. Und wenn ich das persönlich übernehme.«

Ihr Handy klingelte.

»Stefan!«, las sie. Um dann sofort den grünen Hörer zu drücken.

»Ja?«

»Schatz! Habt ihr von dort oben alles im Blick?«, fragte der Kommissar.

Sie schmunzelte: »Ja, Stefan. Das weißt du doch. Schließlich hast du uns diesen Platz rausgesucht. Wie läuft es bei euch dort unten?«

Sie glaubte fast zu spüren, wie er mit den Schultern zuckte. Um dann überzeugt zu erwidern. »Alles bestens. Wir müssen nur aufpassen, dass er uns nicht bemerkt. Die Kollegen sind vorsichtig. Es gibt keine Grüppchen, die über den

Platz laufen. Sie drängen nicht jetzt schon in die Kirche. Wir müssen warten, bis der Ansturm beginnt. Erst dann können wir uns strategisch im Münster verteilen.«

Sie atmete schwer.

Und sagte: »Das wird eine ganz schöne Scheiße. Und das weiß er. Er will genau diese Unsicherheit bei uns sehen. Das Schwein genießt es, dass es für uns eine ganz heikle Geschichte ist.«

Sie beendeten das Gespräch.

Wenige Sekunden später klingelte das Handy erneut. Wieder war Passlack am anderen Ende.

»Veggi?«

»Ja?«

»Sei vorsichtig! Das wollte ich dir noch sagen!«

Sie schaute Weller an: »Ich habe hier einen perfekten Bodyguard. Außerdem: Was soll uns hier oben schon passieren? Pass du bitte auf dich auf. Ich … wir brauchen dich noch. Und das nicht zu knapp.«

Dann hörte sie die Rufe im Hintergrund: »Stefan, was ist da los?«

»Ich rufe dich gleich zurück«, sagte er noch. Dann war die Leitung tot.

***24. Dezember 2007, 21.30 Uhr***

»Stefan!« Ein Beamter rannte auf Passlack zu.

Er wedelte ganz offensichtlich mit einem Smartphone. Immer wieder rief er den Vornamen des Kommissars.

»Was, um Gottes willen, ist los?«, sagte Passlack und spürte, wie sich sein Herzschlag erhöhte.

»Chef, wir haben eine Leiche gefunden. Remsabwärts. Kurz vor Lorch haben drei Jogger sie aus dem Wasser gezogen.«

Passlack legte den Kopf zur Seite: »Wer joggt am Heiligen Abend, während alle anderen bei der Bescherung sitzen? Und es längst dunkel ist?«

Der Polizist schaute fragend: »Das ist ein anderes Thema. Und trotzdem haben wir eine Leiche. Die Kollegen sagen, sie sieht furchtbar aus. Muss schon eine Weile im Wasser treiben.«

Passlack schnappte sich das Telefon: »Hey, hier Passlack. Erzählt mir: Was haben wir? Wissen wir, wer sie ist?«

Ruhe.

»Nein, Boss. Eine hübsche Frau muss sie gewesen sein. Und sie war etwas aufreizend angezogen. Ich würde sagen, sie hat etwas von einer Nutte.«

Passlack schnaufte. Eine Leiche. Jetzt. Der denkbar schlechteste Moment.

»Verdammt!«, schrie er ins Telefon. Und drückte es dem Kollegen in die Hand. »Ich kann mich darum jetzt nicht kümmern!«

Wieder wählte er Veggis Nummer.

»Was ist los?« Sie schrie.

Ihre Stimme bebte. Weller saß angespannt neben ihr.

Passlack wirkte außer Atem: »In Lorch haben sie eine Frau aus der Rems gezogen. Wahrscheinlich ermordet.«

Veggi spürte, dass ihr Freund mit der Situation haderte: »Stefan! Das darf für uns jetzt keine Rolle spielen. Darum sollen sich die Kollegen kümmern. Die Spurensicherung. Lass dich nicht ablenken. Er kann jede Minute hier sein.«

Sie schaute erneut auf die Uhr: 21.35 Uhr.

»Du hast recht!«

*24. Dezember 2007, 15 Uhr*

Lothar liebte diese Beats. Diesen Sprechgesang. Eminem. »Komm zu mir, gib mir die Kraft, Jesus!« Er sprach seinen eigenen Text. Kalte Luft wehte durch das geöffnete Fenster in seine Wohnung. Lothar fror nicht.

Noch einmal schlenderte er entlang des Münsters. Seiner Kirche. Die breiten Mauern. Die Steine aus dem Mittelalter. Sie faszinierten ihn wie nichts anderes auf der Welt. Sie war bereit. Er war es. Sollten sie ihn doch für wahnsinnig halten, ihn in ein Irrenhaus stecken wollen. Weder die Polizei noch sonst irgendjemand bekäme die Chance dazu.

Er war der Regisseur.

Niemand sonst.

Oscarverdächtig.

Er lachte schallend über seine Gedanken. Noch hatte er Zeit; der Nachmittag war gerade erst angebrochen. Für wie naiv sie ihn doch hielten, dass er sie nicht bemerkte.

An den Fenstern in den Häusern entlang des Münsters. Wie sie ihre Scharfschützen positionierten, die die Visiere ihrer Gewehre auf die verschiedenen Ausgänge des Münsters richteten. Wie stark sie sich doch fühlen mussten. Doch wer hatte den Tipp gegeben? Niemals wäre die Polizei auf den Gedanken gekommen, ihn an Weihnachten in der Kirche zu stellen.

Es war ausschließlich sein Brief gewesen, der sie allesamt in Schwung gebracht hatte und ihre Lethargie in Betriebsamkeit verwandelt hatte.

Und nun dachten sie, sie könnten ihn einfach so abknallen?! Nein.

Weder diesem Passlack noch dieser Pelongrin wollte er diesen Triumph gönnen. Geschweige denn dem alten Weller. Alles war so von ihm vorbereitet, dass sie es ein für alle Mal bereuen würden, sich mit ihm angelegt zu haben.

Seine Hände wanderten an den Mauern entlang. Die Kälte, diese Macht, diese Geschichte. Die Kirche sprach mit ihm, er sprach mit seiner Kirche.

Er umrundete das Heilig-Kreuz-Münster ein letztes Mal. Sein Blick wanderte nach oben zu den Wasserspeiern, den vielen kleinen Türmchen. Welch eine grandiose Kulisse für das Finale. Geschaffen von der Dynastie der Parler, geniale Baumeister des Mittelalters. Zur Ehre Gottes. Ein Haus geschaffen nur für den Höchsten im Himmel und seinen Sohn.

Ohne zurückzuschauen entfernte sich Lothar von seiner Kirche. Sie war hinter ihm, zu seinem Schutz. Sie verlieh ihm Sicherheit.

Lothar kehrte in seine Wohnung zurück. Über den viel zu großen Marktplatz. Keiner hatte ihn registriert.

Die Polizei?

»Naivlinge! Ihr seid mir nicht gewachsen. Niemals. Aber ich brauche euch. Die Öffentlichkeit. Nur so wird mein Name seinen schützen – und wir werden ruhen in Frieden!«

*24. Dezember 2007, 22 Uhr*

Der Münsterplatz füllte sich mit Menschen. Sie strömten aus allen Ecken. Sie waren überall. So viele. So unüberschaubar viele. Passlack schüttelte den Kopf. Und dabei platzte das Münster Jahr für Jahr am 24. Dezember, Schlag 22 Uhr, aus allen Nähten. ›Diese Blasphemie. Ihr beschmutzt alle dieses Haus‹, dachte der Kommissar.

Und er war Lothar im Geiste so nah wie noch nie zuvor. Wenn sie seinen Brief richtig gedeutet hatten, so stand er jetzt und hier vor dem furiosen Finale.

Passlack wirkte hilflos. Die Menschen kamen, einer nach dem anderen. Sie schauten sich um. Spürten sie etwas?

Sein Handy vibrierte. »Veggi!«

»Schatz, wir haben nichts, nicht einen Anhaltspunkt. Es sind so viele. Er hat den besten Schutz. Der lacht sich den Arsch ab über unsere Dummheit. Wahrscheinlich ist er längst drin.« Sie war in Panik.

»Jetzt bleib mal ganz ruhig. Wir haben noch keinen Verdächtigen. Das stimmt. Er ist noch nicht da. Ich bin mir sicher!«

Sie wurde laut: »Du spinnst. Der kann jederzeit da rein gegangen sein, wir hätten sie alle kontrollieren müssen. Alle!«

Das Hauptportal des Münsters schloss sich. Der Platz davor war leer. Die Menschen waren in der Kirche.

Passlack eilte an das Tor, öffnete die Tür einen Spalt und schlüpfte hinein. Seine Männer waren überall. Er durchforstete die Menge, als er einige Stufen hinaufgestiegen war und sich so einen Überblick verschaffte. Er sah das zarte Nicken seiner Kollegen, mit wem auch immer er Blickkontakt aufnahm.

»Im Namen des Vaters und des Sohnes und des Heiligen Geistes. Amen.«

Die Messe hatte begonnen.

Die Menge sang das erste Weihnachtslied, »Stille Nacht, Heilige Nacht!«

*24. Dezember 2007, 20.45 Uhr*

Lothar stand auf der Empore und sah, wie sich Passlack langsam die Treppe herauf schlich. Links hatte er drei Polizisten erkannt. Auf der rechten Seite waren es vier. Und in den Reihen schauten sich immer wieder jüngere Frauen und Männer nach dem Kommissar um und nickten ihm zu. Die Polizei war zugegen. In voller Stärke. So wie er es sich gedacht, wie er es sich gewünscht hatte.

Er grinste in sich hinein. Der Hosenanzug saß gut. Seine schlanke Figur erlaubte es ihm, Damengröße 36 zu tragen. Die Perücke mit den langen, schwarzen Haaren verdeckte seine Stirn, hatte er sich doch selbst einen Pony geschnitten. Die weiße Bluse zeigte an ihrer Vorderseite Rüschen, die aus dem Kragen des Blazers hervorragten. Und wenn er mit den Polizisten alleine in dieser riesigen Hallenkirche gewesen wäre, niemand hätte ihn erkannt.

Lolas Hosenanzug passte ihm wie angegossen. Den hatte sie stets getragen, wenn sie als Escort-Dame zu den Herren der besseren Gesellschaft gerufen worden war.

Sein Blick verlor sich in der Weite des Münsters, er musste an sie zurückdenken. Sie hätte nicht sterben müssen. Noch nicht. Aber sie war selbst schuld. Warum war sie auch geflohen?

Die Handtasche in seiner Linken bot Platz, um mit genügend Waffen und Munition in das Innere des Münsters vorzudringen. Der doppelte und dreifache Boden darin, unter dem Lola sonst ein Messer und ihr Pfefferspray verborgen hatte, schuf Raum, um selbst bei einer Kontrolle ungesehen die Waffen in die Kirche zu schleusen.

Aber sie hatten ihn nicht kontrolliert.

»Mein Gott, ihr Bullen seid euch ja so sicher. Denkt, ihr könnt mich hier erwischen, ohne dass ich mich unsterblich mache, im Antlitz des Herrn!«

Der Chor der vielen Gläubigen verstummte.

Wie durch eine Nebelwand drang die Stimme des Pfarrers an Lothars Ohr. Er ließ seine Hand in der Tasche verschwinden. Die Handgranate lag wie ein großes Sturmfeuerzeug in seinen Fingern. Noch war Zeit.

Der Wurf würde alle ablenken. Mindestens fünfzig Menschen würde sie in den Tod reißen. Fünfzig dieser Ungläubigen. Vielleicht auch mehr. Der Herr würde zufrieden sein mit ihm.

Die zweite Handgranate war für ihn selbst gedacht. Und für die Menschen um ihn herum, die sich inzwischen auf der Empore drängten. Ein großer gemeinsamer Tod.

Und die Sühne dafür, dass er am 24. Dezember auf die Welt gekommen war.

Die Worte des Direktors klangen in seinen Ohren: »Nur der Herr darf an diesem Tag gefeiert werden. Du hast kein Recht zu behaupten, dass du an diesem Tag geboren bist. Du Ungläubiger, du Heide, du mieses, kleines Dreckstück!« Oh, wie recht Miezwiecz doch gehabt hatte. Aber jetzt war der Tag gekommen, um diesem Unrecht zu entfliehen. Niemand konnte ihn mehr aufhalten. Und die Polizei würde sein Zeuge sein.

Er hatte sie angelockt. Und sie waren seinem Ruf gefolgt. In dieses wunderbare Haus, das die schönste Stunde ihres Bestehens erleben würde.

***24. Dezember 2007, 22.54 Uhr***

Michaela Pelongrin und Sigurd Weller schauten hinunter auf den Münsterplatz. Auf die herrliche Beleuchtung. Der Schnee, der heute Morgen noch gefallen war, war mittlerweile zu dreckigem Matsch geworden. Die Lichter spiegelten sich auf den großen Steinplatten, die heftiger Regen in einen See verwandelt hatte.

»Sauwetter!«, sagte Veggi. »Das auch noch!«

Weller sagte nichts dazu, hatte er alles andere als Lust, sich mit ihr über das Wetter zu unterhalten.

»Wir können es nicht ändern«, knurrte er.

»Wir können gar nichts ändern. Die Messe läuft, wir haben niemanden gefasst. Noch wenige Minuten, dann ist der ganze Spuk vorbei. Chef, es ist in wenigen Minuten elf Uhr. Das Ganze verläuft hier im Sande. Entschuldigung, aber ich glaube, er hat uns verarscht. Und morgen haben wir wieder irgendwo einen Mann oder eine Frau – tot, weil sie heute Geburtstag hatten.«

»Hm, nee!«

»Wie bitte«, sagte Michaela.

Weller zog den Vorhang vor das Fenster: »Er wird handeln. Hier und jetzt. Ich habe ein schlechtes Gefühl. Veggi, ich muss in die Kirche, jetzt!«

Weller sprang auf, Michaela hielt ihn am Ärmel fest: »Was wollen Sie dort? Wenn er dort drin ist, werden ihn unsere Kollegen erwischen!«

Der alte Kommissar riss sich los: »Ja, das werden sie. Aber erst, wenn es zu spät ist. Ich muss hinein.«

Er ließ ihr keine Zeit zum Widerspruch. Als nächstes sah sie ihn, als sie nach unten auf den Vorplatz der kolossalen Kirche blickte. Er rannte zur Kirche.

Sei vorsichtig!, dachte sie.

Sie griff zum Handy und schrieb eine SMS an Passlack: ›Weller kommt rein, er hat … ein schlechtes Gefühl!‹

Passlack spürte, wie es in seiner Hosentasche vibrierte. Er las die Nachricht. Als er die wenigen Meter von der Treppe auf das Hauptportal hinüberschaute, sah er, wie sich die zweite Tür öffnete und Weller hineinschlüpfte.

Er ging die wenigen Schritte hinunter.

Und griff sich Weller: »Sigurd! Was soll das? Wieso bleibst du nicht auf deinem Posten?«

Die Menge sang inzwischen »Oh, du Fröhliche!«

»Stefan, er ist da und er wird es tun. Mir ist ein Gedanke gekommen. Damals, als der Mord an der kleinen Kirche passierte, oben auf der Alb. Da fielen uns Frauenkleider in die Hände. Wir konnten nichts mit ihnen anfangen, wir fanden keine Verbindung. Doch jetzt schließt sich für mich der Kreis. Wir suchen bislang einen Mann. Wir müssen nach einer Frau suchen!«

»Du meinst, unser Mörder ist weiblich? Das kann nicht sein. Das kann ich mir nicht vorstellen«, sagte Passlack.

»Nein, du verstehst mich falsch. Er steckt in Frauenkleidern. Ich bin mir ganz sicher.«

Die Blicke der beiden wurden hektisch.

Eine Frau.

Die Kirche wimmelte nur so von Frauen.

Vielleicht hatte Weller recht.

Aber das machte die Aufgabe kaum leichter.

Weller drängelte sich durch die Masse. Ein Stück nach vorne Richtung Altar. Sämtliche Gänge waren voll von Menschen. Männern wie Frauen.

Und dennoch wusste der alte Kommissar, dass er den richtigen Riecher hatte. Oder war es doch nur ein Hirngespinst? Als er zwischen den ersten Bänken stand, drehte er sich um. Und schaute zurück. Seine Augen fixierten die anwesenden Frauen. Eine nach der anderen. Manche schauten fragend zurück. Was wollte der alte Mann von ihnen? Gehörte er zur Polizei? Natürlich hatten sie alle von den Spekulationen über die Weihnachtsmorde gehört. Von einem möglichen Mordanschlag in den heiligen Hallen dieser Kirche. Aber die meisten hatten das nicht für möglich gehalten. Die Polizei konnte die Kirche ja schützen. Aber dass der Mörder während der Weihnachtsmesse zuschlagen könnte, das hielten nur wenige für wahrscheinlich.

Weller schaute hinauf zur Empore.

Und da sah er sie stehen. Ein grauer Hosenanzug. Eine schlanke und dennoch eher männliche Figur. Ihre Blicke trafen sich.

Die Frau wirkte überrascht. Hatte er sie oder besser hatte er ihn erkannt?

Die Zeit schien still zu stehen.

Weller sah, wie sich Lothars Hand bewegte. Ein kleines rundes Ding fiel in Richtung der Menschenmenge unter ihm.

Was war das? Was hatte er da aus Lothars Hand rutschen sehen? Und nahm er nicht hinter der Fassade dieser Frauenperücke und dieser Damenkleidern ein leises Lächeln wahr? Die Zähne blitzten, deutlich. Zwischen Verbissenheit und freudigem Strahlen konnte es alles sein. Das Teil schlug auf dem Boden auf und die Menschen rings herum wichen erschrocken zurück und stoben in alle Richtungen davon.

Weller rannte die wenigen Schritte, drängte sich, so gut es ging durch die Masse, die jetzt in Panik geriet. Nur noch raus. Hatten sie sich doch selbst alle in diese Gefahr gebracht, hatten die Warnungen ignoriert und gehofft, dass die Polizei sie beschützen würde.

Sie waren freiwillig gekommen, in ihre Falle.

Die starken Mauern des Münsters hatten sie in Sicherheit gewogen. Jetzt waren sie gefangen wie die Maus in der Falle.

Er erschrak, wie er noch nie in seinem Leben erschrocken war.

Sein Herz raste.

Er spürte den Pulsschlag, der das Blut durch seine Adern pumpte in der Härte, wie das wummernde Dröhnen und die unerbittlichen Bässe bei einem Heavy-Metal-Konzert auf die Menschen eindreschen.

Die Handgranate hatte längst den Boden erreicht, doch sie wollte nicht explodieren. Noch nicht. Weller fühlte sich, als würde sein Gehirn auf Stand-by schalten. Er nahm seine Umgebung wie in Trance wahr. Konnte er das Parfum dieser Frau auf der Empore riechen? Schwül und schwer. Und dann hörte er dieses Lachen.

Weller griff zu seiner Pistole. Instinktiv. Längst hatte er sich, nach dem Ausscheiden aus dem Polizeidienst und der Abgabe der Dienstwaffe, eine eigene zugelegt. Ein Leben ohne war für ihn undenkbar.

Er zielte nach oben – und schoss.

Ein Mal, zwei Mal, drei Mal.

Der Knall war ohrenbetäubend.

Die Panik unter den Menschen nicht mehr beherrschbar. Ein Kind stürzte vor Wellers Füßen.

Die Mutter versuchte, es am Ärmel wieder nach oben zu ziehen, es auf die Beine zu stellen. Doch die Masse drängte sie Richtung Hauptportal.

Nur noch raus. Raus. Raus.

Einem zähen Teig gleich presste sich die Masse an die Wände des Münsters. Als wollten sie die Mauern, die Jahrhunderte überdauert hatten, mit den bloßen Händen wegschieben. Ein aussichtsloser Kraftakt. Sie waren gefangen. Das kleine Kind stand wieder auf den Füßen.

Passlack hatte die Szene aus rund zwanzig Metern Entfernung verfolgt. Wellers panische Handlung war ihm nicht verborgen geblieben. Und dass sich etwas aus dem Dunkel der Empore gelöst hatte. War dieses Stück geworfen worden? Die Schüsse peitschten durch Passlacks Gehörgänge. Mein Gott! Weller feuerte. Mehrfach.

Hatte er mehr gesehen?

Passlack war hilflos. Er wollte helfen, doch er konnte nicht. Er war zu weit weg. Zu viele Menschen und viel zu viele Bänke zwischen ihm, Weller und dem Mörder. Er schaute hinauf und dann sah er die Tropfen, die von der Empore zunächst minimal, dann mehr und mehr nach unten tropften.

Rot.

Schwer.

Blut.

Und er sah diese Frau auf der Brüstung stehen. Mit einer Waffe in der Hand.

Da war Weller. Wieder hob er den Revolver. Wieder krachte der Schuss durch das Münster. Was, um Gottes willen, tat er? War er sich so sicher, die Richtige zu haben? Den Richtigen zu haben? Passlack schauderte und wich ein Stück zurück, da die Menschen ihn zu zerquetschen drohten.

Und dann sah er sie fallen.

Wie ein aschener Engel. Mit blutenden Fängen. Die Hände schlaff nach unten hängend stürzte sie. Hinunter auf die Menschen, die den Haupteingang blockierten und nur noch hinaus wollten, aber nicht konnten.

*24. Dezember 2007, 23.12 Uhr*

Lothar hatte den finalen Schuss nicht mehr gespürt. Seine letzte Kraft hatte ihn verlassen, als er auf die Brüstung gestiegen war. Weller hatte ihn getroffen. Die erste Kugel war in der linken Schulter eingeschlagen. Ohne Gnade hatte sie sich ihren Weg in seinen Körper gebahnt und dabei eine Spur der Verwüstung hinterlassen, ehe sie sich in seinen Schulterknochen bohrte. Der Schmerz pulsierte durch jede Faser seines Körpers, signalisierte seinem Gehirn, dass er kurz davor stand zu kollabieren. Da hatte er den zweiten Schuss gehört. Die nächste Kugel bombardierte seine Lungen. Unerträglicher Schmerz erfasste jede seiner Zellen. Er glaubte zu spüren, wie sein rechter Lungenflügel zerplatzte, als hätte jemand einen zum Bersten gefüllten Luftballon mit einer Nadel berührt. Lothars Sinne schwanden.

Im Geiste war er zurück in der Dusche des Internats und sah vor seinem Auge, wie sein Direktor den kleinen Jungen vergewaltigte. Er wollte schreien und helfen. Er konnte nicht. Niemand half ihm.

Sein Kopf riss nach hinten. Die dritte Kugel, die der alte Kommissar auf ihn feuerte, war lediglich ein Streifschuss. Sie zog ihm geradezu einen Scheitel und hinterließ einen blutenden Streifen aus Schmerz. Immer wieder dieser Schmerz. Doch dieser war über viele Jahre zu einem unberechenbaren, unbezwingbaren Gegner geworden. »Niemals!«, wollte er schreien. Doch seine Lunge ließ es nicht mehr zu. Es verkam zu einem krächzenden Flüstern.

Mit letzter Kraft stieg Lothar auf die hohe Brüstung und sah die Menschenmenge unter sich. Er hob die Arme. Weit ausgebreitet. Zum Sprung bereit.

Die Fläche, die er dem Schützen bot, war groß. Er würde größer sein, als je ein Mensch war. Größer als jeder andere. Er war Lothar und er würde hier und jetzt sterben.

Vor Gott.

Und vor den Augen des gekreuzigten Sohnes.

Wellers vierte Kugel traf Lothar mitten ins Herz. Er fiel nach vorne, sackte in sich zusammen. Die Menschen um ihn herum kreischten – ganz so, dachte er noch, als wären sie von der Show gefesselt, die ihnen geboten wurde. Das waren seine letzten Gedanken. Die Angst in ihren Augen sah er nicht mehr. Und das Entsetzen. Lothar war tot.

*24. Dezember 2007, 23.18 Uhr*

Die Schüsse krachten.

Veggi saß an ihrem Fenster und spürte förmlich, wie das Münster bebte. Dieses alte Mauerwerk schien vor ihren Augen zu wanken.

Nein, das konnte nicht sein! ›Oh Gott, Stefan!‹, raste es durch ihren Kopf.

Wer schoss? Sie sah, wie die ersten Menschen aus dem Hauptportal strömten. Und aus den Nebenausgängen. Die Kirche wirkte wie ein Fass, das überlief. Überall verschafften sich die Menschen Platz, schrien und rannten.

Wo war Stefan? War er tot? Oder hatten sie ihn endlich erwischt?

Was sollte sie tun? Passlack hatte ihr verboten, ihren Posten zu verlassen.

»Wenn es zum Äußersten kommt, dann brauchen wir hier jemanden, der den Überblick behält«, hatte er gesagt. Doch allein an seiner feuchten Hand hatte sie gespürt, dass alles einen ganz anderen Hintergrund hatte. Passlack hatte die Gefahr gespürt – und wollte sie von ihr fernhalten. Seinen zärtlichen Kuss spürte Michaela noch immer auf ihren Lippen. Seine Zunge in ihrem Mund – sie hatte gebebt. War es das letzte Mal gewesen, dass sie sich in den Armen lagen?

Unsanft hatte er sie von sich gestoßen und sie zurück auf ihren Platz am Fenster beordert: »Du bist hier unser Sicherungsanker und hast die wichtigste Aufgabe von allen. Wenn du ihn aus dem Münster fliehen siehst, dann knall ihn ab, von hier oben hast du die beste Übersicht und kannst gezielt schießen, ohne dass er in Deckung gehen kann. Nur wenn du die Nerven behältst, haben wir die Möglichkeit, ihn zu erwischen. Veggi, versprich mir, dass du deinen Platz nicht verlässt. Egal was passiert.«

Sie hatte stumm genickt.

Nicht mehr, nicht weniger.

Jetzt hörte sie die Schüsse und hatte Angst.

So unendlich große Angst, dass sie es nicht bemerkte, wie ihre Hose nass wurde. Sie sah fluchend an sich herunter, ehe der nächste Schuss sie in die Realität zurückriss.

Sie wollte nur noch hinunter.

Hin zu Stefan, hin zu Weller.

Sollte sie auf Passlack hören und – feige, wie sie fand – auf ihrer Position bleiben?

Veggi griff nach ihrer Dienstwaffe. Sie verlieh ihr Kraft.

Nein, sie durfte die Männer nicht im Stich lassen. Niemals. Eher würde sie sterben, als dass sie sich den Vorwurf machen musste, nichts getan zu haben. Der Lauf der Pistole glänzte. Er lachte sie an, als wolle er sagen: »Du willst mich benutzen? Nur zu, mach dich auf den Weg.«

Sie sprang auf, warf das Fenster zu, sodass es im Rahmen knirschte. Halb stolperte sie über die vielen Kisten, die in dem Lagerraum verstreut lagen. Sie gelangte zur Tür, riss die Klinke nach unten – und verletzte sich an den Fingern.

Weller hatte die Tür abgesperrt.

»Weller, du elendes Arschloch«, schrie Veggi.

Sie rüttelte an der Klinke. Auf und ab. Stemmte sich mit ihrem ganzen Gewicht dagegen, zog immer wieder mit aller Gewalt an der Klinke – verdammt, sie musste doch aufgehen. Dann zog sie ihre Waffe.

Bamm, bamm, bamm.

Die Tür war auf.

Veggi hechtete hinaus. Und war sich sicherer denn je, das Richtige zu tun.

Als sie auf dem Vorplatz stand, rannten ihr die Menschen entgegen. Von überallher strömten ihre Kollegen aus den Häusern.

Sie wollte zum Hauptportal des Münsters. Sie schaute noch mal nach oben und konnte das Gefühl nicht abschütteln, dass die Wasserspeier sie auslachten. Und auf sie herunterspuckten. Wie aus dem Nichts traf sie ein unbarmherziger Schlag an der Schläfe. War das der Mörder gewesen? War er entkommen und hatte sie niedergeschlagen? Als Veggi wieder die Augen öffnete, lag sie auf den Steinplatten. Ihre Nase berührte den vom Regen überfluteten Boden und das Wasser spritzte ihr ins Gesicht.

In ihrem Mund sammelte sich eine gallertartige Masse aus Regenwasser und dem Blut, das aus ihrer aufgebissenen Zunge strömte. Sie wollte sich wieder aufrichten, als ein heftiger Hieb auf den Hinterkopf sie erneut zu Boden streckte.

Um sie herum wurde es dunkel.

Michaelas Sinne schwanden und sie konnte sich nicht erinnern, schon einmal solche Schmerzen empfunden zu haben.

Dann spürte sie, wie starke Hände sie nach oben hievten. Heraus aus dem Wasser, aus der Kälte, wieder auf die Beine. Sie schwankte und torkelte. Doch ihr wurde klar, dass sie in die Kirche musste. Sie riss sich aus den Händen des Mannes, der ihr geholfen hatte. Sie hörte seine Rufe nur durch einen Schleier. Schleier? Hochzeit? Gottesglocken? Veggi fantasierte, träumte davon, von Passlack geküsst zu werden.

»Stefan, Sie dürfen die Braut jetzt küssen.«

Die Stimme des Pfarrers war allgegenwärtig, trommelte durch ihr Hirn.

Und dann peitschte sie der letzte Schuss zurück in die Gegenwart. Michaela hatte die letzten Meter bis zu der mächtigen Eingangspforte hinter sich gebracht. Jetzt herrschte gespenstische Stille.

*24. Dezember 2007, 23.24 Uhr*

Sollte er sich freuen? Sollte er jubeln? Der Mörder war gestorben. Durch seine Kugeln. Er hatte geschossen – und getroffen.

Doch wo war dieses kleine, schwarze Ding gelandet?

»Wo?« Weller schrie.

Er drehte sich um die eigene Achse. Wieder und wieder. Er machte den Eindruck eines Irren.

»Wo?«

Um ihn herum wurden die Reihen lichter. Immer mehr Gläubigen gelang die Flucht aus dem Münster. Nur noch hinaus. Weg, einfach weg. Weg von diesem Irren. Der wie ein Wahnsinniger geschossen hatte. Weller sah Lothar. War da noch ein Glitzern in seinen Augen, ein Lächeln auf seinen Lippen? Als wollte er sagen: »Und ich habe doch gesiegt. Ihr könnt mich töten. Aber ihr werdet mich nicht zerstören.«

Weller sah die Handgranate.

Passlack blickte auf die gleiche Stelle.

»Sigurd, nein! Tu es nicht!«

Er war zu weit weg. Er konnte seinen ehemaligen Chef nicht aufhalten.

Er wusste, was er tat.

»Weller, du wirst sterben.«

Die Detonation ließ die Kirche in ihren Grundmauern erbeben. Die Handgranate war explodiert.

Als die Wolken aus Qualm und Schutt etwas verflogen, gelang es Passlack nach einiger Zeit sich zu orientieren.

Er hustete.

Wo war Weller?

Er sah Lothars Leiche auf dem Boden. Die Handgranate, neben die er bei seinem Sturz gefallen war, hatte seinen Körper zerrissen.

Passlack wurde schlecht. Sein Magen krampfte, als hätte jemand ein Stahlseil um ihn gelegt und zöge es immer weiter zu. Dennoch war er froh.

Doch wo war Weller?

Passlack sah ihn an einer der Bänke lehnen. Sein Kopf hing nach vorne, sein Kinn berührte die Brust. Passlack war in Sekundenbruchteilen bei ihm.

»Weller! Sigurd!«

Er tastete nach seinem Hals. Sein Puls. Schwach, aber er schlug. Weller lebte.

Passlack blickte an Weller hinunter. Unter den Fetzen von Wellers Kleidung sah er all die Wunden, die sich über seinen Körper verteilten, er war blutüberströmt.

»Sigurd! Du wirst leben, du schaffst das!«

Passlack begann zu weinen.

Weller war in der Nähe der Granate gewesen, als sie detonierte. Aber zumindest nicht in unmittelbarer Nähe. Die großen Bänke hatten ihm einen gewissen Schutz geboten. Und doch waren die Verletzungen verheerend.

Weller lag auf seinem Schoß. War das noch der alte Polizist, von dem er so viel gelernt hatte? War er es? Sein Blut tränkte Passlacks Hose dunkelrot. Er hörte Weller stöhnen. Das meiste Blut quoll aus einer großen Wunde an seinem Oberarm. Passlack wollte sich nicht vorstellen, welche Stellen an Wellers Körper getroffen wurden. Er kämpfte. Er rang mit dem Tod.

Und dann sah der junge Polizist all die Menschen um sich herum. Für sie kam jede Hilfe zu spät. Deren Körperteile lagen verteilt herum. Von den Wänden rann Blut. Passlack traute seinen Augen nicht. Sie waren tot. Und er hatte es nicht verhindern können.

Ihm wurde schwarz vor Augen. Er senkte den Blick auf seinen Schoß. Wellers Kopf wankte hin und her. Immer schneller. Das Bild wurde unscharf. Dann wurde es Nacht um Passlack.

Erst als ihn die Sanitäter aus dem Gebäude führten, gelang es dem jungen Polizisten, wieder einen klaren Gedanken zu fassen.

»Veggi?«, sagte er. »Wo ist sie?«

Er hatte es kaum ausgesprochen, da lag sie ihm in den Armen.

»Oh mein Gott! Stefan! Du lebst, du lebst!«

Sie küsste ihn leidenschaftlich. Seine Lippen schmeckten nach Dreck und Blut. Er war so froh, ihre Nähe zu spüren. Sie gab ihm Sicherheit.

Michaela löste sich zuerst: »Stefan? Wo ist Sigurd? Ist er …« Sie traute sich nicht, es auszusprechen.

Passlack schüttelte den Kopf.

In diesem Moment trugen die Sanitäter Wellers Körper aus dem Münster. Veggi blickte entsetzt hinüber und sah, dass sein linker Arm zerschmettert war.

»Oh nein«, schrie sie auf.

Passlack drängte sie weg, weg von der beängstigenden Szene.

Weller würde sterben.

Es war besser so …

*23. Dezember 2008*

Passlack nutzte das Blaulicht seines Dienstwagens nur in seltenen Fällen. Inkognito war es ihm am liebsten – und war der Einsatz noch so spektakulär. Doch an diesem Tag war alles anders.

Und zudem fand es der Kommissar aufregend, ausgerechnet am Heiligen Abend mit Martinshorn und ›leuchtendem Christbaum‹ durch die Stadt zu fahren. Der Einsatz glich keinem in den vergangenen Jahren, als er noch auf Mörderjagd war. Veggi hatte ihn angerufen. Viel mehr als »Du, ich glaube, es geht los!« hatte er nicht verstanden. Dann war die Verbindung unterbrochen worden.

»Scheiß Funklöcher«, hatte Passlack gebrüllt und sich in sein Auto geschwungen. Während er versuchte, möglichst schnell aus Schwäbisch Gmünd zu gelangen, dachte er über die vergangenen Monate nach.

Das Jahr 2008 war für Passlack ruhig verlaufen. Kein Mord, nur ein paar unspektakulärere Verbrechen. Und so hatte er schon im August gegenüber seinen Kollegen geäußert: »Wenn es so weiter geht, können wir in Ruhestand gehen.«

Die ersten Monate des Jahres waren die aufreibendsten gewesen, die er während seiner bisherigen Polizeilaufbahn erlebt hatte. Michaela und er hatten am Krankenbett ihres Kollegen Sigurd Weller Wache gehalten. Die Ärzte kämpften um sein Leben – dabei war die Situation nahezu aussichtslos.

Mehrmals hatten die Ärzte Passlack zur Seite genommen und gesagt: »Es ist nur noch eine Frage der Zeit – er wird wohl nicht durchkommen!« Und so schaute Passlack Abend für Abend bei Weller vorbei, an die Apparaturen, Schläuche, Kanülen und Katheter, die überall an Wellers Körper angeschlossen waren, konnte er sich nicht gewöhnen. Passlack empfand es, als hätte man seinen früheren Kollegen eingefangen und in Stacheldraht gepackt, wie ein Reh, das nun auf seinen Gnadenschuss wartete.

Bedrückend war für Passlack aber auch die interne Situation gewesen. Die Ermittlungen gegen ihn waren zwar schnell im Sande verlaufen, doch dass es an Heiligabend drei Tote im Münster gegeben hatte, nagte schwer an ihm. Die meisten Menschen konnten fliehen, bevor die Handgranate explodiert war. Für ein altes Ehepaar war aber jede Hilfe zu spät gekommen. Sie waren zu langsam gewesen, waren einfach zu schlecht zu Fuß gewesen. Und dann hatte sie die Granate aus dem Leben gerissen. Alles, was von ihnen blieb, war ein grauenvoller Anblick.

Und Weller?

Er kämpfte einen scheinbar aussichtslosen Kampf, ohne Chance auf Besserung.

Und dann war ein Wunder geschehen. Als Veggi eines Abends in der Staufer-Klinik saß und besorgt Wellers Hand streichelte, hatten sich die Herzschläge gesteigert. Aus dem zarten Bumm war ein heftiges Bumm, Bumm, Bumm geworden. Zugleich waren die Pfleger der Intensivstation hereingestürmt, hatten sie gebeten, den Raum zu verlassen. Heulend war sie auf dem Flur gesessen, war sie sich doch sicher, dass der Ex-Kommissar die Erde für immer verlassen würde. »Es ist soweit«, tippte sie in ihr Handy. »Er verlässt uns.« Die Buchstaben verschwammen vor ihren Augen.

Ärzte rannten hinein in Wellers Zimmer, das er in den vergangenen Monaten mit mehreren anderen Patienten hatte teilen müssen. Einer nach dem anderen war den Ärzten unter den Händen weggestorben. Nur Weller nicht. Er war zäh.

Die Ärzte rannten hinaus. Auch die Pfleger ließen Michaela links liegen, sie wusste nichts.

Passlack wies die Möglichkeit, dass Weller bald sterben könnte, weit von sich. Er wollte nichts darüber hören. Nein, Weller tot, das konnte, durfte nicht sein. Er war doch Rentner. Hatte in der Kirche eigentlich nichts mehr zu suchen gehabt, brauchte sich nicht mehr mit einem Schwein wie Lothar abgeben.

»Er war doch bereits drüber hinaus. Mensch, Veggi, er hat all seine Jahre, seine Familie, sein ganzes Leben für die Polizei gegeben. Und dann ist er wenige Wochen im Ruhestand und wird, weil er das Ermitteln nicht lassen kann und uns helfen will, getötet? Nein, das darf, das kann nicht sein. Das ist nicht das, was Gott wollen kann. Schon gar nicht an Heiligabend«, hatte er zu seiner Freundin gesagt.

Doch was war jetzt? War es endlich geschafft? Ließ ihn dieses Leben endlich in eine andere Welt, in der er es nicht mehr mit Verbrechern, sondern nur noch mit Engeln zu tun haben sollte?

Veggi stand auf und schaute wortlos durch die Pfleger hindurch, die kopfschüttelnd aus dem Patientenzimmer der Intensivstation traten.

»Was?«, sagte sie nur.

»Was?«, etwas lauter.

»Was?«, jetzt schreiend.

»Sagt endlich was!«

Erst dann registrierten die Pfleger sie. Eine junge Ärztin trat hervor und sagte zu Veggi: »Sie können jetzt hinein zu Ihrem Kollegen!«

Michaela begann zu weinen.

»Darf ich meinen Freund anrufen, damit er sich auch von ihm verabschieden kann?«

Die Ärztin nickte, ergänzte aber zugleich: »Warum verabschieden?«

»Ist er noch am Leben? Ist er noch nicht … tot?«

Michaelas Worte trafen die Ärztin tief: »Mein Gott, man hat Sie noch gar nicht informiert? Sie wissen es noch nicht?«

»Nein!«, Veggi zögerte. »So sagen Sie mir doch endlich, was da drin los ist. Und lassen Sie mich durch: Ich will zu ihm!«

Die Ärztin stellte sich entschlossen vor sie und griff sie links und rechts an den Armen. Veggi sah das Leuchten in ihren Augen.

»Er ist aufgewacht!« Veggi würde diese Worte nie wieder vergessen.

Michaela riss sich von der Ärztin los und schrie: »Sie wollen mich verarschen. Es ging ihm doch so schlecht, so hoffnungslos schlecht.«

Die Ärztin lachte nur: »Oh Mädchen, jetzt rein zu ihm. Und sprechen Sie mit ihm. Es wird ihm gut tun, Ihre Stimme zu hören!«

Veggi traute sich kaum zu antworten. Mühsam schluckte sie die Spucke hinunter, die auf halbem Wege in ihrem Hals festzustecken drohte: »Er ist wirklich … am Leben?«

Die Ärztin strahlte sie jetzt an: »Ja, und er ist wach!«

Veggi schubste die Ärztin etwas unsanft zur Seite, sodass diese gegen einen Wagen mit Medikamenten stieß und mehrere kleine Glasfläschchen zu Bruch gingen.

»Entschuldigung«, rief Veggi noch. Dann war sie auch schon im Zimmer verschwunden.

»Sigurd? Bis du wirklich wach?«

Er öffnete langsam die Augen und ihm gelang ein leichtes Lächeln. »Veggi!«, sagte er so leise, dass sie mit dem Ohr ganz nah an seinen Mund kommen musste. »Veggi, in meinem Alter schläft man gerne auch mal ein bisschen länger«, sagte er. Und sie hatte den Eindruck, als wolle er mit dem linken Auge zwinkern.

Er sah, dass Veggi Tränen über die Wangen liefen.

»Mädchen, wein doch nicht. Ich werde wieder ganz der Alte!«

Sie nickte.

»Naja, fast. Ich weiß zwar noch nichts Genaues«, flüsterte Weller, »aber ich glaube, auf der linken Seite fehlen ein paar Sachen.«

Wieder sah er, wie Veggi langsam ihren Kopf von vorne nach hinten bewegte: »Du musst in Zukunft alles mit der Rechten machen. Links ist nicht mehr viel da.« Sie rang sich ein Lachen ab.

Er lachte mit, unterbrach sich aber jäh, als er merkte, wie die Schmerzen einsetzten. »Dann musst du eben in Zukunft an meiner linken Seite laufen und mich stützen!«

Michaela sprach ihm Mut zu: »Nein, Sigurd! Es ist nur dein Arm. Das Bein ist okay, sagen deine Ärzte.«

»Na, dann bin ich ja beruhigt. Ich dachte schon, ich brauche einen Rollstuhl!«

Sie richtete sein Kissen ein wenig, sodass er den Kopf angenehm in ihre Richtung drehen konnte. Veggi spürte, dass Weller sehr viel Kraft aufwenden musste, um mit ihr zu reden.

»Sigurd, du musst jetzt schlafen. Stefan und ich sind an deiner Seite, seit vielen Monaten. Und wir werden es auch weiterhin sein. Du wirst das hier schaffen. Ein solches Unkraut wie dich kann doch so ein Scheißverbrecher nicht unterkriegen!«

Sie sprach weiter. Er schlief ein.

*

Stefan Passlack saß in seinem Einsatzwagen und jagte mit einhundert Stundenkilometer durch die Stadt. Die Remsstraße hinunter, am Bahnhof vorbei, hinaus auf die vierspurig ausgebaute Schnellstraße. Er war im Einsatz, und es ging um Leib und Leben. Um das Leben seiner Freundin Michaela.

Der Kommissar sah die letzten Häuser und Fabriken von Schwäbisch Gmünd hinter sich verschwinden und es dauerte nur wenige Sekunden, bis das goldene McDonald's-M aus seinem Rückspiegel verschwunden war.

Sein Augenmerk hatte bislang Frauen gegolten. Doch jetzt war er treu und beständig geworden. Die junge Polizistin hatte ihm doch glatt den Kopf verdreht. Nun versetzte sie ihn in solche Hektik und Panik.

Nur nach Hause.

Im Sommer hatten sie sich ein kleines Heim gegönnt. Nichts Großes, vielmehr etwas Zweckmäßiges. Ein kleines

Häuschen, doch sie konnten behaupten, dass es ihr eigenes war. Hundertzwanzig Quadratmeter, dafür aber schön gelegen mit einem herrlichen Blick hinunter ins Remstal, das Tag für Tag die Pendler in Richtung Stuttgart führte und berühmt war für seine Weine.

Die Reifen quietschten, als Passlack um die letzten Kurven raste und mit einer Vollbremsung vor dem Haus zum Stehen kam.

Der Kommissar riss die Tür seines Dienstwagens auf, sprang aus dem Passat, rannte durch das metallene Gartentürchen und kam völlig außer Atem an der Haustüre an. Endlich stand er im Hausflur, rechts von ihm die Holztreppe, die in den ersten Stock führte.

»Michaela?«

Passlack rief immer lauter.

»Veggi, wo bist du?«

Da war das Haus so klein und dennoch groß genug, dass er seine Frau nicht gleich fand.

Er hörte das Wasser im Badezimmer rauschen.

Passlack sprang die Treppe hinauf, riss die Tür auf und sah sie dort liegen, in der Wanne.

»Hallo!«, sagte Michaela.

»Oh Mann, du machst hier Pferde scheu. Und jetzt liegst du gemütlich in der Wanne. Ich habe mir solche Sorgen gemacht, als du sagtest, dass es losgeht!«

Sie sah den verstörten Blick und es tat ihr leid. »Mein Engel, dein Sohn wird ein Sonnenkind! Ein Christkind! Er wird, da bin ich mir sicher, erst morgen, also Heiligabend, zur Welt kommen. Aber ich wollte dich einfach bei mir wissen. Ich glaube, er macht sich auf den Weg.«

»Ja, aber dann lass uns jetzt ins Krankenhaus fahren. Schnell, raus aus dem Wasser!«

Passlack packte Veggi am Arm, sodass sie erschrak und ihre Elle schmerzte: »Hey, nicht so doll. Du hast eine hochschwangere Frau. Mach jetzt keine Hektik.«

*24. Dezember 2008*

Schlag 22 Uhr des nächsten Tages erblickte der kleine Sigurd die Welt. Nur zwei Stunden lang hatte Veggi in den Wehen gelegen; ihr hatte es mehr als gereicht, doch die Ärzte hatten gemeint, es sei eine leichte Geburt gewesen.

Jetzt wiegte sie den kleinen Jungen in ihren Armen. Passlack saß an ihrer Seite. Stolz sah er aus. Er, der einst geschworen hatte, sich niemals zu binden. Er war Vater eines Sonnenkindes. Geboren am 24. Dezember. Der Kleine war still, er ruhte in seinem inneren Frieden.

»Wie heißt er?! Hättet ihr ihm nicht einen schönen Namen geben können?«

In der Tür stand Sigurd Weller, einen riesigen Blumenstrauß und einen noch viel größeren Steiff-Teddy in der Hand.

»Sigurd! Schön, dass du da bist. Soll ich dir was abnehmen?«, sagte Passlack und sprang dem Alten entgegen.

»Nee, rück mir nicht auf die Pelle. Nur weil ich da eine Armprothese habe, kann ich immer noch zwei Sachen tragen. Und die sind nicht für dich! Du hattest genug Spaß beim Machen des Zwergs. Außerdem müssen die beiden es jetzt mit dir und deinen Launen aushalten.«

Er hielt kurz inne und fuhr dann fort: »Ihr habt ihn wirklich Sigurd genannt?«

»Ja!«

Weller stand auf und sagte: »Ihr spinnt total, aber ich danke euch! Werd ich dann auch sein Pate werden?«

Michaela grinste: »Darum wollten wir dich bitten – und unser Trauzeuge!«

Weller drehte sich weg. Er verdrückte eine Träne. Dann antwortete er barsch: »Wenn es denn sein muss!«

# *Teil 5*

# DIE TATEN
# UND DIE OPFER

*9. November 2009*

»Jahrzehntelanges Schweigen gebrochen« – so titelten die lokalen Blätter. Stefan Passlack hielt die Samstagausgabe in der Hand, als er parallel seinem Sohn das Fläschchen gab. Der Kleine war ein knappes Jahr alt und gackerte und grunzte fröhlich, während er die Babynahrung in sich hinein saugte. Immer wieder setzte er ab, schaute zu seinem Vater auf und lächelte ihn an.

»Was kann es Schöneres geben?« Passlack ließ sich von den Schlagzeilen ablenken. Sein Sohn! Sein eigenes Leben wurde durch ihn verlängert – so fühlte es sich an, wenn der Kleine bereits ähnliche Gesichtszüge wie sein Vater annahm. Passlack genoss es zu hören, wenn ihm Freunde bestätigten, dass ihm das Baby bereits wie aus dem Gesicht geschnitten war. Und er genoss die freie Zeit, die er sich immer wieder gönnte, um sie nur Sigurd zu widmen.

Doch oft kehrten seine Gedanken zu dem zurück, was nun schwarz auf weiß in der Zeitung geschrieben stand. Lange hatte es gedauert, ehe seine Kollegen wegen der Vorkommnisse im Internat auf der Ostalb reagieren konnten. Gerüchte hatte es immer wieder gegeben. Doch die Vergehen, um die es bei den Ermittlungen ging, lagen viele Jahre zurück und der Ruf des heutigen Internats war besser als das vieler anderer in der weiteren Umgebung.

Doch eine junge Kollegin, die Passlack sehr, sehr nahe stand, hatte Ernst gemacht: Michaela Pelongrin.

Seine Frau war es gewesen, die sich nicht mit Vermutungen und Halbwahrheiten abspeisen ließ. Die Gerüchteküche brodelte, aber die Anschuldigungen, die verlautbar wurden, wurden häufig mit einem »Quatsch, da war doch nichts!« abgetan. Sie war es Lothars Opfern schuldig gewesen. Und so hatte die junge Mutter die Zeit zuhause genutzt. Zunächst, ohne mit Passlack darüber zu sprechen. Der kleine Sigurd war ein Langschläfer. Das war ihr in der Elternzeit sehr zugute gekommen, so war es ihr möglich gewesen, über die

Geschehnisse im Internat und Lothars Zeit dort zu recherchieren.

Sie kannte sich aus, für ihre Recherchearbeit wurde sie schon früher bei der Polizei mit Lob überschüttet. Also begann sie, das Internet zu durchforsten. Mit der ihr eigenen Hartnäckigkeit. Stunde um Stunde verging und sie bekam immer größeren Einblick in das Leben des Internats. Sie konnte nach nur wenigen Tagen förmlich den Geruch der Schulgänge wahrnehmen, sie hatte die Bilder aus dem Internet mit ihren Eindrücken in ein Konstrukt verwandelt und konnte sich vorstellen, wie es in den Achtzigern in diesem von den Kindern stets als ›Heim‹ titulierten Internat ausgesehen haben musste.

Eines Tages stand sie dann vor der Schule, die so gar nichts mit dem Bild in ihrem Kopf zu tun hatte. Schon am Eingang wurde ihr klar, warum. Gebaut im Jahre 1904, Komplettrenovierung und Sanierung 2008/2009.

Veggi hatte den Eindruck, als stünde sie vor einer modernen Schule mit dem Flair eines Neubaus. Sie blickte sich um; ihr stach der Rasensportplatz ins Auge. Nichts war mehr von einem roten Ascheplatz zu sehen. Und auch die Gitter, die ihn einst umfassten, waren verschwunden. Offen und einladend lag er da. Die Kinder, die mit ihrem Lehrer in diesen Minuten darauf Fußball spielten, lachten und genossen sichtlich ihre Sportstunde. Der kleine Sigurd, der bereits in seinem Kinderwagen sitzen konnte, schaute gespannt zu, was sich dort so aufregend hin und her bewegte und er lachte herzlich, als sich die Jungs über ein Tor freuten. Auch Veggi schmunzelte.

Und erschrak plötzlich, als sie eine tiefe Herrenstimme hinter sich hörte: »Kann ich Ihnen weiterhelfen?«

Michaela wirbelte herum und wäre fast über den Kinderwagen gestolpert. Durch das Rumpeln fiel der kleine Sigurd nach hinten auf seinen Rücken und begann zu weinen. Pelongrin nahm ihn auf den Arm, während sie dem Mann, den sie auf Mitte vierzig schätzte, antwortete: »Ich will mich nur ein wenig umsehen. Wir haben einen größeren Sohn«, log sie, »für den wir einen Internatsplatz suchen!«

Der Mittvierziger, dessen Haare akkurat auf wenige Millimeter geschnitten waren und der die Figur einer Birne hatte, trat einen Schritt näher und blickte auf Sigurd, während er ihr die Hand entgegenstreckte: »Hallo. Mein Name ist Friedrich Weinmeier. Ich bin der Direktor dieser Schule.«

»Michaela Pelongrin. Guten Tag!«

Veggi war der dickliche, mittelgroße Mann nicht unsympathisch. Zumal er sich offen gegenüber Sigurd zeigte. Doch nach all den Gerüchten, die sie über dieses Internat gelesen hatte, war sie vorsichtig.

»Sie suchen also einen Schulplatz für Ihren Kleinen?«

»Nicht für ihn hier!«

Michaela verdrehte die Augen.

»Nein, für unseren großen Sohn; er ist elf, geht in die fünfte Klasse der Realschule.«

»Und dort fühlt er sich nicht wohl?«

»Nein, wir haben den Eindruck, er wird dort gemobbt.« Sie bekam rote Backen, als sie eine Lüge nach der anderen erfand.

»Ich kann Ihnen gerne alles zeigen. Aber eines gleich vorneweg: Einen Internatsplatz für Ihren Jungen können wir Ihren nicht anbieten. Wir schließen die Einrichtung im kommenden Jahr. Dann sind die letzten Kinder, die hier noch unterrichtet wurden, der Schule entwachsen. Ab dann sind wir nur noch eine Ganztagesschule mit einem sehr umfangreichen Angebot.«

Pelongrin war perplex. Damit hatte sie nicht gerechnet. War es möglich, dass ihr das bei der Recherche entgangen war?

Du blöde Kuh! Du hättest dir auch die aktuellen Jahre angucken sollen!, dachte sie. Mürrisch schaute sie drein.

»Haben Sie das nicht gelesen?«

»Nein, ich bin mit meiner Familie erst hierher gezogen. Warum schließen Sie?«

Weinmeier bat Pelongrin hinein. »Keine Angst, den Kinderwagen können Sie hier stehen lassen, hier kommt nichts weg. Unsere Kinder sind bestens erzogen«, sagte der Direktor.

Als Michaela zum ersten Mal in ihrem Leben in dem rundum erneuerten Gebäude stand, war sie begeistert: »Das sieht ja richtig hübsch aus bei Ihnen!«

»Ja, hier hat sich vieles verändert in den vergangenen Monaten und Jahren. Wir haben alles herausgerissen, über neue EU- und Bundesrichtlinien haben wir umfangreiche Zuschüsse bekommen, sodass eine Komplettsanierung möglich war. Aber ich sage Ihnen, Frau … wie war gleich noch mal Ihr Name?«

»Pelongrin!«

»Frau Pelongrin, das war hier auch mehr als nötig! Als ich hier das Amt des Direktors vor rund vier Jahren übernommen habe, stank es aus den Abflüssen, da konnten sie die Feuchtigkeit in den Gemäuern spüren und mussten sich ekeln, so widerlich heruntergekommen war hier alles!«

Michaela hörte ihm aufmerksam zu – und war mit den Gedanken doch ganz woanders: Sollte sie abbrechen? Setzte sie ihren Job aufs Spiel, indem sie eigenmächtig ermittelte, wo es vielleicht gar nichts zu ermitteln gab? Lehnte sie sich nicht viel zu weit aus dem Fenster? Sie fasste sich ein Herz.

»Herr Weinmeier, ich will ehrlich zu Ihnen sein. Ich bin aus anderen Gründen hier. Ich möchte meinen Sohn nicht anmelden. Es gibt auch nur den Dreikäsehoch hier.«

Weinmeier lächelte: »Das dachte ich mir schon. Es geht um die alten Geschichten, nicht wahr? Sie haben gehört, was hier alles passiert ist.«

»Ist es passiert?«

Er legte den Kopf zur Seite: »Frau Pelongrin! Ich bin jetzt seit vier Jahren hier der Direktor. Und es vergeht kein einziger Tag, an dem ich nicht darüber nachdenke, was hier alles geschehen sein soll. Ich kann Ihre Frage nicht beantworten, da ich viel zu wenig weiß. Ich weiß nur, dass es die richtige Entscheidung war, hier keine kleinen Kinder mehr übernachten zu lassen. Durch den Komplettumbau ist es gelungen, vieles, was hier einmal war, zu beenden – wenn es denn zu diesem Zeitpunkt überhaupt noch aktuell war.«

Michaela deutete auf den Ordner: »Sagt Ihnen dieser Name etwas?«

»Miezwiecz?«

»Ja!«

»Natürlich, er war mein Vorgänger. Warum fragen Sie?«

Die Glastüren öffneten sich automatisch und glitten leise zur Seite. Michaelas Blick wanderte entlang der Wände und der Gemälde.

»Schön!«, sagte sie laut.

»Sind Sie kunstinteressiert?«, fragte Weinmeier.

»Ja, sehr!«

»Wir haben hier immer Ausstellungen lokaler Künstler. Auf die momentane sind wir besonders stolz. Der Maler ist hier auf der Ostalb eine Berühmtheit. Vor allem aufgrund seiner intensiven Farbgebung hat er den Durchbruch geschafft. Das ist bei Werken in Aquarell selten der Fall!«

Michaela nickte.

Sie war sprachlos, in welch einer schönen Schule sie stand. Hätte sie nicht geahnt, welch furchtbare Geschichten in der Vergangenheit sich in diesen Gemäuern zugetragen haben, hätte sie sich glatt in diese Einrichtung verlieben können. Doch das war nicht der Grund, weswegen sie hier war.

»Haben Sie selbst auch Kinder?«

»Nein, leider nicht. Meine Frau kann nach einer Totaloperation keine mehr bekommen. Wir überlegen allerdings seit Jahren, ob wir nicht ein Kind adoptieren. Jedoch ist das heutzutage nicht mehr so einfach.«

Er führte sie durch die nächsten Flure, bis sie vor der Tür seines Büros stehen blieben. Weinmeier zückte einen großen Schlüsselbund und schloss die Türe auf: »Treten Sie ein. Nehmen Sie gerne auf dem Sessel Platz.« Er zeigte auf eine neue Ledergarnitur »Ich hole uns zwei Kaffee!«

Als er den Raum verlassen hatte, trat Michaela hinter seinen Schreibtisch und ließ ihre Augen über die verschiedenen Akten wandern. Jedes Kind war hier katalogisiert und hatte seinen eigenen Platz erhalten. Sie legte eine Akte zur Seite und schaute auf die nächste. Und wieder auf die nächste. Ihr fiel nichts Verdächtiges auf.

Du bist Jahrzehnte zu spät, dachte sie missmutig. Ehe sie einen Ordner in dem kleinen Regal rechts des Schreibtisches entdeckte, der sie neugierig werden ließ: »Miezwiecz!«, las sie laut.

Und erschrak.

»Ja, das war mein Vorgänger! Aber das hatten wir ja bereits thematisiert.«

Weinmeier stand neben ihr mit zwei Tassen in den Händen. Kaffeeduft stieg Veggi in die Nase. Ihr Herz pochte, sie fühlte sich ertappt bei ihren Recherchen.

»Kann ich Ihnen bei Ihrer Suche behilflich sein?«

Michaela spürte das aufkeimende Misstrauen und die Wut in diesem Satz.

»Nein, danke. Entschuldigen Sie bitte.«

»Nehmen Sie Platz, Frau Pelongrin. Ist das eigentlich Ihr tatsächlicher Name?«

Sie riss die Augen auf.

»Ja, warum?«

Der Direktor grinste: »Jetzt hören Sie bitte mit Ihren Spielchen auf. Da sind sie an der falschen Adresse. Erzählen Sie mir: Wer sind Sie und was wollen Sie hier?«

»Also gut!« Michaela kramte in ihrer Jackentasche. Sie hielt ihm ihren Polizeiausweis unter die Nase.

»Kriminalpolizei! Aber ich heiße tatsächlich Pelongrin.«

»Italienischer Name?«

»Wohl ja, führt aber auf eine sehr, sehr lange Zeit in dem Stammbaum unserer Familie zurück.«

Weinmeier biss sich auf die Lippe.

»Also, wie kann ich Ihnen behilflich sein?«

Veggi atmete tief ein. Sie hatte einen Fehler begangen.

Sie war nicht im Dienst, sondern in Elternzeit. Sie durfte nicht auf eigene Faust herumschnüffeln.

Und dennoch blieb ihr jetzt nichts anderes mehr übrig als ein Frontalangriff.

»Herr Weinmeier, ich will offen mit Ihnen sprechen!«

Er unterbrach sie: »Das hörte sich vor wenigen Minuten noch ganz anders an!«

Sie zuckte mit den Schultern und er spürte ihre Verlegenheit. »Das tut mir leid. Ich wusste aber nicht, wie ich mich Ihnen öffnen sollte, ohne Sie gleich mit meinem Ausweis zu schocken!«

Sie merkte, dass sie ihn dadurch milder stimmte.

»Dann sprechen Sie. Sagen Sie mir, was Sie hier gemeinsam mit ihrem süßen Zwerg wollen?«

Sie rutschte auf dem Sessel hin und her und konnte ihre Nervosität nur schlecht verbergen.

»Also, Sie sind seit gut vier Jahren hier Direktor?«

»Ja, das sagte ich ja bereits.«

»Und nun wird das Internat geschlossen und Sie betreiben hier nur noch eine ganz normale Schule?«

Er lachte: »Frau Pelongrin! Sie langweilen mich. Auch das habe ich schon erzählt!«

Michaela spürte, wie ihre Emotionen langsam hochkochten. »Warum?«

»Warum wir das Internat schließen?«

»Ja!«

»Sehen Sie, Frau Polizistin! Im Schulwesen unseres Bundeslandes ändert sich ständig etwas. Das betrifft den normalen Schulbetrieb ebenso wie Internate wie das hier. Und somit stehen wir ständig vor neuen Herausforderungen!«

Michaela konnte ein Grinsen nicht unterdrücken.

»Darf ich fragen, warum Sie lachen?«

»Herr Direktor! Sind es nicht ganz andere Gründe, die Sie dazu bewogen haben, hier keine Kinder mehr übernachten zu lassen?«

Weinmeier schwieg kurz.

Dann lehnte er sich in seinen Schreibtischstuhl zurück, auf dem er inzwischen Platz genommen hatte.

»Erzählen Sie mir, was Sie wissen! Nicht irgendwelche Vermutungen. Irgendwelche Gerüchte. Nein. Das, was Sie tatsächlich wissen.«

Nun nahm auch Michaela Platz. Sie legte den kleinen Sigurd, der auf ihrem Arm eingeschlafen war und in seinen Träumen an seinem Schnuller saugte, neben sich vorsichtig ab.

»Schauen Sie, wir hatten vor zwei Jahren, das haben Sie sicherlich mitbekommen, ein Drama in unserem Münster. Nach vielen Jahren der erfolglosen Suche konnten wir einen Serientäter zur Strecke bringen. Er hat uns nicht nur Nerven gekostet. Viele Wochen bangten wir zudem um das Leben eines lieben Kollegen. Der Mörder riss zudem noch zwei weitere Menschen mit in den Tod.«

Weinmeier machte große Augen: »Und was hat das alles mit unserem Internat zu tun?«

»Wohl sehr viel!«

Die Augen des Direktors wurden immer größer.

»Spannen Sie mich nicht auf die Folter!«

»Die Recherchen rund um den Mörder haben ergeben, dass er einen Teil seiner Kindheit in diesem Internat verbracht hat. Wir haben Aufzeichnungen von ihm gefunden, Tagebücher. Um es klar zu sagen: Er wurde hier zigfach vergewaltigt, er musste Dinge tun, die Sie und ich uns besser nicht vorstellen wollen. Und er hat sich hier zu dem entwickelt, was er später war: ein Monster!«

»Können Sie das beweisen?«

»Nein!«

»Was wollen Sie dann von mir?«

Michaela zögerte.

War Weinmeier bereit, mit ihr die Vergangenheit anzugehen? Oder war er ahnungslos und hatte andere Gründe, warum er das Internat zur Schule umbaute?

»Herr Weinmeier! Sie wissen mehr, als Sie bereit sind zu sagen. Stellen Sie sich einmal vor, die Gerüchte, die um dieses Haus kursieren, sind wahr. Sollte Ihr Vorgänger hier über Jahre hinweg unbehelligt Kinder und Jugendliche missbraucht haben, und Sie decken ihn jetzt, dann wird es auch Ihnen an den Kragen gehen. Sie werden sich schwer tun, eine weiße Weste zu behalten.«

Weinmeier sprang von seinem Stuhl, sodass der mit voller Wucht gegen die Wand krachte. Veggi erschrak und rutschte automatisch mit ihrem Stuhl ein Stück zurück.

»Entschuldigen Sie«, sagte Weinmeier leise. »Liebe Frau Pelongrin«, er machte eine lange Pause. »Natürlich weiß ich von den Vorwürfen, die gegen Miezwiecz erhoben werden. Aber bislang war es immer so, dass keiner der Vorwürfe haltbar war. Kein einziges der Kinder, die heute zum großen Teil längst gestandene Erwachsene sind, hat bislang den Mut aufgebracht, sich gegen ihn zu stellen. Ich habe mit vielen gesprochen, das können Sie mir glauben. Immer in der Hoffnung, dass wir ihn festnageln können. Dass er seine gerechte Strafe bekommt. Aber keiner ist bereit, gegen ihn auszusagen.«

Michaela jubilierte innerlich. Sie hatte den Direktor tatsächlich dazu gebracht, sich zu öffnen und die wahren Beweggründe für die Umstrukturierung der Schule offenzulegen.

»Und dennoch haben Sie es durchgesetzt, dass die Schlafräume geschlossen werden und sie nur noch eine normale Schule betreiben?«

»Was blieb mir denn anderes übrig? Nur so können wir den Ruf retten. Und selbst so wird es viele Jahre dauern, bis endlich wieder Ruhe einkehrt.« Er atmete schwer.

»Da haben Sie Recht. Aber deshalb können Sie doch nicht einfach sagen, Sie haken das hier ab, warten, bis die letzten Wunden verheilt sind und machen als normale Schule weiter.«

Er schob seinen Schreibtischstuhl zurück, setzte sich und sagte: »Haben Sie einen besseren Vorschlag? Wir können von großem Glück sprechen, dass uns das Ministerium überhaupt noch arbeiten lässt. Und dass es Eltern gibt, die uns vertrauen und ihre Kinder hierher schicken. Trotzdem tun wir uns schwer, die Klassenstufen Jahr für Jahr mit Schülern zu füllen. In diesem September waren es gerade einmal acht Kinder, die bei uns angemeldet wurden. Und da war längst bekannt, dass wir kein Internat mehr sind, sondern eine Gesamtschule ohne Möglichkeit der Übernachtung werden. Wenn wir mehrere solcher schwachen Jahrgänge haben, können wir schließen. Egal, ob hier alles umgebaut wurde oder nicht.«

Michaela stand auf, lief um ihren Stuhl herum und stellte sich mit den Händen auf der Lehne in Kampfhaltung auf: »Herr Weinmeier! Sie geben mir jetzt die Adressen und Namen der Kinder, bei denen Sie Gewissheit haben, dass es zu, ich drücke es mal vorsichtig aus, Verfehlungen Ihres Vorgängers kam. Ich werde mich daran machen und glauben Sie mir: Sobald ich auch nur einen einzigen finde, der bereit ist, dieses Schwein an den Pranger zu stellen, werde ich mit der kompletten Staatsmacht hier aufmarschieren und nicht locker lassen, bis er im Gefängnis sitzt. Bis zu seinem Lebensende.«

Der kleine Sigurd streckte und reckte sich auf dem Stuhl und Michaela nahm ihn sofort auf den Arm.

Weinmeier sagte: »Okay, Sie scheinen es ernst zu meinen. Ich sage Ihnen meine volle Unterstützung zu!« Er griff hinter sich nach dem Ordner, auf dem in großen Lettern ›Miezwiecz‹ zu lesen war.

»Das, was ich Ihnen jetzt zeige, hat noch niemand außer mir gesehen – Sie werden entsetzt sein!«

Michaela Pelongrin saß mit offenem Mund auf dem kleinen Sofa im Konferenzraum der Schule. Über ihr hing ein Fernsehgerät, auf dem lautlos ein Nachrichtensender lief. Seite um Seite blätterte sie sich durch den voluminösen Ordner.

»Seit wann«, sagte sie zu Weinmeier, »sind Sie im Besitz dieser Briefe?«

»Seit wenigen Wochen. Wir haben sie während des Umbaus gefunden. Der Ordner war versteckt hinter einer Wand in meinem Büro. Als wir die Trennwand zum nächsten Raum durchgeschlagen haben, fiel er uns in die Hände.«

Wieder blickte die Polizistin auf den Ordner und traute sich kaum, die nächste Seite aufzuschlagen.

»Lieber Herr Direktor. Wenn ich das hier richtig werte, so sind das alles Briefe der Jungs, die von Ihrem Vorgänger vergewaltigt wurden! Er hat akribisch Buch darüber geführt, was die Kinder ihren Eltern geschrieben haben. Und er hat die Briefe zurückgehalten. Alles Hilferufe dieser Schüler – die aber niemals dort ankamen, wo sie sollten.«

Weinmeier nickte.

»Doch was mich wundert, ist, dass keines der Kinder auch nur ein einziges Mal bei den Eltern ausgepackt hat. Es muss doch Besuche gegeben haben und die Kinder müssen doch auch mal zuhause gewesen sein«, sagte Pelongrin.

»Aber Sie wissen doch, wie es in den meisten Fällen bei sexuellem Missbrauch ist: Die Opfer schweigen. Kinder vor allem.«

»Aber alle?«

Weinmeier zog die Schultern hoch.

Michaela blätterte zurück und blieb an einem Brief hängen. Der Name kam ihr bekannt vor: Lothar.

Sie las den Brief wieder und wieder.

Der Direktor stand auf und blickte ihr über die Schulter: »Ist das Ihr Mörder?«

»Ja, davon gehe ich aus. Er hat den Brief mit Lothar unterzeichnet. Das war sein Spitzname. So nannten ihn alle. Und jeder wusste, wer Lothar war.«

Wieder blieb sie bei den Worten hängen, die der Junge vor vielen Jahren geschrieben hatte.

»Er hat um Hilfe geschrieen. Und niemand hat ihm geholfen. Niemand. Nicht einmal seine Eltern. Er wollte auf sich aufmerksam machen, aber Miezwiecz hat den Brief abgefangen.«

Weinmeier nickte.

»Wir müssen etwas tun. Nur so können Sie Ihr Haus rehabilitieren. Und wir müssen aufdecken, ob es nur der damalige Direktor war oder ob andere auch in seine Machenschaften einbezogen waren. Oder ob sie zumindest davon wussten.«

Michaela nahm ihren kleinen Sohn auf den Arm und schaukelte ihn sanft.

»Werden Sie mir helfen?«

Weinmeier entfernte sich von ihr und ging langsam zum Fenster. Er stützte sich mit beiden Händen am Geländer ab und blickte hinaus auf den Vorhof des großen Internatsgebäudes.

»Sie werden mir keine Wahl lassen. Und, Sie haben ja Recht. Ich habe mich mitschuldig gemacht, weil ich nicht schon längst begonnen habe, selbst Ermittlungen anzustellen oder die Polizei zu benachrichtigen.«

Michaela, immer noch mit Sigurd auf dem Arm, trat von hinten an ihn heran, sodass ihre Schulter seinen Rücken berührte.

»Nein, Ihre Situation ist alles andere als einfach. Das verstehe ich und das wird auch jeder andere verstehen. Sie wollten nach so vielen Jahren Ihre Schule nicht noch mehr in Verruf bringen. Aber glauben Sie mir: Wenn wir aktiv daran arbeiten, dass wir diese alten Fälle aufdecken, dann wird sich auch für Ihre Schule alles zum Guten wenden.«

Wieder nickte der Direktor stumm.

»Lothars Brief ist wichtig, damit wir endlich einen Einblick in seine geschundene Seele bekommen. Wir wollen wissen, warum er solch schwere Depressionen entwickelte und zum Mörder wurde. Doch die anderen werden uns mehr Informationen zukommen lassen. Denn Lothar ist tot. Aber die anderen Opfer leben. Dort müssen wir ansetzen.«

Weinmeier drehte sich zu ihr, streichelte dem schlafenden Baby über die Wange und sagte: »Danke!«

»Ich werde jetzt nach Hause fahren und meinen Mann informieren. Wir müssen ab sofort den offiziellen Weg gehen. Ich habe mich so gesehen strafbar gemacht. Doch ich denke, die Kollegen werden es verstehen, dass ich nicht anders handeln konnte.«

Michaela lief langsam durch die Tür des Konferenzraumes hinaus und entlang der schön gestalteten Innenräume zurück zum Haupteingang. Weinmeier folgte ihr.

»Ich werde morgen wieder kommen. Diesen Ordner nehme ich mit. Wir werden jeden einzelnen Brief analysieren. Und ich garantiere Ihnen: Diese Briefe werden der Schlüssel zu all den Schandtaten sein, die die Kinder hier erleiden mussten. Die Opfer werden nicht mehr schweigen, wenn sie mit den eigenen Hilferufen konfrontiert werden; wenn sie sehen, dass diese Briefe ihre Eltern, Freunde und Verwandten nie erreicht haben. Sie werden reden – und wenn einer begonnen hat, werden die anderen folgen. Ein einziger genügt, um zu erreichen, dass das Kartenhaus zusammenstürzt, das Miezwiecz erbaut hat.«

Weinmeier nahm sie in den Arm: »Mein Traum ist es, dass wir irgendwann einmal hier stehen und wieder ein Internat bieten können, in das die Kinder gerne gehen. Ich habe nur widerwillig zugestimmt, die Schlafräume zu schließen. Aber welche Alternative gab es sonst?«

»Das stimmt!«, sagte Michaela. Sie hatten inzwischen den Kinderwagen erreicht, vorsichtig legte sie Sigurd zurück.

Als Michaela die Haustüre aufschloss, war Passlack längst zu Hause. Er saß auf dem Wohnzimmersofa und starrte in den Fernseher.

»Darf ich mal erfahren, woher du jetzt kommst?«

Sie setzte sich neben ihn und drückte ihm Sigurd in den Arm. Der Kleine grunzte glücklich und schmiegte sich an seinen Vater.

»Ich war im Internat und habe mich dort umgesehen.«

»Was? Bist du verrückt? Was wolltest du dort?«

Sie sprang auf und ihre Miene verfinsterte sich. »Ich werde nicht aufhören, bis ich erfahren habe, was diesen Menschen dazu getrieben hat, sich zu einem solchen Killer zur entwickeln. Stefan, dort oben wurden Kinder reihenweise misshandelt.«

»Wie kommst du darauf?«

»Kein Kind ist von Grund auf böse. Und die Unterlagen, die wir in seiner Wohnung gefunden haben, ließen mir keine andere Wahl: Ich musste dort nachschauen, was ihm in diesen Jahren passiert war, dass er sich so entwickeln konnte oder musste. Stefan, er wäre niemals zu einem solchen Monster geworden, hätte ihn sein Direktor nicht dazu gemacht. Er hatte keine Wahl. Er war ein Opfer, ehe er zum Täter wurde.«

Michaela zog den Ordner aus ihrer Tasche und legte ihn auf den Wohnzimmertisch.

»Was ist das?«, fragte Passlack.

»Schau hinein!«

Der Kommissar blätterte durch die Briefe und las mehrere flüchtig an.

»Michaela!« Er nannte seine Frau selten bei ihrem richtigen Namen. »Was willst du erreichen? Das alles liegt Jahrzehnte zurück.«

Sie stand wutentbrannt auf und schnaubte: »Ich dachte, wenigstens mein eigener Mann würde verstehen, dass wir reagieren müssen. Schau dir deinen Sohn an und stell dir vor, er wäre eines der Opfer gewesen. Was würdest du tun?«

»Ich würde unseren Sohn nie in ein Internat geben.«

Michaela war vollkommen außer sich und riss ihm den kleinen Jungen aus den Armen: »Willst du hier weiterhin sitzen und so tun, als wäre alles getan damit, dass Lothar tot ist? Was ist mit all den anderen Kindern, die damals missbraucht wurden? Was ist mit dem Direktor, der bis heute irgendwo dort draußen als freier Mann lebt und vielleicht weiterhin Kinder schändet? Kannst du das tatsächlich mit deinem Gewissen vereinbaren? Kannst du mit diesem Wissen leben?«

Sie baute sich vor dem Fernseher auf und räumte mit einem Handstreich die komplette Dekoration ab, sodass eine kleine Vase aus Glas auf den Boden fiel und zu Bruch ging. Die Scherben verteilten sich zu Passlacks Füßen.

Sie sagte: »Ich kann es nicht.«

Damit stürmte sie in die Küche, setzte sich auf einen Stuhl, zog ihre Bluse nach oben und begann, den kleinen Sigurd zu stillen. So wie sie es jeden Abend noch tat. Dieses Mal aber fing sie an zu weinen.

Verrannte sie sich in etwas?

»Nein«, schrie sie. Und Sigurd zuckte zusammen. In dieser Sekunde spürte sie die Hände auf ihren Schultern. Sie blickte nicht auf.

»Es tut mir leid«, sagte Stefan. »du hast ja recht!«

Sie nahm seine Hand, hielt sie fest und zog ihren Mann neben sich auf die Armlehne.

»Er darf damit nicht durchkommen, Stefan! Das darf er nicht!«

»Ja!«, sagte der Kommissar. »Aber du weißt, mein Mädchen, dass du das, was du heute getan hast, nicht darfst? Du bist nicht mit diesem Fall betraut. Schlimmer, es gibt bislang noch gar keine Ermittlungen. Zudem bist du momentan wegen der Elternzeit beurlaubt. Hast du mit dem Direktor gesprochen?«

»Ja«, sagte sie leise.

»Hat er sich geöffnet?«

»Ja!«, sagte sie wieder.

»Hast du dich als Polizistin vorgestellt?«

»Ein drittes Mal: Ja!«

»Du setzt deine Karriere aufs Spiel, Veggi, darüber bist du dir im Klaren?«

»Nicht, wenn du ab sofort die Ermittlungen übernimmst!«

Er küsste sie auf die Wange: »Was bleibt mir auch anderes übrig!«

»Und du musst mich mitnehmen. Ich habe dem Direktor versprochen, dass ich die Ermittlungen leite.«

Er schüttelte den Kopf: »Du bist verrückt! Und wie willst du das machen? Mit Sigurd auf dem Arm?«

Sie winkte ab. »Nein, ich werde nur morgen nochmal dabei sein.«

»Morgen?«

Wieder lachte sie.

»Ja, ich habe dem Direktor gesagt, dass ich morgen wieder komme.«

Passlack blätterte durch den Ordner: »Das heißt, du willst diese ganzen Beweise, wie du sie nennst, bis morgen durchgearbeitet haben? Das wird eine ganz schöne Nachtschicht.«

Sie legte ihre Hand auf seinen Oberschenkel.

»Komm, das haben wir doch schon mal hingekriegt. Wie wäre es, im selben Rhythmus wie damals? Drei Stunden Recherche, dann Sex, dann drei Stunden schlafen. Und das Ganze zweimal?«

Er schaute ihr in die Augen: »Du weißt ganz genau, wie du mich um den Finger wickeln kannst.«

Er begann, laut aus den Briefen vorzulesen.

Der Sex war leidenschaftlicher als sonst. Auf diese Art hatten sie sich nicht mehr geliebt, seit die Weihnachtsmorde aufgeklärt waren. Nun saßen sie wieder über den Briefen.

»Können wir über den Direktor eine Liste der Kinder bekommen, die das hier geschrieben haben?«

Veggi schaute nicht auf. Sie nickte nur.

»Lies das hier!«, sagte sie nur.

Passlack nahm ihr den Brief aus der Hand. Er las:

»Liebe Mama, ich weiß, dass du das hier niemals lesen wirst …« Stefan unterbrach. »Die Kinder waren sich darüber im Klaren, dass das hier niemals das Internat verlassen würde. Aber jeder Einzelne hatte wahrlich die Hoffnung, dass es doch gelänge.«

»Das ist es, was ich meine«, sagte Veggi.

»Was machst du da?«, fragte er.

»Ich nehme mir die Namen vor.« Sie tippte auf ihrem Rechner und klickte sich durch verschiedene Internetportale. »Ich habe die Hoffnung, vielleicht so schon auf Adressen zu stoßen. Siehst du, so wie hier.«

Sie sagte den Namen laut: »Max Wimmler. Der Name ist nicht alltäglich. Er hat den Brief damals unterzeichnet. Und es gibt in der Umgebung nur einen einzigen Max Wimmler. Klar, es steht noch nicht fest, dass er tatsächlich dieser Junge ist. Aber ich halte die Chance für groß, dass wir mit ihm den ersten misshandelten Jungen haben. Lass uns morgen, bevor wir wieder in das Internat fahren, bei ihm vorbeigehen. Wenn wir über die B29 auf die Ostalb fahren, kommen wir praktisch an seiner Haustüre vorbei.«

»Okay«, entgegnete Passlack. »Und jetzt?«

»Na, auf zur zweiten Runde – ich will dich spüren.«

*10. November 2009*

Friedrich Weinmeier tat in dieser Nacht kein Auge zu. Was hatte er nur angerichtet? Sie würden ihm auf die Schliche kommen, da war er sich sicher. Wie hatte er nur so leichtsinnig sein können und den Ordner mit den Briefen, die Miezwiecz gesammelt hatte, offen herumstehen zu lassen. Die Polizistin hatte ihn überfordert. Sie hatte seine Lügen geglaubt, da war er sich sicher. Aber die Recherchen hatten erst begonnen.

»Jetzt habe ich die Polizei am Arsch«, sagte er wütend und warf die Bierflasche zu Boden, die er in einer Minute auf ex getrunken hatte.

Wie hatte Pelongrin zu ihm gesagt: »Und wir werden herausfinden, ob nur der Direktor von damals Schuld auf sich geladen hatte.«

Ja, er war unschuldig. Ja, er hatte keine Kinder missbraucht. Aber: Er hatte weggesehen. Damals, als er zum ersten Mal an dieser Schule unterrichtete. Warum nur war er das Risiko eingegangen und war an diese vermaledeite Schule zurückgekehrt? Hatte er nicht alles unternommen, um dafür zu sorgen, dass die Spuren der Vergangenheit verschwanden? Und nun hatte diese Polizistin angefangen zu wühlen. Wie ein Maulwurf, der sich immer tiefer ins Erdreich bohrte. Und sie würde fündig werden.

In ihm brach Panik aus.

***11. November 2009***

Der Wecker im Schlafzimmer von Passlack und Pelongrin zeigte 5.54 Uhr. In der Löffelchenstellung waren die beiden nackt eingeschlafen. Michaela liebte diese Position, spürte sie doch so die ganze Zartheit und Liebe ihres Mannes direkt hinter sich. Ein Gefühl der vollkommenen Geborgenheit.

Da geschah das, was sie am meisten hasste. Sein Handy klingelte. Bon Jovis ›Livin' On A Player‹ brüllte sie aus dem Schlaf. Sie rüttelte an ihrem Mann, bis auch der endlich aufwachte.

»Dein Handy!«, sagte sie verschlafen.

Er griff zu dem Samsung-Gerät und nahm den Anruf entgegen.

»Ja, hier Passlack.« Er wirkte wie in Trance.

»Stefan, wir haben einen Toten«, sagte jemand. Michaela hörte zu, hatte die Augen aber wieder geschlossen.

»Okay, wir kommen.«

Er drückte auf den roten Hörer und legte das Handy zurück auf den Nachttisch. Dann ließ er sich mit Wucht zurückfallen in das Bett, sodass es Michaela durchschüttelte.

Sie öffnete ihre Augen und legte sich an seine Schulter.

»Was ist los?«, fragte sie.

»Wir haben einen Toten!«

Die junge Polizistin war inzwischen abgestumpft, was nächtliche Störungen anbelangte: »Okay. Dann lass uns aufstehen und hinfahren. Weit weg?«

Passlack setzte sich auf: »Willst du nicht wissen, wer es ist?«

Sie saß nun neben ihm, die Augen weit aufgerissen.

Passlack schnaufte schwer: »Weinmeier, dein Direktor. Er hat sich erhängt, davon gehen die Kollegen zumindest aus. Sie haben ihn in einem der einstigen Schlafräume der Kinder gefunden.«

Michaela Pelongrin war schockiert: »Das kann nicht wahr sein.«

»Doch, Michaela. Du hast in ein Wespennest gestochen!«

Passlack und Pelongrin waren auf dem Rückweg aus dem Internat. Sie schwiegen sich an und waren beide noch geschockt, was sie vor Ort gesehen hatten. Jegliche Zweifel waren verschwunden, dass der Direktor sich selbst das Leben genommen hatte, nachdem die Kollegen vor Ort einen Abschiedsbrief gefunden hatten.

Michaela brach als Erste das Schweigen.

»Meinst du, er würde noch leben, wenn ich nicht gestern bei ihm gewesen wäre?«

Passlack schaute sie an und antwortete mit Verzögerung: »Es mag schlimm für dich klingen, aber ich glaube, ja. Doch die Frage ist nicht, ob er noch leben würde, sondern warum er sich das Leben genommen hat. Und diese Frage beantwortet uns sein Abschiedsbrief. Du brauchst dir keine Vorwürfe machen, du kannst nichts dafür. Er hat Schuld auf sich geladen, weil er die Taten von Miezwiecz gedeckt hat. Er konnte mit dieser Schuld nicht mehr umgehen.«

Tränen flossen aus ihren Augen. Er ließ seine Hand vom Schaltknauf hinunter wandern auf ihre Schenkel und streichelte sie zärtlich.

»Hör auf zu weinen. Dafür gibt es keinen Grund.«

Sie schluckte, wischte sich die Tränen ab und schaute zu ihm hinüber: »Du hast leicht reden. Du bist nicht dafür verantwortlich, dass sich ein Mensch umgebracht hat.«

Als sie die Polizeistelle in Schwäbisch Gmünd erreicht hatten, herrschte Ruhe im Auto. Beide schienen in ihren Gedanken zu versinken. Was waren das doch für Monate gewesen, nachdem sich Sigurd Weller von seinen Verletzungen erholt hatte und sie immer näher zusammengewachsen waren. Nichts, dachte sie, würde sie jemals so sehr belasten wie der Kampf um ihren alten Chef. Und jetzt hatte er sich erholt, auch wenn sein Arm nicht mehr zu retten gewesen war – und sie waren sorgenlos. Doch innerhalb nur eines Tages hatte sich ihre Welt um 180 Grad gedreht. Weinmeiers Freitod hatte eingeschlagen wie eine Bombe. Und jetzt bot er die große Chance für den Start in die Ermittlungen. Er war der Anhaltspunkt. Zumal sein Geständnis und damit auch die Anklage gegen Miezwiecz vorlagen.

Kaum hatte er den Motor ausgestellt, sprang Michaela aus dem Auto, sodass er ihr nur mit Mühe hinterherkam. »Hey«, sagte er, als er sie am Arm festhielt. »Jetzt komm mal runter.«

Sie ließ sich in seine Arme fallen und spürte, wie sein Griff immer enger wurde und er sie an sich presste.

»Können wir uns jetzt um den Fall kümmern?«, fragte sie trotzig.

»Weißt du eigentlich, was Miezwiecz heute tut? Hat es bereits Ermittlungen gegeben, wo er sich herumtreibt?«

Passlack zuckte die Schultern. »Bis du gestern damit angefangen hast, war er gar nicht von Interesse. Es gab ja keine Ermittlungen. Aber ich halte ihn nicht für so dumm, dass er seit damals einfach hier irgendwo auf der Alb lebt und darauf wartet, dass ihm jemand auf die Schliche kommt. Deshalb haben wir zwei verschiedene Ansätze, um die wir uns jetzt kümmern müssen: Einerseits müssen wir schauen, dass wir möglichst viele der Kinder von damals finden, die aussagen. Andererseits müssen wir uns auf die Suche nach Miezwiecz machen, wenn er heute überhaupt noch so heißt. Damit wir sofort zuschlagen können, wenn einer seiner früheren Schüler auspackt. Nur der Abschiedsbrief ist zu wenig.«

Michaela Pelongrin hatte den Schulrat Michael William am Telefon. Er war seit wenigen Monaten im Amt und erst – ungewöhnlich für diese Position – 41 Jahre alt. William sicherte ihr die volle Unterstützung bei der Suche nach dem einstigen Direktor zu.

»Miezwiecz ist heute 72 Jahre alt«, sagte Michaela. »Er ist vor neun Jahren aus dem Schuldienst ausgeschieden. Und: Er hat keinerlei Kontakte gepflegt zu denjenigen, die ihn noch in seinem Amt als Direktor kannten. Wir haben zudem die damaligen Lehrer kontaktiert. Auch seine einstige Sekretärin, Frau Weller. Sie ist längst in Rente. Bislang treffen wir auf eine Mauer des Schweigens. Entweder sind die alle bis heute total eingeschüchtert oder aber sie wussten wirklich nichts von den Taten des Direktors. Das kann ich mir aber nicht vorstellen.«

Sie verabredete sich mit dem Schulrat in einem Café in Schwäbisch Gmünd. Passlack schaute Michaela an: »Willst du nicht so langsam unseren Kleinen bei deiner Mutter abholen?«

»Nein. Sie hat mir zugesichert, nachdem ich ansatzweise durchblicken ließ, wie wichtig diese Geschichte für mich ist, dass sie Sigurd nehmen wird, solange wir wollen und wir sie brauchen.« Passlack wusste, dass auf seine Schwiegermutter immer Verlass war.

Der Schulrat hatte ihr versprochen, bereits im Vorfeld einiges über den einstigen Leiter des Internats in Erfahrung zu bringen.

»Frau Pelongrin? Hallo, ich bin Michael William. In den Monaten, seit ich Schulrat bin, hatte ich mit außergewöhnlichen Fragen und Situationen zu tun – aber eine solche Geschichte, wie Sie sie an mich herangetragen haben, birgt jede Menge Zündstoff. Sie wissen, was die Vorwürfe auslösen können?«

Michaela war überrascht, dass William nur von Vorwürfen sprach, und auch der Ton, den er anschlug, passte ihr so gar nicht. Hatte er seine Meinung geändert?

»Herr Schulrat! Wir sind längst über den Punkt hinaus, an dem wir nur von Vorwürfen gegen Miezwiecz sprechen. Wir haben einen Toten, der durch ihn zum Serienkiller geworden war. Wir haben einen Direktor, der sich wegen seiner Ängste, nicht längst den Mund aufgemacht zu haben, das Leben genommen hat. Und wir haben Briefe von mindestens zehn Kindern, die beweisen, dass er sich sexuell an ihnen vergangen hat. Also bitte ich Sie, dass sie aufhören, hier so zu tun, als würden wir noch im Dunkeln tappen. Wir wollen ihn finden – und Sie werden uns dabei helfen.«

Der Schulrat reagierte wenig überrascht: »Sie sollten als junge Polizistin darüber nachdenken, welchen Ton Sie mir gegenüber anschlagen. Ich habe Ihnen bereits am Telefon gesagt, dass ich Ihnen helfen will, soweit das in meiner Macht steht. Also, was wollen Sie von mir?«

»Alle Daten, die Sie mir von Miezwiecz liefern können. Von seiner ersten Anstellung über seinen Weg zum Direktor bis hin zu seinem Abgang.«

William kramte in seiner Tasche und zog einen Stapel Blätter heraus. Er ließ das Papier durch seine Finger gleiten und legte den Stapel der exakt aufeinanderliegenden Blätter auf den Tisch.

»Hier haben Sie alles, was ich Ihnen in der Kürze der Zeit liefern kann. Miezwiecz ist seit neun Jahren aus dem Schuldienst ausgeschieden. Und wo er heute wohnt, das kann ich Ihnen beim besten Willen nicht beantworten.«

Pelongrin bedankte sich kurz. Doch so schnell wollte sie William nicht aus seiner Verantwortung entlassen.

»Als er vor neun Jahren aufgehört hat – gab es damals eine Verabschiedung, ein Fest für ihn? Schließlich war er nahezu vierzig Jahre im Schuldienst. Da werden die Kollegen, wenn sie ihn geschätzt haben, doch etwas organisiert haben. Und auch das Land, das Regierungspräsidium oder Ihr Vorgänger müssen sich doch ihm gegenüber irgendwie erkenntlich gezeigt haben? Gab es nicht sogar eine Berichterstattung in den Zeitungen?«

Der Schulrat zog die Augenbrauen nach oben: »Bei den Zeitungen müssen Sie schon selbst nachfragen. In unseren Gremien und auch beim Land kann ich mich für Sie auf die Suche machen. Aber das geht nicht von einer Sekunde auf die andere.«

Michaela war genervt von seiner Art. Sah er nicht, dass die Sache dringend war? »Wir haben einen Selbstmord, das sagte ich bereits. Und diesen nur, weil sich dieser Direktor früher an vielen Kindern vergangen hat. Sie werden nun Ihren Hintern bewegen und uns unterstützen – und ich hoffe und bitte Sie inständig, das mit mehr Elan zu tun als bislang!«

Sie stand auf und verabschiedete sich wortlos von ihm. Ihr schoss ein Gedanke durch den Kopf: »Die halten doch alle irgendwie zusammen!«

Sie war nicht allzu konservativ erzogen worden, doch sie verabscheute Schimpfworte. In dieser Sekunde dachte sie aber voller Verachtung: Elendes Arschloch!

***11. November 2009***

Er lebte still. Abgeschiedenheit war seit seinem Ausscheiden aus dem Schuldienst seine Devise. Wie hatte er einst geheißen? Er konnte sich kaum noch daran erinnern. Miezwiecz hatten sie ihn genannt. Oder aber auch einfach nur ›Chef‹. Das war lange her. Und er wusste, dass er über viele Jahre Unrecht getan hatte. Böses. Unsagbar Böses. Doch das war zu lange her, als dass er sich heute noch Gedanken darüber machen wollte. Marco Garcia nannte er sich heute. Er hatte ein kleines Domizil auf Mallorca gefunden. Unweit vom Cap Formentor entfernt lebte Garcia in Abgeschiedenheit. Vor allem die Wärme tat ihm gut, litt er doch seit Jahren unter Rheuma, das ihn auf der Schwäbischen Alb vor allem in den Herbst- und Wintermonaten plagte, wenn die Kälte durch den Pullover kroch und sich dort wie ein Parasit breitmachte.

Die Sonne Spaniens zeigte sich dagegen auch im November und Dezember und machte das Leben lebenswert. Und sein Gewissen, das ihn in den ersten Jahren nach seiner Direktoren-Zeit immer wieder eingeholt hatte, ließ ihn endlich in Frieden. Dass er für die Kinder in seinem Internat zum Scheusal wurde ... alles Vergangenheit. Die wenigen Kinder, die er hier täglich traf, sahen in ihm den netten Onkel, der ihnen Gummibärchen, Schokolade und Kaugummi zusteckte. Sie ließen ihn meist in Ruhe, bedankten sich artig mit einem »Gracias« für die Süßigkeiten. Sie wollten darüber hinaus keinen Kontakt.

Und so saß er auf der kleinen Veranda des in die Jahre gekommenen, winzigen Hauses, rauchte Pfeife und las Bücher aller Genres – vom Einsiedler-Dasein ebenso wie Thriller mit Serienkillern und über die Pflanzengattungen der spanischen Flora. Er war Marco Garcia. Miezwiecz? Den Namen hatte er nie getragen.

***11. November 2009***

Michaela Pelongrin kehrte voller Wut nach Hause zurück. Selbst Söhnchen Sigurd spürte, dass seine Mutter unter Strom stand. Seine Sensoren nahmen die mütterliche Unruhe auf und das Baby war bereits nahe dran, dieses weinend zu kommentieren.

Ihre Gedanken gingen zurück zu den Aussagen des Schulrats. War er tatsächlich nicht in der Lage, sie zu unterstützen und ihr zu helfen? Oder baute sich die Mauer des Schweigens längst auch um den jungen, noch unverdächtigen Beamten auf?

Sie erschrak, als ihr Telefon klingelte.

»Ja, bitte?«, meldete sie sich kurz und energisch.

»Hallo, Frau Pelongrin. Hier ist Schulrat William. Ich wollte mich zunächst bei Ihnen entschuldigen, dass ich mich heute Mittag so wenig kooperativ gezeigt habe. Doch Sie müssen wissen, dass ich ein sehr, sehr vorsichtiger Mensch bin, der lange braucht, bis er Vertrauen aufbauen kann. Ich sondiere zunächst und dann erst kann ich meine Meinung über jemanden bilden.«

Er erzählte ihr weiter, wie er in sein Amt als Schulrat hineingewachsen war und wie schwer ihm das Leben gemacht wurde, wenn er sich zu forsch und zu offen gezeigt hatte. Daher habe er gelernt, zunächst einmal Vorsicht walten zu lassen.

»Doch ich bin bereit, Ihnen in jedweder Art zu helfen!«, sagte er.

Die Polizistin spürte, wie der Frust und Zorn aus ihren Gliedern wich: »Herr Schulrat! Ich will ehrlich zu Ihnen sein: Ich hatte die Befürchtung, dass auch Sie in diesem ganzen Sumpf in irgendeiner Art drinhängen. Das war mein Gedanke, nachdem ich Ihre Reaktion heute Mittag nicht nachvollziehen konnte.«

Michaela wollte das Gespräch nicht zu einem Monolog werden lassen. Nein, der Schulrat sollte reden, wenn er doch jetzt dazu bereit war.

»Frau Pelongrin! Ich glaube, dass ich Ihnen zumindest drei Namen liefern kann, die Sie in Ihren Ermittlungen weiter bringen. Diese drei Männer, die früher das Internat besucht haben, könnten in Verbindung stehen mit den Briefen, die sie von Direktor Weinmeier bekommen haben.«

Michaela spürte, wie ihr Herz heftig zu schlagen begann und sie es nicht erwarten konnte, die Namen zu hören.

»Wohnen diese drei noch hier in der Nähe?«

William zögerte kurz und sagte dann: »Sagen wir es mal so: Es gibt in Ihrer Nähe drei Menschen, die denselben Namen tragen. Ob es aber genau diese drei sind, das kann ich Ihnen so schnell auch nicht sagen.«

Sie hörte, wie er lachte: »Liebe Polizistin! Ihre ganze Arbeit kann ich Ihnen nicht abnehmen. Ein paar Aufgaben müssen Sie schon selbst erledigen.«

Pelongrin nahm den Scherz widerwillig auf, ihr war überhaupt nicht nach Scherzen. Sie stellte sich den jungen Schulrat am Telefon vor und ahnte, wie er es genoss, dass die Macht bei ihm lag.

»Sagen Sie mir die Namen!«, entgegnete sie kurz.

Dann beendete sie das Telefonat. Sie war am Ziel.

*11. November 2009*

Max Wimmler, über dessen Namen die beiden Kommissare schon bei ihren Ermittlungen gestolpert waren, saß auf dem Sofa in seinem Wohnzimmer: »Wie kommen Sie darauf, dass Sie bei mir richtig sind?«

Michaela war genervt. Wieso nur war jeder erste Schritt in den Ermittlungen so schwierig? Da hatten die Menschen eine solche innere Last zu tragen, alle Rechte auf ihrer Seite und waren dennoch nicht in der Lage, sich zu öffnen, wenn ihnen eine Polizistin gegenüberstand.

»Mensch, Wimmler. Ihr Name ist nicht Müller. Und nicht Maier. Sie leben hier auf der Ostalb und es gibt niemand anderen mit diesem Namen. Alles weist darauf hin, dass Sie damals der Junge waren, der das Internat besuchte und der von Miezwiecz missbraucht wurde. Sie haben einen Brief an Ihre Eltern geschrieben und so versucht Hilfe zu holen. Doch, und auch das wissen Sie, Ihr Brief kam niemals an. Sie waren allein. Und heute wollen Sie nicht mehr aussagen. Sie wollen die Schandtaten, die Sie damals über sich ergehen lassen mussten, heute nicht mehr wahrhaben und wollen nicht in ihren verdrängten Erinnerungen wühlen, weil es für Sie zu schlimm wäre, alles wieder aufleben zu lassen. Aber wollen Sie nicht Gerechtigkeit erfahren?«

Passlack war sprachlos angesichts des Redeflusses seiner Frau. Sie hatte ununterbrochen gesprochen, und der Polizist sah, wie sich der Gesichtsausdruck ihres Gegenübers allmählich änderte. Wimmler wurde nachdenklich. Er begann, Fingernägel zu kauen. Der Kommissar bemerkte, dass seine Frau den richtigen Ton anschlug, dass sie ihm den Boden unter den Füßen wegzog und den Druck auf ihn erhöhte. Er musste sich inzwischen fühlen, als wäre er in einem Schraubstock eingeklemmt.

Und Pelongrin nahm gerade erst Fahrt auf.

»Wenn Sie nicht um ihretwillen reden wollen, dann wenigstens für die anderen, die unter dem Direktor zu leiden hatten. Ich erzähle Ihnen jetzt die Geschichte von Lothar, der dort ebenso gequält wurde wie Sie und der zum Mörder wurde.«

Plötzlich sprach Wimmler.

»Hören Sie auf. Ich kenne Lothars Geschichte. Die von damals. Und die von heute. Hören Sie auf. Hören Sie einfach auf.«

Er hielt sich die Ohren zu. So fest, als wolle er, dass sie nie wieder ein Wort hören. Er wurde rot. Dunkelrot.

Und dann begann er zu erzählen und sparte nicht mit Details. Die beiden Polizisten bekamen eine Ahnung von der damaligen Dramatik der Ereignisse. Wie die Kinder im Internat gelitten hatten. Voller Scham und voller seelischer und körperlicher Verletzungen hatten sie die Jahre in der Schule verbracht, die ihnen und ihren Eltern nur eines versprochen hatte: eine gute Ausbildung, um ihnen den Weg in ein erfolgreiches Leben zu ebnen. Wimmler war einer derjenigen gewesen, die am meisten unter dem Direktor gelitten hatten. Er, damals rund zwei Jahre älter als Lothar, der zum Serienkiller werden sollte, hatte das Internat verlassen und hatte geschwiegen. So wie es Miezwiecz von ihm verlangt hatte. So wie er es von allen verlangt hatte. Immer wieder stockte Wimmler; die Erinnerung schmerzte, riss sie doch alte Wunden auf, die in den letzten Jahrzehnten langsam geheilt waren. Dann sagte er: »Ich wusste es. Ich wusste, als ich den Namen las und die Hintergründe, dass es nur Lothar gewesen sein konnte. Nur er. Er war stark. Er hatte ihm Paroli geboten. Doch am Ende ist auch er jämmerlich zusammengebrochen.«

Wieder brach er ab. Unter Tränen fuhr er fort: »Sie tun das hier, um selbst Klarheit zu erlangen. Das verstehe ich. Aber verstehen Sie auch mich. Sie wühlen in meiner Vergangenheit, in meiner Kindheit. Sie graben sich wie ein Bulldozer durch längst Verdrängtes, reißen Gräben auf, die ich mühsam verschlossen habe. Ich bin Familienvater. Ich hatte meinen Frieden mit mir selbst gemacht. Und trotz allem: Sie tun das Richtige. Denn vielleicht gibt es da draußen noch viele andere Männer, die bis heute nicht damit leben können, dass sie diese Grausamkeiten am eigenen Leib erfahren mussten. Ich werde gegen ihn aussagen. Und ich weiß, dass er auf Mallorca lebt – bis heute.«

Dann herrschte Stille. Wimmler stand auf, verließ sein Wohnzimmer, schloss die Tür hinter sich und damit mit seiner Vergangenheit ab.

Michaela und Stefan waren sprachlos. Doch sie hatten, was sie wollten. Sie hatten den Fall aufgeklärt. Passlack fuhr in die Polizeistelle. Er schaltete Interpol ein.

*

Als die spanische Polizei ihn festnahm, wehrte sich Marco Garcias nicht. Die Beamten nannten ihn bei seinem spanischen Namen. Sie teilten ihm mit, dass er wegen des Verdachts des Kindesmissbrauchs, Vergewaltigung, Körperverletzung festgenommen werde. Er verstand jedes Wort.

Hatte er, Marco Garcias, das verbrochen, was sie ihm vorwarfen?

Da hörte er die Stimme einer Deutschen. Eine junge Polizistin. Neben ihr stand ein weiterer Polizist, der sehr deutsch wirkte. Die Beamtin sagte zu ihm: »Herr Miezwiecz, Ihre Zeit ist abgelaufen. Neun Jahre konnten Sie sich hier verstecken. Doch die Vergangenheit hat Sie eingeholt.«

Er senkte den Kopf und ließ sich von den spanischen Behörden wortlos abführen. Hinter ihm schloss sich die Tür des Polizeiautos. Das letzte Kapitel seines Lebens hatte begonnen: in Gefangenschaft.

Michaela Pelongrin nahm Stefan Passlack an der Hand. Sie gingen einige Meter bis zum Strand. Bedächtig schlenderten sie an der Küste entlang und blickten hinaus aufs Meer.

»Lass uns zurückfliegen! Unser Sigurd wartet auf uns«, sagte er und nahm sie in seine Arme.

»Beide, der junge und der alte«, ergänzte Veggi.

***Zur Geschichte***

Liebe Leser! Sie werden jetzt denken: Wie kann der sich erdreisten eine solche Story in das Münster zu packen? In das Markenzeichen der Stadt Schwäbisch Gmünd.

Ich stand im Sommer 2014 im Schatten dieses grandiosen Bauwerks und dachte mir: Du bist so schön und einzigartig, wie gemacht als Spielstätte für einen Thriller.

Blicken Sie zurück auf die Geschichte dieser Welt: Oftmals spielten sich die furchtbarsten Szenen, in und um die schönsten, größten, spektakulärsten Gebäude ab. Nehmen wir das dramatischste Ereignis, das je mit einem Bauwerk in Verbindung stand: 9/11 – der 11. September 2001.

Bis zum heutigen Tag weiß bald jeder Mensch auf diesem Erdball, was er damals getan hat, als die Flugzeuge in die Wolkenkratzer flogen. Menschen sind zu den perfidesten Taten fähig. Wenn sie vom Irrsinn geleitet werden.

Mein Hauptdarsteller Lothar wurde von Menschen zu dem gemacht, was er am Ende ist – ein vom Hass Getriebener. Ein misshandelter Junge, der sich über die Jahre zu einem Monster entwickelt.

Das Münster bietet ihm die Kulisse für seine Taten – doch es zeigt auch am Ende: Das Gute wird siegen, wenn der Wille zum Siegen stark genug ist.

Und daher bedeutet für mich das Heilig-Kreuz-Münster genau das, was es auch für Sie alle ist: Eine Gottesstätte, die schöner, mächtiger und geschichtsträchtiger kaum sein könnte. Der Schmuck unserer Stadt, den es mit aller Macht zu erhalten gilt und in dem Sie sicherlich noch viele Heiligabende feiern werden. Denn das ist Ihre Stille Nacht.

Selbstverständlich sind alle Personen, alle Charaktere in diesem Roman frei erfunden. Ebenso das Internat auf der Ostalb. Ähnlichkeiten, sei es in der Namenswahl oder in ihrem Tun, mit tatsächlich existierenden Personen sind rein zufällig.

## *Danksagung*

Bücher zu schreiben, bringt viele Schwierigkeiten, holprige Phasen, einen leeren Kopf, ja manchmal gar schon eine Antipathie gegen das eigene Werk mit sich. Doch dann schlägt das Herz wieder höher, dann kommen die Ideen wie aus dem Nichts und das Gesamtkonstrukt wächst und gedeiht. So auch bei ›24 – Stille Nacht‹, das Sie jetzt in Händen halten und – wenn Sie ein klassischer ›Von vorne nach hinten‹-Leser sind – auch bereits zu Ende gebracht haben. Und wie bei meinem Erstlingswerk, ›Realmord‹ werde ich dann wieder gefragt: Welcher Teil war denn am anstrengendsten? Darauf fällt mir nur eine Antwort: diese Danksagung!

Denn wie schnell vergisst der Autor, jemanden zu erwähnen, der es verdient hätte? Oder wie schnell trifft der Schreibende nicht genau den Ton, den ein Angesprochener hören möchte?

Daher folgt die Entschuldigung bereits, bevor ich mit dem Dank begonnen habe. So viele Menschen haben mich wieder bei diesem Projekt unterstützt. Daher ist es nicht nur mein Werk, sondern auch das Ihrige. So viele haben mir Tipps gegeben und mir weitergeholfen. Sei es bei örtlichen Erkundigungen und der damit verbundenen Recherche, beim Blick in die Polizeiarbeit, beim Halten des Spannungsbogens – oder aber auch nur dadurch, dass sie da waren und mich ermuntert haben, nicht zwischen all den Terminen aufzugeben. Nur so konnte es mir gelingen, meinen zweiten Roman unter Dach und Fach zu bringen. Euch allen sage ich ›Danke‹ – und ich hoffe und setze auf Euch bei all meinen zukünftigen Werken.

Dass ein Buch, noch dazu ein Thriller, Testleser braucht, ist jedermann verständlich. Denn längst nicht alles, was ich als Autor als spannend und als verständlich und nachvollziehbar erachte, kommt auch beim Leser so an. Vor allem schlägt einen beim Schreiben immer wieder die Betriebsblindheit, wenn mal wieder, trotz eines ausführlichen Plots, die Kapitel nicht wie ein Puzzleteil ins andere greifen wollen. Aber bei diesem Buch hatte ich zum Glück gleich zwei Menschen an meiner Seite, die sich kontinuierlich mit mir durch den Thriller gekämpft haben, ja, sich sogar bereit erklärten, Häppchen für Häppchen zu studieren, während das Buch in meinem Kopf, und nach und nach auch auf dem Papier Formen annahm. Sehr wichtig, und dabei kannten wir uns zuvor nur ganz sporadisch über ›Facebook‹, war für die Entwicklung des Thrillers Susi Karl. Als Leseratte ließ sie sich auch nicht davon abhalten, wenn die Test-Versionen mit Tippfehlern gespickt und oft total aus dem Zusammenhang gerissen waren. Zudem hast du mir mit der Entwicklung des Covers immer wieder den schaurig-schönen Hintergrund geliefert, um mich noch tiefer in die Geschichte hineinzuversetzen. Und dann kamen wir auf die Idee, Fotos in dieses Buch per QR-Code zu integrieren. Grandios, was du dabei geliefert hast. Und: Ganz großer Dank auch an Mario Klaiber unter anderem für das »Leichen-Foto«, für das meine liebe Kollegin Jessica Adam Modell »lag«. Ein ganz großer Dank geht auch an Fabiola Maldonado für den tollen Trailer zum Film, den Erich Kuhn fantastisch musikalisch unterlegt hat. Und an meinen Mentor und Fürsprecher Siegfried Lachmann für die Umsetzung des Hörbuchs.

Tja, und die Wichtigste, die sich – und das Tag für Tag – mit ›24 – Stille Nacht‹ auseinandergesetzt hat, ist meine schärfste Kritikerin und gleichzeitig der liebste Mensch auf dieser Erde: meine Frau Larissa. Wie schwer ich ihr das Leben dabei gemacht habe, das weiß nur sie allein. Neben der Erziehung unserer drei Kinder und ihrer Lehrerinnen-Tätigkeit hat sie auch noch Zeit für mein Werk gefunden: Dafür gebührt ihr mein grenzenloser Respekt. Danke, mein Schatz, dass du trotz Höhen und Tiefen immer an meiner Seite stehst, meine Launen erträgst, meinen Egoismus bremst und mir drei wunderbare Kinder geschenkt hast.

Nach dem Schreiben beginnt die Arbeit des Verlages. Und hier hatte stets der Chef die Hosen an und führte mich durch seine freundschaftliche, direkte Art zu dem, was Sie heute in den Händen halten. Dabei war er sich nie zu schade, stets sofort auf die Hirngespinste seines Autors zu reagieren, wenn der mal wieder an einem Samstag oder Sonntag oder auch mitten in der Nacht eine »Schnapsidee« geboren hatte und ihm so schnell wie möglich erzählen wollte. Lieber Jörg, ich weiß, es ist nicht einfach mit mir. Aber: Einfach ist auch langweilig. Und unser Buch ist alles andere als das. Dir und all den anderen lieben Menschen im einhorn-Verlag gebührt ebenfalls mein großer, herzlicher Dank.

Wieder einmal den Schliff, den unübersehbaren letzten Kniff hat meinem Roman dieses Mal mein Lektor Michael Lohmann verliehen. Dabei halte ich es mit einem meiner großen Idole: »Autoren sind manchmal Künstler. Lektoren sind Götter!«, sagte einst Stephen King, der Meister des Grauens. Wie recht er doch hat. Lieber Michael: Wir werden noch viele gemeinsame Projekte zu Ende führen.

Neue Wege gehen! Das war die Zielsetzung meines Verlegers ebenso wie meine eigene. Der Büchermarkt wird Jahr für Jahr mit hervorragenden Werken überschwemmt. Nur wer schneller schwimmt als die anderen, geht nicht unter. Daher begannen wir im Frühjahr 2015 mit einem Marketingkonzept. Heute, nachdem die Unterstützung in den vergangenen Monaten so unfassbar groß war, kann ich mich bei meinen Sponsoren bedanken. Dabei stand nie der finanzielle Aspekt im Vordergrund. Vielmehr war es die Zielsetzung, in Verbindung mit Firmen aus und um Schwäbisch Gmünd, neue Wege zu erkunden, um einen Roman einer breiten Öffentlichkeit vorzustellen. Und schon jetzt zeichnet sich ab, dass das Konzept geglückt ist. Jedem einzelnen, der seinen Zuspruch für mein Buch gegeben hat, sage ich ganz persönlich Danke!

Der größte Dank geht aber natürlich an Sie, an Euch, liebe Leser!

Ihr Ralph F. Wild

*Zum Autor*

Ralph F. Wild wurde am 9. November 1971 in Esslingen am Neckar geboren. Der ausgebildete Journalist machte sich zunächst einen Namen als Sportredakteur einer Lokalzeitung in Schwäbisch Gmünd. 2007 schlug er beruflich neue Wege ein und wechselte in die Automobilbranche, parallel arbeitet er aber weiterhin als freier Journalist, Marketingberater und Moderator.

Als 2014 der erste Roman von Ralph F. Wild, der Krimi »Realmord«, im einhorn-Verlag erschien, war schnell klar: Projekt Nummer zwei wird nicht lange auf sich warten lassen. Im Herbst 2015 ist es soweit: Ralph F. Wild legt mit »24 – Stille Nacht « einen Thriller vor, der Gmünd in Aufruhr versetzen wird. Kommissar Sigurd Weller, der kurz vor seiner Pensionierung steht, nimmt seinen letzten großen Fall in Angriff, ausgerechnet vor dem Hintergrund der herrlichen Kulisse des Heilig-Kreuz-Münsters …

Ralph F. Wild wohnt in Durlangen, ist verheiratet und hat drei Kinder.

Folgen Sie dem Autor auf: www.ralphwild.de und
www.24stillenacht.de sowie auf www.facebook.com/rawimedia
Ihr Lob und Ihre Kritik: kontakt@ralphwild.de

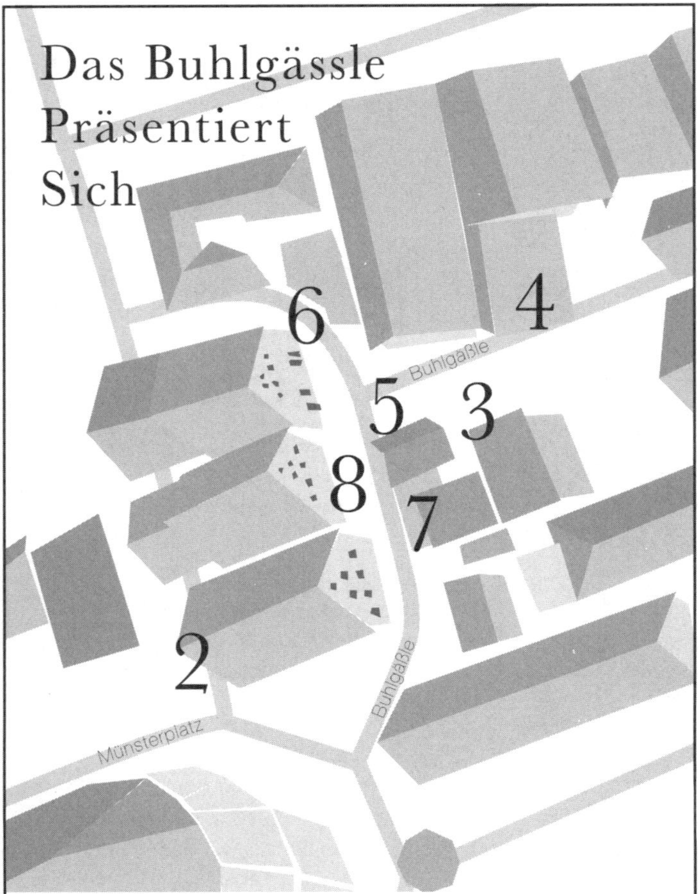


*2 Staufer Café*
*3 AMLIMIT Sportshop*
*4 Mode Unger*
*5 Café Bunter Hund*
*6 Naschbar*
*7 Salon Nobile*
*8 Galerie Sören Lührs*

Wir besiegeln
Partnerschaften!

**GALERIE SÖREN LÜHRS**
Buhlgässle 8
73525 Schwäbisch Gmünd
www.soeren-luehrs.com